Die promovierte Historikerin Ingeborg Seltmann ist verheiratet und hat zwei erwachsene Kinder. Sie hat mehrere Jahre an der Universität in Forschung und Lehre gearbeitet und ist seit vielen Jahren als Museumspädagogin im Germanischen Nationalmuseum in Nürnberg beschäftigt. Ingeborg Seltmann hat sich als Autorin von Fachbüchern einen Namen gemacht und unter dem Pseudonym Ines Schäfer mehrere erfolgreiche Kriminalromane verfasst.

In «Mehr Zeit mit Horst» erzählt die Autorin mit Humor und Biss vom Älterwerden, vom Jungbleiben und von der Liebe.

Ingeborg Seltmann

Mehr Zeit mit Horst

Roman

Rowohlt Taschenbuch Verlag

6. Auflage Juni 2014

Originalausgabe
Veröffentlicht im Rowohlt Taschenbuch Verlag,
Reinbek bei Hamburg, April 2014
Copyright © 2014 by Rowohlt Verlag GmbH,
Reinbek bei Hamburg
Umschlaggestaltung any.way, Barbara Hanke / Cordula Schmidt
(Illustration: Kai Pannen)
Satz Dolly PostScript (InDesign) bei
Pinkuin Satz und Datentechnik, Berlin
Druck und Bindung CPI books GmbH, Leck
Printed in Germany
ISBN 978 3 499 23224 4

Noch 190 Tage
Mein neuer nPA

Oh nein. Nein-nein-nein! Glauben Sie mir, ich habe wirklich ein Auge für diese Dinge, aber – *Siie* sind das nicht!»

Frau Hornmüller kräuselte ihr Paris-Hilton-Näschen, sah noch einmal auf das Foto, kniff die Augen zusammen und fixierte mich scharf.

«Tut mir leid, aber ich kann beim besten Willen keine Ähnlichkeit feststellen. Die Frau auf diesem Bild ist blond und hat ein schmales Gesicht. Ich finde, sie wirkt doch noch recht jugendlich …»

Sie nahm meinen alten Reisepass in die Hand, erhob sich halb aus ihrem Bürostuhl, lehnte sich über den Schreibtisch und hielt das Passfoto neben mein Gesicht.

Ich beugte mich auch etwas nach vorne und schob das silberne Schildchen mit der Aufschrift «*Frau Hornmüller. Verwaltungsfachangestellte / Städtisches Service-Center*» zur Seite.

«Wissen Sie, Frau Hornmüller», sagte ich, «das Bild ist gute dreißig Jahre alt, und der Pass ist ja seit zehn Jahren abgelaufen. Was glauben Sie, wie *Sie* im Jahr 2044 aussehen?»

Frau Hornmüllers reizende, faltenlose, pfirsichfarben geschminkte Lippen zuckten für einen Augenblick nervös.

«Also gut», sagte sie, «auch wenn der Augenschein dagegen spricht... Sie sind also Frau König, Frau Gabriele König, geborene Ludwig.»

«So ist es. Wissen Sie, Frau Hornmüller, ich habe mir seinerzeit überlegt, meinen Mädchennamen zu behalten. Gabriele König-Ludwig – ich fand das damals ein bisschen zu monarchistisch. Was meinen Sie? Hätte ich es tun sollen? Oder ließe sich da noch etwas machen, wenn wir jetzt die Sache mit dem neuen Ausweis angehen?»

Frau Hornmüller schüttelte den Kopf und sagte, das hätte ich mir schon bei meiner Eheschließung überlegen müssen. Da könne man jetzt leider nichts mehr machen. Außer ich ließe mich scheiden, dann könnten wir noch mal darüber reden. Aber für so weitreichende Entscheidungen war ich heute Morgen im Städtischen Service-Center nicht in Stimmung.

So nahm Frau Hornmüller meinen alten roten Reisepass mit Daumen und Mittelfinger ihrer rechten Hand. Sie hob ihn ein wenig hoch, als betrachte sie ein interessantes Fossil aus dem Mesozoikum und konstatierte: «Dies ist also Ihr alter Reisepass, und hiermit möchten Sie einen neuen beantragen?»

Ich schenkte ihr mein strahlendes Da-haben-Sie-genau-die-richtige-Entscheidung-getroffen-Buchhändlerinnen-Lächeln.

«Das sehen Sie ganz richtig, Frau Hornmüller. Heute sind es noch genau 190 Tage, bis mein Mann in Pension geht. Und dann geht's doch erst richtig los. Fernreisen et cetera. Feuerland. Botswana. Neuseeland. Und nach Dingsda, na, Sie wissen schon, es liegt mir auf der Zunge, da unten in Afrika, da wollen wir auch mal hin. Und natürlich USA. Wahrscheinlich zuerst dorthin. Mit dem Wohnmobil. Meint Horst, also mein Mann.»

Frau Hornmüller nickte abwesend. Sie griff nach meinen neuen, mitgebrachten Passbildern. Auf ihrer makellos glatten Stirn zeigte sich der Anflug eines zarten, senkrechten Fältchens.

«Tut mir leid, Frau König, aber die Bilder, die Sie da vorlegen, entsprechen nicht der Norm. Die Anwendung der Gesichtsbiometrie im ePass und nPA folgt nun mal gewissen gesetzlich festgelegten Regeln. Da kann man nichts machen.»

Ich strahlte sie mit meinem naivsten Die-Welt-ist-so-kompliziert-geworden-was-kann-man-denn-da-machen-Lächeln an, aber sie würdigte mich keines Blickes. Stattdessen griff sie nach dem grünen Filzstift, der neben ihrem PC-Board ihre Stiftparade anführte, und malte auf einem der mühsam von Horst produzierten Bilder ein quietschdickes, grünes Kreuz. Sie malte es genau dorthin, wo mein Pony dünner zu werden drohte.

«Die Gesichtshöhe muss 70 bis 80 Prozent des Fotos einnehmen. Dies entspricht einer Höhe von 32 bis 36 Millimeter von der Kinnspitze bis zum oberen Kopfende. Das obere Kopfende ist unter Vernachlässigung der Frisur anzunehmen. Wegen des häufig nicht zu bestimmenden oberen Kopfendes sind Passfotos abzulehnen, wenn die Gesichtshöhe 27 Millimeter unter- oder 40 Millimeter überschreitet. So ist das nun mal.»

Ich schaute auf mein Konterfei. Ich hatte den Pony mit nicht unerheblichem Aufwand unter Zuhilfenahme von Haarfestiger und Lockenstab vor dem Spiegel zurechtarrangiert, und nun fand Frau Hornmüller mein oberes Kopfende nicht.

«Außerdem schreibt der Gesetzgeber vor: Schatten und rote Augen sind zu vermeiden.»

Frau Hornmüller quietschte mit ihrem Stift ein zweites Kreuz über mein linkes Auge.

«Im Übrigen muss der Hintergrund einfarbig sein. Idealerweise neutral grau. Ist das hinter Ihnen etwa Ihre Wohnzimmertapete?»

«Hören Sie zu, Frau Hornmüller, mein Mann hat sich extra bei Google eine Schablone heruntergeladen, damit das Bild die richtige Größe hat. Er hat Stunden gebraucht, um danach die Hilfslinien wieder aus meinem Gesicht zu bekommen. Und die Essecke habe ich selbst tapeziert. Ich mag diese englische Hirsch-tapete. Sie nicht?»

Aber was wissen pfirsichzarte Verwaltungsfachangestellte in Städtischen Service-Centern schon von den Landhausträumen nicht mehr ganz junger Buchhändlerinnen, die auf dem Weg zu ihrem Arbeitsplatz jeden Tag an Bücherstapeln vorbeilaufen, die einen mit Titeln wie «Zucker für die Augen – die schönsten Wohnaccessoires im Brit-Chic» und «Alpenglühen – vom Woh-nen in den Bergen» heißmachen.

Vielleicht erklärt sich aus dieser täglichen Konfrontation mit Landhaus-Romantik mein Hirschfimmel. Ich habe einen silber-nen Hirschleuchter zu Hause, Horst musste mir letztes Jahr in Salzburg ein rotes Besteck mit Hirschmotiven kaufen, ich erwäge, die Garderobenhaken im Flur gegen Hirschgeweihe auszutau-schen, und so war die Hirschtapete nur ein logischer Schritt. Horst meint, ich würde damit nur meinen unstillbaren Wunsch nach einem Landhaus in den Chiemgauer Bergen kultivieren, das wir uns nie und nimmer werden leisten können, und ein alter Hirsch sei er inzwischen selber, aber er lässt mich machen.

Frau Hornmüller riss mich aus meinen Einrichtungsträumen und den Gedanken an Horsts fortschreitendes Alter, indem sie mir mein grün verunstaltetes Konterfei über den Tresen schob und mit abschließender Entschlossenheit ein Filzkreuz auf mei-nen Mund malte.

«Und lächeln dürften Sie auch nicht. Zur Unterstützung der automatischen Gesichtserkennung per Biometrie für den ePass und den nPA ist ein neutraler, ernster Gesichtsausdruck mit geschlossenem Mund gefordert. Ich gebe Ihnen jetzt einen guten Tipp: Gehen Sie einfach durch unseren Service-Wartebereich, zur Glastür raus und dann links. Dort finden Sie unseren Fotoautomaten. Und dann kommen Sie noch mal vorbei. Guten Tag.»

Meine Lebenserfahrung sagte mir, dass mit Frau Hornmüller nicht zu reden war. Sie schraubte ihren grünen Quietschstift zu, legte ihn zurück in die Reihe ihrer Schreibsoldaten und drückte den weißen Knopf, mit dem sie die nächste Nummer draußen im Wartebereich an der Service-Tafel aufrief.

Was soll ich sagen? Ich brauche den neuen Reisepass. Schließlich geht es ja jetzt erst los. Also begab ich mich vor die Glastür zum Fotoautomaten. Natürlich war er besetzt.

Ich sah dabei zu, wie eine kaum fünfzehnjährige türkischstämmige Jugendliche mehrere Porträtreihen schoss, wobei die Shootings von umfangreichen Nachbesserungen des tiefschwarzen Augen-Make-ups und ausführlichen kosmetischen Beratungen eines weiteren Mädchens mit dunklen Haaren und mikroskopischem weißem Jeansrock unterbrochen wurden.

Schließlich waren die Porträtreihen fertig, und ich hätte die Fünfzehnjährige gerne gefragt, ob die Fotos für die Oma in Anatolien bestimmt waren oder ob sie gedachte, sich so für eine Aushilfsstelle in einer Bar zu bewerben. Aber da tauchte ein alter Herr mit einem Rollator auf. Er tat mir leid, und ich bot ihm den Vortritt an. Er schien außerdem auch schlecht zu sehen, denn nach einiger Zeit bemerkte ich, dass er versuchte, seinen Parkschein in den Schlitz des Fotoautomaten einzuführen. Wir mussten den Hausmeister rufen, und bis der Automat auseinandergebaut und der Parkschein gefunden war, verging einige Zeit.

Ich wünschte dem alten Herrn eine gute Fahrt, nahm schließlich auf dem grauen Drehstuhl Platz, stand wieder auf, drehte ihn ein paar Mal im Kreis nach oben, bis ich halbwegs auf Normalhöhe saß, und lächelte so fröhlich und verbindlich, wie es mir morgens möglich ist.

Das war mein erster Fehler.

Hatte sich Frau Hornmüller nicht klar genug ausgedrückt? Geschlossener Mund! Ernstes Gesicht! Ein neuer Reisepass ist schließlich kein Vergnügen.

Ich schaute glasig und ernst auf die Stelle, wo ich das Kameraobjektiv hinter der Milchglasscheibe vermutete. Aber dann passierte der zweite Fehler. In dem Moment, als es blitzte, fiel mir ein, dass ich heute Morgen den Waschgang für meinen beigen Mohairpulli auf 90 Grad gestellt hatte. Frau Hornmüller hatte von einem ernsten Gesichtsausdruck gesprochen. Von froschartig aufgerissenen Augen und einem Mund, der gerade das unschöne Wort «Scheißdreck» formte, hatte sie nichts gesagt.

Der dritte Fehler war nicht meiner. Was kann ich dafür, wenn im entscheidenden Augenblick ein Kleinkind den grauen Vorhang an der Fotokabine aufreißt und eine Mutterstimme schreit: «Marvin, du sollst fremden Leuten nicht dein Eis auf den Rock schmieren.»

Beim vierten Mal klappte es. Ich dachte an den geschrumpelten Mohairpulli in meiner Waschmaschine und an die beigen Fusseln, die nun in allen Ritzen der Trommel hingen. Ich dachte an Marvin und den schmelzenden Schokoladeneisbatzen auf meinem Rock. Ich hörte Marvin am grauen Vorhang zerren und plärren: «Das ist nicht meine Oma! Ich mag die Frau nicht!»

Es wurde das perfekte Bild. Ich lächelte nicht. Ich glotzte starr geradeaus. Alle Falten waren kontrastreich und klar ausgeleuchtet. Der Hintergrund war so grau wie der Ansatz meiner Haare. Mein Pony klebte an der Stirn. Frau Hornmüller würde mein oberes Kopfende mühelos finden.

Ich hangelte mich von meinem Drehstuhl herunter, ratschte den grauen Vorhang zurück, auf der Suche nach diesem ekelhaften Kleinkind, das natürlich längst verschwunden war, und wartete vor dem schmalen Entnahmefach.

Als der noch feuchte Streifen mit meinem Ebenbild langsam aus dem Fach glitschte und ich mit schräg gelegtem Kopf einen ersten Blick darauf geworfen hatte, stand mein Entschluss sofort fest: Ich würde den neuen Reisepass mit diesem Horrorbild im untersten Fach hinter meiner Ski-Unterwäsche aufbewahren. Ich würde das Bild bei der Einreise in die USA vor den Augen des dunkelhäutigen Sicherheitsmannes nur eine Sekunde hochhalten, um ihn nicht zu sehr zu erschrecken. Ich würde Horst erzählen, die neuen Reisepässe dürften aus Datenschutzgründen auch von nächsten Familienangehörigen nicht eingesehen werden.

Ich verstaute den Fotostreifen in meiner Handtasche und dann wartete ich erst mal. Frau Hornmüller und ihre Service-Kolleginnen hatten natürlich inzwischen anderweitig zu tun. Ich zog wie beim Fleischer eine Wartenummer und nahm im Service-Wartebereich Platz.

Als Erstes würde ich hier das Kinderspielzeug wegräumen. Nein, ich würde es verbieten. Müssen Kleinkinder eine Viertelstunde lang monoton mit roten Holzklötzchen auf einen verschmierten Kindertisch schlagen? Worin liegt der pädagogische Gewinn? Oder möchten Frau Hornmüller und ihre Kolleginnen nur erreichen, dass einige von uns entnervt den neuen ePass und die USA-Reise streichen?

Als Zweites würde ich das Lektüreangebot über die «Amtlichen Seiten: Offizielles Mitteilungsblatt der Stadtverwaltung» hinaus erweitern. Weder die Einladung zur 3. Städtischen Integrationskonferenz noch der Bebauungsplan Nr. 376 und auch nicht die nächsten Außentermine des Schadstoffmobils schienen hier irgendjemanden zu interessieren. Die meisten der Wartenden glotzten vor sich hin beziehungsweise starrten das hämmernde Kleinkind und seine Mutter hasserfüllt an und warfen gelegentlich einen apathischen Blick auf die Leuchttafel, wo die aufgerufenen Wartenummern blinkten.

Und drittens würde ich allen im Wartebereich des Service-Centers ein Sprechverbot auferlegen. Mich interessierte weder, dass mein Nachbar zur Rechten, der Herr mit der verschossenen Leinentasche, jede Woche einmal ins Thermalbad zur Nacktsauna fuhr, noch, dass meine Nachbarin zur Linken sich heute noch gebläht fühlte von dem überbackenen Blumenkohl, den sie gestern gegessen hatte.

Ich versuchte es mit Meditation. Es klappte ebenso wenig wie nachts, wenn mir wieder so unglaublich heiß wurde.

Endlich leuchtete meine Nummer auf. Ich landete wieder am Schreibtisch von Frau Hornmüller. Wir begrüßten uns wie alte Bekannte.

«Lassen Sie mal sehen.» Sie griff nach meinen Automatenpassbildern. «Schön», sagte sie mit Nachdruck, «wirklich schön.»

Mein Gesicht auf dem Foto war kalkweiß. Ich sah aus wie ein transsilvanischer Zombie vor einer Betonwand. Vielleicht hätte ein zartblauer Hintergrund noch etwas retten können. Grau ist einfach nicht meine Farbe. Vielleicht hätte ich wenigstens einen pastellfarbenen Rolli anziehen sollen. Der hätte die Falten an meinem Hals verdeckt. Mir fiel wieder der Mohairpulli in der Wäschetrommel ein.

«Ich finde, jetzt sehen Sie sich auch viel ähnlicher», ergänzte Frau Hornmüller erfreut und drehte den Fotostreifen zwischen ihren schimmernd weißen Fingern so, dass ich die Fotos noch mal begutachten konnte.

Ich griff nach meinem Passbild, warf einen Blick auf den transsilvanischen Zombie, und ich konnte nicht anders, als ein ironisches «Großartig. Wirklich großartig» von mir zu geben.

Frau Hornmüller schien mein Unbehagen nicht zu bemerken. Sie tippte mit ihrem grünen Stift, den sie offenbar besonders liebte, auf mein Foto und sagte: «Die sind doch wirklich ganz okay. Oder wollen Sie wirklich noch mal das Geld für Fotos ausgeben? Die nächsten werden doch auch nicht anders.»

«Tja.» Wenn man bedachte, dass sich die Richtlinien für Passbilder vermutlich in absehbarer Zeit nicht ändern würden, hatte sie recht. «Man muss den Fakten wohl ins Auge blicken. Ich hoffe, ich finde den Pass dann wenigstens hinter den Ski-Unterhosen, wenn ich nach Rumänien fahren will.»

Sie verharrte einen Moment mit vor Unverständnis gekräuselter Lippe, um dann neuen amtlichen Schwung zu holen: «Also, wir beantragen einen ePass und auch gleich einen nPA, wenn wir schon mal dabei sind?»

«Ein nPA, was ist das? Ein *n*eurotischer *P*ostklimakteriums-Ausweis?»

Sie sah mich irritiert an.

«Das ist der *n*eue *P*ersonal-Ausweis – wo wir doch jetzt schon Ihre biometrischen Bilder haben.»

Sie schnitt zwei der Transsilvanienbilder von dem Automatenstreifen ab, füllte in einem Antrag ein paar Zeilen aus und machte mit ihrem grünen Filzstift ein Kreuzchen, wo ich unterschreiben sollte.

Ich unterschrieb blind, denn ich wollte die mir gewidmete amtliche Zuwendungszeit nicht dadurch ungebührlich in die Länge ziehen, dass ich mich auf die umständliche Fahndung nach meiner Lesebrille machte.

«Dann sehen wir uns in vier Wochen zur Abholung wieder.»

Erleichtert erhob ich mich. Ich hatte vor, die zwei verbliebenen Passfotos im Wartebereich des Service-Centers zu mikroskopisch kleinen Schnitzeln zu zerreißen und diese systematisch über die Papierkörbe des Rathauses zu verteilen, sodass niemals jemand je die Chance haben würde, sie in erpresserischer Absicht wieder zusammenzusetzen.

Ich war in Gedanken schon dabei, die Schnipsel strategisch zu verteilen, da hörte ich hinter mir die Stimme von Frau Hornmüller.

«Nun warten Sie doch, Frau König, das Beste kommt doch noch!»

Ja. Sie strahlte mich an.

«Ich habe natürlich Ihr Geburtsdatum auf dem Antrag gelesen. Da steht ja bei Ihnen im August ein runder Geburtstag an, was? Herzlichen Glückwunsch schon mal! Ich hab da was für Sie: ein Exemplar unserer Seniorenzeitschrift ‹Die Herbstzeitlose›, den Antrag auf Behinderten-Prozente und als kleines Geschenk der Stadtverwaltung eine Freikarte für den Warmbadetag im Hallenbad!»

«Danke», sagte ich matt. «Danke.»

«Kein Problem», erwiderte Frau Hornmüller unerwartet herzlich, «Seniorenservice ist unsere Stärke.»

Ich hatte schon fast den Service-Wartebereich erreicht, da hörte ich hinter mir Frau Hornmüllers freudig-erregte Stimme. Sie schallte hinaus bis in den Warteraum zu dem Mann mit der Leinentasche und der Frau mit dem Blumenkohl im Bauch. Frau Hornmüller rief: «Warten Sie doch, Frau König! Wir haben da noch etwas für unsere Jubilare! Sie bekommen von uns noch eine Freikarte für das Volksmusikfestival in der Stadthalle!»

«Danke!», rief ich, «vielen Dank! Aber ich bin jetzt leider wirklich in Eile. Ich habe noch einen dringenden Termin.»

Immer noch 190 Tage
Thomas Mann und ich

Ich schwang mich auf mein Fahrrad und trat mit aller Kraft in die Pedale. Tränen liefen über mein Gesicht. Nein, nein, das waren keine Freudentränen über den Warmbadetag und die Volksmusiker. Um ehrlich zu sein, selbst eine Freikarte für eine drittklassige Revival-Band der auch nicht mehr taufrischen Rolling Stones wäre mir lieber gewesen.

Nein, meine Tränen hatten einen anderen Grund. In letzter Zeit muss ich nur in die Sonne schauen oder ein bisschen Gegenwind beim Fahrradfahren spüren, und schon läuft mir das Wasser aus den Augen. Mein Augenarzt behauptet, das sei ein altersbedingtes Sicca-Syndrom, was er mir mit einem altersbedingt trockenen Auge verdeutlicht hat. Ich glaube ihm kein Wort, denn Wasser gibt's ja offensichtlich noch genug in meinen Augen.

Ich nahm mit meinem altersschwachen Fünfgangrad Kurs auf die Fußgängerzone. Meinen Kindern hatte ich früher immer strengstens verboten, hier mit dem Fahrrad durchzufahren. Einerseits mit Rücksicht auf Alte, Gebrechliche und Kinder. Andererseits mit Hinblick auf die saftigen Strafzettel, die sie sich von ihrem Taschengeld gar nicht leisten konnten und die folglich doch wieder Horst und ich bezahlen mussten. Aber heute war ich in Eile.

Ich schaltete mit dem Mittelfinger in den vierten Gang und legte mich in die Pedale, um schier tränenblind einen aufreizend langsam vor mir hertuckernden Elektrobus zu überholen. Die Gangschaltung krachte, ich war fast an ihm vorbei, da tauchte im matten Schleier vor meinen Augen ein auf mich zurasendes Fahrrad auf. Ich glaubte einen Mann darauf zu erkennen. Er trug einen orangen Anorak und ein rotes Stirnband (vielleicht war es auch eine Mütze, oder er hatte rote Haare, das konnte ich mit meinen tränenden Sicca-Augen nicht erkennen, als ich, nur Millimeter entfernt, an ihm vorbeifuhr). Der Mann schrie etwas, das wie «du blinde Tucke» klang. Ich schrie zurück «das hier ist eine Fußgängerzone, du Kasper» und zog mit dem Lenker nach rechts, um ihm auszuweichen. Mein rechtes Fahrradpedal schrappte über den Asphalt, hinter mir trötete die Hupe des Busses, ich schlingerte in leichter Schräglage vor ihm her. Ich sah mich schon zu Boden gehen, genau vor der Stoßstange des Busses, aber dann fasste ich wie durch ein Wunder wieder Tritt, riss Lenker und Rad in eine aufrechte Position und trampelte mit aller Kraft.

Der Bus hinter mir hupte immer noch, der Fahrer schrie irgendetwas aus dem heruntergelassenen Seitenfenster. Ich machte nach hinten eine unfeine Handbewegung und gab Gas.

Ogottogott. Fast hätte mein Leben unter einem lahmen Elektrobus geendet, noch bevor ich meine Warmbadekarte einlösen konnte. Die Polizei hätte mich samt meinem demolierten Vintage-Rad unter dem Bus hervorgezogen und meine Handtasche durchwühlt. Und dort hätte man keinen Ausweis gefunden, den hatte ich ja schon mal Frau Hornmüller überlassen.

Die Beamten hätten in meiner XL-Beuteltasche nur zwei Bilder aus einem Fotoautomaten entdeckt, denn bei meiner Flucht aus dem Service-Bereich hatte ich natürlich vergessen, sie kleinteilig auf die Rathaus-Mülleimer zu verteilen.

Mangels anderer sachdienlicher Hinweise hätte man eines meiner biometrischen Zombie-Bilder im Lokalteil unserer Zeitung veröffentlicht, mit der Unterschrift: «Tote unterm Bus – wer kennt diese Frau?» Als einzig markante persönliche Besonderheit der Unbekannten hätte die Zeitung wahrscheinlich den Schmutz unter meinen Fingernägeln erwähnt, denn ich hatte gestern den einzigen frostfreien Februartag seit langem genutzt, um im Garten – wie immer viel zu spät – meine Tulpenzwiebeln zu vergraben. Nichts haftete an meinen Händen so hartnäckig wie Gartendreck und der Geruch von gebratenen Fleischklopsen.

Tja, hätte Horst mich auf dem Bild erkannt? Ich konnte nur hoffen, dass nein. Es wäre mir ein letzter sanfter Trost in meinem vorzeitigen Tod gewesen, dass er mich anders in Erinnerung hatte, als ich offenbar mittlerweile tatsächlich aussah.

Ich war viel zu spät dran. Der «wichtige Termin», mit dem ich mich bei Frau Hornmüller entschuldigt hatte, war für 11 Uhr 30 angesetzt. Wichtig war er eigentlich gar nicht, nur unvermeidlich. Es handelte sich um ein Treffen mit Silke und voraussichtlich um mehrere Latte macchiatos.

Silke und ich kannten uns schon ewig. Mit Anfang zwanzig waren wir unter anderem mit Zelt und Rucksack bis nach Südspanien getrampt. Es war (für mich) kein besonders erfolgreicher Urlaub gewesen. Die meisten Nächte hatte ich allein in unserem

Zelt verbracht. Wenig später war Silke zur AOK gegangen, und ich hatte Horst kennengelernt. Silke war männertechnisch nie richtig zur Ruhe gekommen. Ich schon. So gab es nicht mehr viel, was uns verband.

Sie hatte mir in der letzten Woche vier SMS geschickt, wohl wissend, dass wir heute beide unseren freien Tag hatten. Es hatte Zeiten gegeben, in denen ich mich auf die Treffen mit ihr tatsächlich gefreut hatte. Aber manche Dinge ändern sich eben.

Während ich trampelte, überlegte ich, ob ich es mir nicht verdient hatte, mich bei der Verabredung mit Silke in unserem Café in irgendeiner Form kulinarisch über die Begegnung mit Frau Hornmüller hinwegzutrösten. Ich dachte dabei an ein schönes Gabelfrühstück. Rührei mit Schinken, ein wenig Schnittlauch darauf, dazu kross ausgebratenen Speck und zwei Scheiben Baguette mit Salzbutter. Oder ein Schokocroissant mit einem Extraschälchen Bitterorangenmarmelade.

Ich wich knapp einem weiteren Radfahrer aus, der auch nichts von Fußgängerzonen zu halten schien, und schluckte die Ansammlung von Speichel in meinem Mund hinunter. Nein, ich würde hart gegen mich selbst sein und nur eine Latte zu mir nehmen.

Ich sah Silke schon von weitem an einem schmiedeeisernen Tischchen vor dem Café sitzen, eingehüllt in eine rote Plüschdecke. Sie hatte den Kopf in den Nacken gelegt und stieß eine mehrtägige Rauchwolke in den trüben Februarhimmel.

Kein Wunder, dass sie bei der Raucherei ihre Figur so locker halten konnte. Ich hatte fest vor, mit siebzig nach fast einem halben Jahrhundert Abstinenz auch wieder mit dem Rauchen anzufangen. Ich würde Marlboros rauchen, mir noch einmal eine Levis 501 kaufen, auf Treppenstufen sitzen, philosophische

Gespräche führen, tief inhalieren und mit sibyllinischem Blick wie Silke Ringelwölkchen in den Himmel aufsteigen lassen.

Und Horst? Irgendwie konnte ich ihn mir nicht auf den Treppenstufen hockend vorstellen. Er hatte es ja jetzt schon im Kreuz.

Ich bremste direkt vor Silkes Tisch und schwang das Bein so elegant wie möglich über den Sattel. Silke ließ etwas Rauch aus ihren Nasenlöchern trudeln und flötete: «Hallöchen, ist das 'ne Dauerwelle auf deinem Kopf? Was ist denn mit deinen Haaren passiert?»

«Was soll mit meinen Haaren los sein? Ich bin mit dem Fahrrad unterwegs. Wenn es draußen so feucht ist, dann kringeln sie sich eben. Frische Luft und etwas Bewegung würden dir auch mal ganz guttun.»

Ich weiß, das war kein Gesprächseinstieg, der ein harmonisches Kaffeekränzchen erwarten ließ. Aber Silke konterte sofort.

«Deshalb sitze ich ja hier draußen in der frischen Luft, klar? ... Sag mal, warum heulst du denn?»

«Ich heule nicht.»

Ich wischte mir etwas schwarzen Eye-Liner und das Sicca-Syndrom aus den Augen und schloss mein Fahrrad neben den Caféstühlen an eine Laterne.

«Geh doch schon mal rein, ich rauch nur noch zu Ende. Bis gleich», inhalierte Silke.

Ich nickte, fuhr mir mit klammen Fingern durch die Haare und kramte in der Tasche nach meinem Lippenstift. Ich straffte die Schultern, zog den Bauch ein und betrat das Lokal.

An einem der bodentiefen Fenster war noch ein Tisch frei. Ich setzte mich. Hinter der Glasscheibe im Freien sah ich Silke. Über ihrem dunkel gelockten Hinterkopf schwebte eine Nikotinwolke. Ich sah mich um. Er war da.

Er trug eine schwarze Hose und ein weißes Hemd und servierte am Nachbartisch gerade einen Espresso, einen Schwarztee und einen Cappuccino. Er stand mit dem Rücken zu mir und beugte sich nach vorne, um sein Tablett abzustellen. Seine Hüften auf Gürtelhöhe waren schmal, aber sein Hinterteil darunter war so knackig wie zwei Granny-Smith-Äpfel. Es war das knackigste Hinterteil, seit ich Hans-Jürgen Bäumler in meiner Jugend am Schwarzweißfernseher zugesehen hatte, wie er den toupierten Dutt von Marika Kilius in der Todesspirale über das Eis hatte rotieren lassen.

Nun mal langsam. Sie finden es geschmacklos, in meinem Alter einem zwanzigjährigen Kellner auf sein perfekt geformtes Hinterteil zu schauen? Da kann ich nur entgegnen: Ich stehe in einer großen literarischen Tradition! Ich liebe und verehre Thomas Mann und lege ihn meinen Kunden immer wieder als Jahrhundertschriftsteller ans Herz. Ich möchte aber zu meiner Entlastung darauf hinweisen, dass unsere Literatur-Ikone bereits fünfundsiebzig Jahre alt war, als er sich in einem Züricher Luxushotel in einen neunzehnjährigen Kellner verguckt hat – und zwar unter den Augen seiner Frau und Tochter.

«Welch hübsche Augen und Zähne! Welche charmierende Stimme!», schrieb er damals über das Objekt seiner Begierde. Das ist sprachlich vielleicht nicht gerade Nobelpreisniveau, aber ich kann es Wort für Wort unterschreiben.

Ich möchte weiter darauf hinweisen, dass die physiologischen Auswirkungen trotz Thomas Manns Alters respektabel waren: «Nach kurzem Schlaf gewaltige Ermächtigung und Auslösung.»

Ich meine, der Mann war fast fünfzehn Jahre älter als Horst! Ich bin weder schwul noch Nobelpreisträgerin, aber mit seinem Cappuccino-Tablett in der Hand schien mir mein Kellner so perfekt geformt, wie der Mann am ersten Schöpfungstag gedacht war, und ich wette, er könnte es mit Thomas Manns Kellner jederzeit aufnehmen.

«Sagte zu Erika, das Wohlgefallen an einem schönen Pudel sei nichts sehr Verschiedenes. Viel sexueller sei dies auch nicht. Was sie nicht ganz glaubte.»

Ich glaube es ihm auch nicht, unserem Nobelpreisträger. Jedenfalls befand ich mich dank Thomas Mann mit meinen kulinarischen Blicken in bester Gesellschaft.

Der junge Pudel kam auf mich zu, und ich bestellte meine Latte macchiato. Ich tat es mit betont abwesendem Blick und so beiläufig wie möglich. Das Schicksal Thomas Manns war mir eine Warnung. Als dessen hübscher Kellner nämlich vierzig Jahre später erfuhr, welch berühmten Verehrer er gehabt hatte, war er enttäuscht. Er äußerte seinerzeit, er hätte sich lieber in den Memoiren von Liz Taylor wiedergefunden als in denen von Thomas Mann. In Bezug auf mich und meinen schönen Pudel mache ich mir da auch keine Illusionen. Er hätte sich sicher auch für Liz Taylor entschieden – sofern er sie überhaupt noch kannte.

Ich kramte gerade nach den Süßstofftabletten, die ich immer in den Tiefen meiner Handtasche herumtrage, als ich Silkes Hickory-Rauchatem am Ohr fühlte: «Hallo noch mal, Gabüüüü. Gut siehst du aus.»

Das hatte gerade draußen noch anders geklungen.

Sie ließ sich neben mich auf den Stuhl fallen und bedeutete dem hübschen Pudel, er solle gleich zwei Latte macchiatos bringen. Frauen wie Silke müssen nie warten.

Sie trommelte mit ihren spiralig rosa bemalten Nagelstudio-Fingern auf den Marmortisch und wiederholte noch mal: «Gut siehst du aus, Gabüüüü.»

Meine Nackenhaare stellten sich auf wie bei unserem alten Kater.

«Gabüüü» – so hatten mich meine Freundinnen genannt, als wir auf einer Interrailreise nach Paris die nächtliche Rückfahrt auf dem Fußboden eines Schnellzuges mit dem Rauchen von Gauloises-Zigaretten und dem Trinken von marokkanischem Rotwein verbracht hatten, den ich kurz vor Saarbrücken dann aus dem Zugfenster erbrochen hatte.

Gabüüü … Meine frankophile Phase mit überbackener Zwiebelsuppe und Gauloises-Zigaretten war längst vorbei. Vieles war vorbei. Die Camping-Phase mit den Kindern. Ihre Trotz- und Pubertäts-Phase. Meine Körner- und Naturkost-Phase. Unsere Toskana-Phase. Meine Wok-Phase. Meine Pilates-Phase.

In Fernsehserien sitzen alte Freundinnen stundenlang in schicken New Yorker Cafés, stecken die Köpfe zusammen und schnattern über Gott, die Welt und die Männer. Unsere Unterhaltung verlief eher zäh. Aber als Silke mich nach einer längeren Pause, in der wir beide fieberhaft nach Gesprächsthemen suchten, schließlich fragte: «Und, was macht dein Horst so?», da musste ich notgedrungen mit der Wahrheit herausrücken.

«Er hat sich entschlossen, in Pension zu gehen. Ich habe noch genau 190 Tage Zeit.»

«Oh», sagte sie, «so alt ist er schon. Du Ärmste.»

«Was soll das denn heißen? Wir freuen uns. Das wird toll.»

«Klar!», nickte Silke, «das sagen sie alle. Ich geh jetzt erst mal eine rauchen.»

Sie stand auf, ging zum Tresen, wo mein schöner Pudel lehnte, berührte ihn schmetterlingsleicht mit ihren rosa Krallen, bestellte sich bei ihm noch einen Cappuccino und verschwand nach draußen, um zu rauchen. Ich sah, wie sie sich auf einen der frostkalten Eisenstühle vor dem Café neben einem Mann in Lederjacke niederließ und ihn um Feuer bat. Ich hörte sie lachen.

Ich starrte vor mich hin. Der schöne Pudel brachte Silkes Cappuccino. Er kam gar nicht auf die Idee, dass ich vielleicht auch noch einen Getränkewunsch haben könnte. Sein braunes Haar glänzte wie bei einem jungen Tier. Seine Augen und Zähne waren Thomas-Mann-Nobelpreis-würdig.

Ich sah, wie Silke neben dem Lederjackenmann erneut auflachte, kokett ihre Zigarette ausdrückte und durch das Fenster bedauernd auf mich zeigte. Sie brachte einen Schwall feuchtkalter Luft, gemischt mit abgestandenem Rauch, herein.

«Von mir aus hättest du auch draußen bei dem Typen bleiben können», meckerte ich.

«Nee», sagte sie, «Gabüüü, der läuft mir so schnell nicht weg. Erzähl doch mal! Der Countdown hat also begonnen? Und was gedenkst du in Zukunft zu tun? Hörst du auch auf zu arbeiten?»

Ich zuckte die Achseln.

«Eigentlich macht es mir noch Spaß. Ich weiß es noch nicht. Aber wir wollen in jedem Fall mehr Zeit für uns haben. Endlich mal große Reisen machen. Horst wollte immer schon mal in die Staaten.»

«Horst. Soso. Und du auch?»

«Sicher.»

«Aha. Ich will dir mal was sagen. Das Ganze folgt immer demselben Schema. Nach der Pensionierung wird erst mal das Haus renoviert und der Keller gefliest. Dann werden ein paar große Reisen gemacht, und dann, so nach ein, zwei Jahren, dann tut sich das große schwarze Loch auf.»

«Welches Loch?»

«Ich nenne es auch gerne das Müller-Loch.»

Da Silke bei der AOK arbeitete, betrachtete sie sich als Frau vom Fach für alle körperlichen Erkrankungen und Gemütsstörungen.

«Mein Nachbar heißt Müller und ist Rentner. Wenn ich morgens zu meinem Job hetze, steht er im Schlafanzug am Balkonfenster und starrt hinaus. Kannst du dir vorstellen, dass ein Mensch an einem normalen Werktag im Schlafanzug minutenlang auf einen leeren Balkon glotzt? Schlimmer kann's doch gar nicht mehr werden.»

«Wir haben keinen Balkon», entgegnete ich entschlossen. «Es gibt kein schwarzes Loch.»

Silke schien plötzlich das Interesse am Müller-Loch verloren zu haben, denn der Mann da draußen, mit dem sie eben den Nikotingenuss und die einsamen, klammen Freiplätze geteilt hatte, war offensichtlich doch nicht willens, auf sie zu warten. Er packte sein Zigarettenpäckchen ein und stand auf. Er drehte sich zu uns um, bückte sich ein wenig, kam näher an die Scheibe und versuchte hinter den spiegelnden Caféhausfenstern seine Rauchbekanntschaft auszumachen.

Er schien unseren Fenstertisch entdeckt zu haben, denn er tippte bedauernd auf seine Armbanduhr und grinste ein schiefes, lässiges Lächeln, wie keine Frau es je zustande brächte. Er war der Cowboy, der sicher war, dass das Lasso in der Luft gleich über den Hals des Kalbes herunterkreiseln und die Schlinge sich zuziehen würde. Und Silke lief natürlich in das Lasso. In plötzlicher Hektik stieß sie ihren Stuhl zurück und stand auf.

«Ich muss dann mal», sagte sie hastig. «Lieb, dass du mich auf den Kaffee einlädst. Man sieht sich bei Gelegenheit.»

Sie hatte es so eilig, dass sie sogar ihre heiligen Zigaretten auf dem Tisch vergaß. Der Cowboy da draußen hatte sich abgewandt, gemächlich und ohne sich umzudrehen, lief er über den Platz.

Ich sah, wie Silke aus der Caféhaustür stürzte und etwas rief. Er drehte sich lässig um und wartete, bis sie bei ihm war.

Gott, was sind wir Weiber blöd.

Mich ließ sie mit der Aussicht auf das große, schwarze Müller-Loch zurück. Meine Latte macchiato war kalt. Ich winkte dem jungen Pudel. Er übersah mich. Ich winkte noch einmal. Dann noch einmal.

Zwanzig Minuten später hatte ich Silkes und meine gemeinsame Rechnung bezahlt. Der junge Pudel hatte mit seinem großen schwarzen Kellner-Geldbeutel auf Hüfthöhe direkt vor mir gestanden und nach Aftershave gerochen.

Männliches Aftershave macht mich fast so besoffen wie Weihrauch im katholischen Hochamt.

Ich fühlte einen Schweißausbruch nahen und gab ihm ein fürstliches Trinkgeld.

Ich war schon im Mantel, da kam er auf mich zu. Mein Herz blieb fast stehen. Er streckte mir etwas entgegen. Es waren die Horror-Passfotos, die offensichtlich aus meinem Portemonnaie gefallen waren.

«Sie haben diese Bilder verloren. Das sind Sie, nicht wahr? Hübsche Fotos.»

Thomas Mann – ich bin dein größter Fan!

Immer noch 190 Tage
Mein Traummann

Als ich ein kleines Mädchen war, stand für mich fest, dass ich nur einen Arzt oder einen Pfarrer heiraten würde. Ich hatte vor dem Fegefeuer genauso viel Angst wie vor einem Blinddarmdurchbruch, und der beste Schutz davor schien mir die Ehe mit einem einschlägigen Experten zu sein.

Als ich langsam größer wurde, kam noch ein weiteres Argument dazu: Ich fand sowohl einen langen schwarzen Talar als auch einen kurzen weißen Arztkittel wahnsinnig respekteinflößend. Ich bin eben noch in einer autoritätsgläubigen Zeit herangewachsen.

Während meiner Pubertät und in meinen wilden Jahren kam vorübergehend Bewegung in meine Wunschliste. Für kurze Zeit verschwand der Pfarrer von meiner Hitparade und machte Rockmusikern und Tennisspielern Platz. Aber dann siegte doch wieder meine konservative Erziehung. Einen Lufthansakapitän hätte ich durchaus akzeptiert, nachdem ich begriffen hatte, dass das männliche Kabinenpersonal meistens schwul ist. Auch einen jungen Spross aus altem Adel hätte ich in Betracht gezogen, aber es ergab sich einfach nicht.

Kurzzeitig war ich mit einem Juristen liiert, aber die Art und Weise, wie er jeden Morgen neben der Kaffeetasse einen Stapel weißes Papier und vier gespitzte Bleistifte auf dem Schreibtisch arrangierte, machte mich misstrauisch.

So blieb es beim Mediziner. Ich sah mich schon an seiner Seite zu einem Notfall eilen, er mit wehendem Kittel, ich mit den Worten: «Lassen Sie uns bitte durch, mein Mann ist Arzt!»

Das Einzige, was mich zweifeln ließ, war die bekanntermaßen niedrige Lebenserwartung von Medizinern. Aber das konnte sich ja im Verlauf der Zeit auch als Vorteil erweisen.

Was ich auf keinen Fall haben wollte, war:
1. einen E-Techniker oder Mathematiker (wegen der kragenlosen Acrylpullover)
2. einen Bankbeamten (wegen der Schiesser-Unterhemden)
3. einen Lehrer (wegen meiner traumatischen Schulerfahrungen).
   Sie ahnen es schon – genau so kam's. Horst ist Lehrer.

Auch innerhalb der Lehrer-Zunft gibt es eine Hierarchie. Ganz unten steht der Religionslehrer. Er ist der sanfte Heinrich der Schule, und das nutzen alle aus. Das Einzige, was ihn retten könnte, wäre ein Talar, aber den darf er in der Schule nicht tragen.

Gleich danach kommen Softie-Fächer wie Ethik, Kunst und Sozialkunde. Am oberen Prestige-Ende stehen die Mathematiklehrer. Nicht, weil sie besonders schlau sind, sondern weil sie so clever waren, ein Fach zu wählen, in dem man keine Vorbereitungen und kaum Korrekturen hat, und (aus gleichen Gründen und zumal aus der Sicht des weiblichen Lehrpersonals) die Sportlehrer.

Im Mittelfeld sind Allerwelts-Fächer wie Englisch, Chemie und Erdkunde. Die ärmsten Schweine sind die Deutschlehrer.

Sie korrigieren sich zu Tode. Ich liege mit Horst im guten Mittelfeld. Er unterrichtet Englisch und Erdkunde.

Er saß gerade über der Ex einer siebten Klasse zum Thema «Bodennutzung in Südamerika», als ich ihn mit dem Gesprächsergebnis meines Treffens mit Silke konfrontierte.

«Silke sagt, wenn du pensioniert bist, dann wirst du im Schlafanzug auf dem Balkon stehen und vor dich hinstarren.»

Horst sah nicht auf, er unterstrich gerade mit roter Tinte einen Schülersatz, machte drei rote Ausrufezeichen an den Rand und schrieb daneben «Soso!».

Ich setzte nach: «Silke sagt, wir fallen in ein großes schwarzes Loch. Das Müller-Loch.»

Er legte seinen Füller zur Seite und sah hoch.

«Also Gabi: Erstens haben wir keinen Balkon, zweitens trage ich nachts Boxershorts und ein T-Shirt, und drittens gibt es schwarze Löcher nur im Weltall. Sag das deiner Freundin.»

An der Tür des Arbeitszimmers scharrte es. Ich ging zu ihr, öffnete sie und ließ unseren alten Kater herein. Er miaute zornig, stromerte durchs Zimmer, machte einen lautlosen Satz auf Horsts Schreibtisch und ließ sich auf seinem aufgeschlagenen Diercke-Atlas nieder.

Ich setzte mich auf den Rand des Schreibtisches und kraulte den Kater, während Horst eine 4– auf die Ex schrieb. Er schob das Hinterteil des Katers von Venezuela und Brasilien Richtung Atlantik und sagte: «Warum machst du dir ständig Sorgen um alles? Ich freu mich drauf, endlich mal Zeit zu haben. Warum sollte ich mich langweilen? Der Kater langweilt sich doch auch nicht. Und wie lange, verdammt noch mal, soll ich mir noch von meinen Schülern weismachen lassen, dass Caracas die Hauptstadt von Argentinien ist? Mit fällt schon was ein. Ich könnte mir ein Hobby suchen. Außerdem wollten wir doch endlich mal in die Staaten fahren.»

«Du wolltest dahin. Ich nicht.»

«Aber das hatten wir doch seit Jahren vor.»

Ich schwieg.

«Jetzt mal im Ernst, Gabi. Das ist alles eine Frage der inneren Einstellung. Außerdem: Ich könnte dich endlich entlasten.»

Meine Hand stockte im Fell des Katers. Der hörte zu brummen auf.

«Also Horst, davon war nie die Rede! Ich will nicht entlastet werden! Vor allem: Komm mir in der Küche nicht dazwischen!»

«Hör mal zu, Gabi, ich bin doch nicht blöd. Meinst du etwa, ich spiele hier in Zukunft ‹Pappa ante portas› und schleppe dir hundert Klopapierrollen ins Haus?»

«Ich wäre schon zufrieden, wenn du mal eine leere Klopapierrolle bis zum Mülleimer tragen würdest.»

«Du weißt, dass ich das immer mache.»

«Ach was? Ich kann mich nicht daran erinnern.»

«Jetzt sei doch nicht so kleinkariert, wegen einer leeren Papprolle.»

«Ich bin doch hier das Bodenpersonal, die Gabi fürs Grobe. Bin gespannt, ob sich daran in Zukunft etwas ändern wird.»

Meine Stimme war leider etwas schrill.

«Also Gabi, auf dem Niveau diskutiere ich nicht mit dir!»

Horsts Stimme war im Gegensatz zu meiner aufreizend ruhig. Wahrscheinlich war das seinen leidvollen Erfahrungen mit Generationen von pubertierenden Schülern geschuldet.

Jetzt kam ich so richtig in Fahrt.

«Ich will dir mal was sagen, Horst: Auf dem Niveau habe ich aber die letzten dreißig Jahre hier die Drecksarbeit gemacht!»

Ich legte noch eine Terz drauf.

«Ich war im Beruf, ich hatte keine Zeit!»

Jetzt wurde auch er lauter.

«Ich etwa nicht?»

Die 4– wehte es vom Schreibtisch, der Kater fauchte.

«Das ist etwas anderes.»

Der Kater machte einen Buckel.

«Ach so, jetzt kommt's raus!»

Der Kater machte einen Satz entlang des südlichen Wendekreises vom Atlantik über den ganzen Kontinent bis mitten in den Pazifik, fast bis zu den Osterinseln, hechtete mit einem großen, lautlosen Satz auf den Teppich und jagte zur Tür hinaus. Ich hörte seine Tatzen die Holzstufen der Wendeltreppe hinunterschlittern.

Da wollte ich nicht nachstehen. Ich nahm Horsts Diercke-Atlas, knallte ihn zu, ließ ihn auf einen Heftstapel fallen und schrie: «Na, das kann ja heiter werden ab kommendem Sommer.»

Ich rannte hinter dem Kater her, wäre auf der Holztreppe fast ausgerutscht und hörte Horsts Stimme hinter mir.

«Ich kann's mir ja noch mal überlegen. Da lasse ich mir doch lieber weiter von meinen Schülern erzählen, dass Madagaskar vor der Küste von Peru liegt.»

Und ich schrie zurück: «Ist doch sowieso schon zu spät. Du hast den Antrag doch längst abgeschickt! Ich hätte doch einen Arzt heiraten sollen!»

Noch 183 Tage
Staub zu Staub

Das war kein sehr gelungener Abend gewesen. Ich hatte das Problem mit dem Müller-Loch Horst gegenüber nicht gerade geschickt ins Gespräch gebracht.

Der Kater hatte sich anschließend vor Aufregung in der Küche erbrochen, und Horst war an diesem Abend nicht zum Fernsehen im Wohnzimmer erschienen. Er hatte in seinem Arbeitszimmer die Südamerika-Ex zu Ende korrigiert. Sie war sehr, sehr schlecht ausgefallen.

Ich hatte meinen Ehefrust in einer Flasche Merlot ertränkt. Was ich nicht hätte tun sollen, denn ich kannte die Folgen.

Während Horst am nächsten Morgen wortkarg und mit einer miserablen Südamerika-Ex in der Aktentasche aufbrach, um sich seinen pädagogischen Aufgaben zu widmen, öffnete ich den Hängeschrank über der Spüle. Dort hortete ich meine Küchengewürze.

Wahrscheinlich war es eine Form von pathologischer Hörigkeit, die mich mit diversen geschäftstüchtigen Fernsehköchen verband. Ich konnte nicht anders, als all ihre exotischen Gewürzmischungen auszuprobieren, die sie in ihren Kochsendungen anpriesen: römisches Nudelgewürz, indisches Hochzeitscurry, karibisches Scampi- und Fischgewürz, ayurvedisches Ceyloncurry. Vielleicht sollte ich mehr Geld für exquisite Gesichtscreme und weniger für Designer-Küchengewürze ausgeben.

Neben dem rosa Himalayasalz und dem Fleur de Sel aus Ibiza lagen meine Aspirintabletten. Ich drehte den Wasserhahn auf, sah zu, wie die Tablette zu sprudelnden Bröckchen zerfiel, nahm mir vor, eine alkoholfreie Woche einzulegen, und machte mich auf den Weg in meinen Büchertempel.

Wenn man aus der Straßenbahn aussteigt, dann steht man praktisch schon vor meinem Arbeitgeber.

Es ist das, was man eine 1-a-Citylage nennt, exorbitante Mieten und der Zwang zu hohen Umsätzen inklusive. In den letzten acht Jahren, seit ich wieder in Teilzeit als Buchhändlerin arbeite, haben wir uns hier mit unserer Buchhandelskette breitgemacht wie eine Marktfrau auf ihrem dicken Hintern. Die Inhaberin des letzten selbständigen Buchladens in der Innenstadt hat sich im vergangenen Jahr auf eine Stellenannonce unseres Hauses beworben. Sie wurde nicht genommen, aber seitdem ist klar: Wir sind endgültig unangefochtener Platzhirsch.

Zwei Azubis waren gerade dabei, unsere Rollcontainer mit den Sonderangeboten vor die Eingangstüren zu schieben. Es war die übliche Mischung aus Fotobänden über die Kampfflugzeuge im Zweiten Weltkrieg, Leitfäden durch die Welt der Schüßler-Salze, Rezeptbüchern mit Nudelsoßen und Sudoku-Heftchen.

Morgens, wenn die erste Rentnerwelle mit dem Aufsperren der Türen das Haus flutet, gehen erfahrungsgemäß die Kreuzworträtselheftchen und preisgünstigen Gartenfibeln am besten. Um die Mittagszeit schieben sich vor allem die Bürobesatzungen der Banken und Versicherungen hier vorbei. Dann sind unsere repräsentativen Coffeetable-Books der Renner: Lofts in New York. 100 Wellness-Hotels in Europa. Karl Lagerfeld als Designer.

Am Spätnachmittag und bis zum Abend kommen die Kunden, die die Schnelldreher kaufen, gerne auch als Hardcover. Das sind die Kunden, die uns am liebsten sind.

Mit Büchern ist es wie mit Fisch. Beides darf nicht lange herumliegen.

Im Grunde könnten wir mit einer Handvoll schnell schreibender Schweden mit dem Hang zu undurchsichtigen, blutrünstigen Metzeleien unser Geschäft bestreiten. Ein paar Venedig-Krimis als Dekoration, den aktuellen Fernsehkoch als Sahnehäubchen – fertig ist das Bücher-Fastfood-Menü. Ich kann auch nichts dafür. Unser Filialleiter auch nicht.

Die Zeiten ändern sich eben, und er hat das unbedingte Ziel, dass wir in den nächsten zwei Jahren zu den zehn umsatzstärksten Filialen unseres Konzerns aufsteigen. Und ich bin ein Teil dieses ehrgeizigen Projekts! Und wenn wir es mit unserer Filiale nicht schaffen, dann tut's ein anderer.

Ein Buchladen funktioniert wie das Paketspiel, das ich früher mit den Kindern an ihrem Geburtstag gespielt habe: Ausgerüstet mit Ski-Handschuhen und Messer und Gabel, mussten sie versuchen, ein verschnürtes Paket zu öffnen. Darin war wieder ein verschnürtes Paket und dann wieder eines. Und ganz zum Schluss, in all den enttäuschend leeren Paketen, im letzten Paket, da lag dann die 400-Gramm-Toblerone mit Mandel-Krokant!!

Und so passierte ich unsere Non-Book-Abteilung mit Trostpralinen, Gute-Laune-Drops und Magnet-Lesezeichen. Ich ging an den Zeitschriften, den Top-Sellern, Audio-Books und der Abteilung Regionales mit den Bierführern vorbei. Ich nahm die Rolltreppe zu den Taschenbüchern, Horror+Crime+Vampire, Erstes Lesen+Jugendbuch, Küche+Wein und Gartenwelt. Ich fuhr weiter hinauf zu Körper+Geist, Esoterik und Reisen+Fremdsprachen.

Noch eine Rolltreppe aufwärts, und ich war in meinem Reich, der Klassikerabteilung. Dort, wo sich die 400-Gramm-Toblerone mit Mandel-Krokant befand – um im Bild zu bleiben.

Dort oben, in der letzten Etage, ist es wunderbar ruhig, auf den Lesesofas ist immer ein Platz frei, und viele der älteren Kunden, deren Gesichter ich im Laufe des Tages über die Rolltreppe hinaufschweben sehe, kenne ich seit Jahren.

«Ich weiß wirklich nicht, wie lange wir uns diese Kompetenztapete wirtschaftlich noch leisten können», hatte unser Filialleiter erst neulich in der Mitarbeiterbesprechung geunkt. «Regalwände voller großer Dichter, die keiner kauft.»

So unrecht hatte er leider nicht, und so kam es immer öfter vor, dass der Kollege von Kunst+Historie meine Klassiker mit betreute und ich als Springerin auf der Rolltreppe wieder nach unten geschickt wurde.

Als ich an diesem Tag in meiner Abteilung im obersten Geschoss unseres Büchertempels angekommen war, musste ich feststellen, dass mein morgendliches Aspirin nicht wirklich gegen den Merlot ankam. Ich sagte mir, dass meine anhaltenden Kopfschmerzen unmöglich vom Quantum, sondern vielmehr von der miesen Qualität des gestrigen Rotweins herrühren konnten. Ich beschloss, in Zukunft und nach meiner alkoholfreien Woche auf hochwertige Gesichtscreme, hochwertige Weine und einfache Würzzutaten wie Reichenhaller Salz und Petersilie zu setzen, und hoffte, dass man mich heute mit meinem dröhnenden Kopf und meinen Klassikern in Ruhe lassen würde.

Die Hoffnung trog. Ich lehnte gerade meinen Kopf gegen die

kühlende Metallverstrebung einer Regalwand, als unser Filialleiter auftauchte und mir mitteilte, dass es im Erdgeschoss bei den Top-Sellern einen Personalengpass gäbe, und fragte, ob ich heute länger bleiben könnte. Ich wusste, dass es sich nicht empfahl, eine solche Frage zu verneinen. Aber heute traf unser Personalengpass mich und meine Kopfschmerzen mit voller Wucht.

Den Vormittag über schlitzte ich im Erdgeschoss mit einem Tapetenmesser Kisten auf, in denen sich der sechste Band einer schlampig geschriebenen, aber extrem erfolgreichen Sadomaso- und Bondage-Geschichte einer jungen Amerikanerin befand.

Ich finde es zwar generell begrüßenswert, wenn nicht nur finstere Schweden in unserem Haus regieren, aber während ich einem Paket nach dem anderen zu Leibe rückte, fragte ich mich doch, wozu die Jahrzehnte der Emanzipation nütze waren, wenn wir uns jetzt wieder fesseln und auspeitschen ließen.

Es waren sehr viele Kisten, die ich aufschlitzen musste. Unser Filialleiter hatte es vermutlich wieder einmal geschafft, extrem günstige Konditionen mit dem Verlag auszuhandeln. Wir waren schließlich jetzt schon eine der umsatzstärksten Filialen. Ich tippte, dass er von den 30 Kisten maximal 20 bezahlt hatte. Und so stapelte ich die ausgepeitschte junge Amerikanerin zu immer höheren Türmen neben der Rolltreppe. Jedes Mal, wenn ich mich bückte, um einen Stapel aus der Kiste herauszuholen, hämmerte das Blut in meinem Kopf.

Ich balancierte gerade zehn Sadomaso-Geschichten auf meinen Armen, als ich unvermutet die Stimme unseres Filialleiters hinter mir hörte.

«Danke, dass Sie hier unten einspringen, Frau König», sagte er. «Tolles Buch, was? Ist gerade erst auf dem Markt und geht jetzt schon auf der Spiegelbestsellerliste ab wie eine Rakete. Meine

Frau hat's gelesen. Sie meint, ich sollte doch auch mal einen Blick reinwerfen.»

«Na ja», erwiderte ich und wischte mir den Schweiß von der Stirn, «das ist Geschmackssache. Ich finde, man muss nicht alles, was wir verkaufen, auch gelesen haben.»

Ich versuchte mir unseren Filialleiter ohne Anzug, nackt und mit Peitsche vorzustellen. Es fiel mir schwer.

«Da bin ich ganz bei Ihnen, Frau König. Letztendlich geht es um das Produkt, nicht um den Inhalt.»

Ich lächelte matt.

«Ist Ihnen nicht gut, Frau König? Irgendwie gefallen Sie mir heute nicht.»

Auf diesen seltenen Fall von Anteilnahme war ich in meinem Zustand überhaupt nicht vorbereitet, und so murmelte ich etwas von Migräne und Wetterumschwung. Im nächsten Augenblick hätte ich mich dafür ohrfeigen können. Migräne! Wetterumschwung! Das klang eindeutig nach klimakterischer Mitarbeiterin. Es wäre besser gewesen, ich hätte die Wahrheit gesagt: Ich habe gestern Abend Zoff mit meinem Mann gehabt. Und dann habe ich eine Flasche Merlot getrunken. Und das Aspirin wirkt überhaupt nicht. Das wäre eine durchaus respektable Erklärung gewesen.

Es mussten wohl die guten Umsatzzahlen sein, die wir dieser SM-Geschichte zu verdanken haben, dass mein Filialleiter so milde reagierte. Er sagte jovial zu mir: «Dann tauschen Sie doch mit der Kollegin an der Kasse, Frau König. Gute Besserung und sagen Sie Ihrem Mann einen schönen Gruß.»

Den Rest des Tages verbrachte ich an der Kasse. Ich scannte die Preise von Golferjournalen, Heimwerkerzeitschriften und Computerfachblättern ein, kassierte für Spanisch-Audiokurse, Niedertemperaturrezeptbücher und billige Thailandreiseführer ab und verkaufte gute zwanzig Mal die ausgepeitschte Amerikanerin. In jede Plastiktüte, die ich über den Kassentresen reichte, steckte ich einen 5-Euro-Gutschein für unsere Onlinebuchhandlung und sagte dazu: «Sie können gerne Ihre Bestellung übers Internet abwickeln. Wer mag schon bei dem Schmuddelwetter raus?»

Das war der Satz, den uns unser Filialleiter bei unserer letzten Morgenbesprechung mit auf den Weg gegeben hatte. Und ich fragte mich, warum ich mich hier mit meinen Kopfschmerzen auch noch selbst überflüssig machen musste.

Entsprechend war meine Stimmung, als ich endlich wieder zu Hause ankam. Ich war entschlossen, meine heutige Situation nicht noch weiter zu verschlechtern und daher besser mit keinem Wort mehr auf unseren gestrigen Streit und die Frage der Existenz eines schwarzen Müller-Lochs einzugehen.

Auf dem Telefontischchen im Flur lag die Post von heute. Ich blätterte sie durch, meine Wintermütze noch auf dem Kopf, den Hausschlüssel in der Linken.

Zwischen Telefonrechnung und Aldi-Reklame steckte ein schwarz gerahmter Umschlag. Er war an mich adressiert und noch nicht aufgerissen. Diese Art von Post war das, was mir heute noch fehlte. Ich schlitzte den Umschlag auf und las auf einer Todesanzeige in großen schwarzen Lettern den Namen eines Mannes, den ich nicht kannte.

«Hallo, Horst!», rief ich nach oben, «ich bin wieder da! Alles in Ordnung bei dir? Würdest du bitte mal runterkommen?»

Ich gab mir alle Mühe, freundlich und entspannt zu klingen, um ihm keinen Anlass zu einer Fortsetzung unseres gestrigen Streites zu geben. Er kam tatsächlich sofort aus seinem Arbeitszimmer die Treppe herunter, nahm mir den Anorak ab und fragte beiläufig: «Hallo Gabi, wie war's heute bei dir?»

Ich schloss daraus, dass auch er heute Abend nicht vorhatte, mit mir die Frage des schwarzen Müller-Loches weiter zu diskutieren.

Ich hielt ihm die Todesanzeige entgegen.

«Da ist eine Todesanzeige in der Post. Sagt dir der Name des Toten etwas? Ich kenn den nicht.»

Er las und schüttelte den Kopf. Ich nahm noch einmal den Umschlag zur Hand. Der Brief war tatsächlich an mich adressiert. Ich legte ihn wieder auf das Telefontischchen und seufzte: «Ach, das können wir auch später noch klären. Ich habe irgendwie schon den ganzen Tag Kopfschmerzen und außerdem einen Mordshunger. Ist Maxi da, und haben wir noch etwas zu essen im Haus?»

Es stellte sich heraus, dass unser Jüngster noch in der Uni war (möglicherweise war das aber auch nur die offizielle Version) und dass Horst für das Abendessen eingekauft hatte.

Ich nahm diese Tatsache als wortloses Waffenstillstandsangebot.

Er hatte es sicher gut mit mir gemeint, als er beim Metzger kalten Braten und Schinken besorgt hatte. Aber ich sehnte mich nach heißem Risotto mit viel Parmesan, ich sehnte mich nach gefüllten Tortelloni mit in Butter gebratenen Salbeiblättern, ich sehnte mich nach in Rotwein geschmorten Kalbsbäckchen. Letzteres veranlasste mich anzunehmen, dass mein Kater dabei war, abzuklingen. Ich stocherte lustlos in ein paar kühlschrankkalten Gewürzgürkchen, als mir plötzlich die Erklärung für die seltsame Trauerkarte durch den Kopf schoss.

Ich ließ mein Gewürzgürkchen fallen, rannte in den Flur und zog noch einmal die Todesanzeige aus dem Umschlag. Der Name des Toten sagte mir gar nichts. Aber den Namen der Witwe, ja den kannte ich natürlich. Das war Marieluise.

Marieluise. Marieluise von Kettig. Der Nachname hatte mich irritiert. Aber da stand: Marieluise von Kettig, geb. Mahn.

Marieluise Mahn. MM. Die erste, einzige, fast vergessene Gefährtin meiner frühen Jahre. Meine Blutsbrüderschwester. Meine Pinkelgefährtin hinter der Schulmauer in der ersten Klasse. Meine Spickzettelmitwisserin aus der fünften Klasse. Meine Zungenkuss-Übungsleiterin aus der siebten Klasse. Meine Petting-Informantin aus der neunten Klasse. Marieluise Mahn. MM. Sie hatte also schließlich doch noch geheiratet. Und jetzt war ihr Mann gestorben.

Wir hatten uns über dreißig Jahre nicht mehr gesehen. Die Beerdigung ihres Mannes sollte am Dienstag sein. Sie fand an dem Ort statt, an dem wir beide groß geworden waren, unsere Kindheit und Jugend verbracht hatten. Ich war seit einer Ewigkeit nicht mehr dort gewesen.

«Dann fahr doch hin, wenn es dir so viel bedeutet», hatte Horst gesagt und sein Bierglas geleert.

Und ich fuhr am folgenden Dienstag. Nicht mit dem Auto, ich nahm den Zug. Erst den ICE, dann die Regionalbahn.

Es war einer dieser hoffnungsvollen, strahlenden Februartage, die einen vom Frühling träumen lassen. Ich setzte meine Sonnenbrille auf und sah durch die matten Zugfenster ins blendende Licht. Das Graubraun der kahlen Laubgehölze. Das Spiegeln der letzten Pfützen auf den Feldwegen. Die Ahnung von Gelb in den überhängenden Ästen der Trauerweiden. Die fettglänzenden braunen Schollen auf den Äckern. Der Lastkahn auf dem Fluss. Der erste Trecker im Weinberg. Ich sah nicht die Aldi-Scheunen und fußballfeldgroßen Parkplätze, ich sah nicht die mausgrauen Vorortsquartiere, die Reklametafeln der Imaxx-Kinos, den Plastikmüll an den Bahndämmen.

Ich sah das Land meiner Kindheit, in dem es noch Milchläden gab und blinkendrunde Friseurschilder.

Ich öffnete die Dose Cola, die ich mir beim Umsteigen gekauft hatte. Und da war er wieder, dieser Geschmack nach Sonntagsausflug. Die glucksenden Schlucke, die Ermahnungen, langsam zu trinken. Die Gefahr. Und dann der Blick auf das dunkel Sprudelnde vor mir. Vielleicht löste sich jetzt gleich das Fleisch meiner Eingeweide in ein rosa zerfallendes Nichts auf.

Ich erkannte ihn sofort wieder, den kleinen Bahnhof. Wenn seltener, lange ersehnter Besuch kam, hatten wir Bahnsteigkarten gelöst und an den Gleisen gestanden. Wenn der Besuch alltäglicher oder von der weniger beliebten Sorte war, hatten wir im Wartehäuschen gesessen, auf abgeschrabbten, gebogenen Holzbänken, mit baumelnden Füßen. Ein Rest von Kohlestaub hing für mich immer noch in der Luft.

Meine Kinder haben es mir nicht glauben wollen. Ihr habt kein Auto gehabt? Dann hattet ihr also Pferde? Gab es damals schon Farben, oder war alles schwarzweiß? Meine Geschichten interessieren sie mittlerweile längst nicht mehr, sie sind zu beschäftigt, und auch ich bin eine von der Sorte, die nicht gerne zurückschaut.

Aber ich kenne hier noch immer jede Bordsteinkante. Ich kenne den Weg zur Schule, weiße Kniestrümpfe bis zu den aufgeschürften Knien. Ich sehe den roten Lederranzen, rechts baumelt das Schwämmchen für die Schiefertafel. Ich sehe das Kino, in dem Bernhard Grzimek die Serengeti gerettet hat, und ich sehe das einzige Schuhgeschäft mit Lurchi-Heften und Röntgenapparat.

Ich sehe die Apotheke mit dem gekrümmten Leuchterweibchen an der Decke und den präparierten Schildkröten hinter Glas. Ich sehe die Schule, riesengroß, rechts die Evangelischen, links die Katholischen. Ich sehe die schattige Moosecke, wo der Hausmeister die Schulmilch abstellt. Ich nehme den Strohhalm und pikse durch den Pappdeckel. Vollmilch oder Kakao? Er schmeckt sauer in der Sommerhitze.

Die Luft im Klassenzimmer tanzt vor Kreideschnee und Staubsternen. Auf dem Fensterbrett kniet ein schwarzer Misereor-Neger und verbeugt sich, wenn man ihn mit zehn Pfennigen füttert. An meinen Stricknadeln kleben Maschen, die einfach keine Socke werden wollen. Am Weltspartag kommt der Sparkassenmann und macht mit seinem Schlüssel unsere Spardosen auf. Und dann wird verglichen, wer mehr drin hat. Und wenn einer von uns Geburtstag hat, singen wir im Kanon «Viel Glück und viel Segen». Das Fenster steht auf und gleich schrillt die Glocke. Dann stürmen wir raus, Marieluise und ich, treue Vasallin, hinter ihr her.

Die alten Wege führten mich wie von selbst zum Marktplatz. Das Wort «Fußgängerzone» war damals noch nicht erfunden. Vermutlich fuhren hier früher Autos über den Platz, aber daran habe ich keine Erinnerung.

In meiner Kinderwelt gab es Kletterbäume, Gewitterblumen, Ostereierverstecke und Maikäfergräber, aber keine Autos. Und – ich weiß es noch – hier in der Mitte gab es den Brunnen, an dem man sich die kratzige Strickjacke bis zu den Ellbogen durchnässte. Hier gab es ein langweiliges Speiselokal mit braunen Holzstühlen und Asparagustöpfen, wo jedes Jahr Oma zum Geburtstagsessen einlud. Und einmal im Jahr fand hier das Heimatfest statt, mit einem riesigen Kinderkarussell und einem märchenhaft-überwältigenden nächtlichen Feuerwerk, größer als alles, was die heutige Pyrotechnik ersinnen kann.

Das Speiselokal war verschwunden, versunken in meiner Kinderwelt, nur noch eine schwache Erinnerung aus Sauerbratengeruch und Oma-Geburtstag und Stillsitzenmüssen. Die Fenster waren herausgebrochen und einer großzügigen Glasfront gewichen, dahinter Kuchentheke, italienisches Eis und Bistrotische, davor die ersten Korbstühle in der Februarsonne. Wer sagt denn, dass alles immer schlechter wird?

Ich suchte mir ein warmes Plätzchen in der Februarsonne, packte mir die bereitgelegte dicke Fleecedecke auf die Knie, schloss die Augen und hörte dem Brunnengeplätscher zu. Und als die Stimme des Kellners in die sonnige Geräuschkulisse drang, sagte ich, ohne lange nachzudenken:

«Bringen Sie mir einen Grießbrei.»

«Grieß-ä-br-ai, Signora? Was ist-ä daaas?»

«Ach nichts», blinzelte ich, «bringen Sie mir einfach ein großes Banana-Split.»

Ich löffelte die ganze Portion reuelos und selbstvergessen und sah den zwei Mädchen mit dem Hund an der Leine zu, der mit seiner blauen Zunge von dem Brunnenwasser schlabberte. Wir haben damals keine Golden Retriever gehabt, sondern Kanarienvögel, die Hansi hießen, und freitags gab es Kochfisch.

Ich hätte hier sitzen bleiben können, stundenlang, verwoben in meine Kindheitserinnerungen. Aber das war leider nicht das Ziel der Reise.

Den Weg zum Friedhof kannte ich noch. Er lag stadtauswärts, auf halber Strecke zwischen der Volksschule und dem Altersheim – tut mir leid, aber so hieß das seinerzeit nun mal.

Er lag an einem Hang, und als Kind schien mir das der einzig richtige Ort für einen Friedhof zu sein: Unter Bäumen, mit Blick übers Tal, und im Himmel darüber saß der liebe Gott und sah auf mich herunter, und mein toter Opa und meine Oma saßen neben ihm.

Der Weg dorthin war fast so weit, wie er damals schon gewesen war, aber endlich sah ich das Friedhofstor mit dem steinernen Engel.

Vielleicht hätte ich mir ein Taxi nehmen sollen. Der schwarze Pulli klebte unter dem heute viel zu dicken Wintermantel an meinem Oberkörper. Neben dem Schlurren meiner Füße im vertrockneten Vorjahreslaub hörte ich, wie sich von hinten ein Auto näherte. Und gleich darauf sah ich, wie ein Mini Cooper an mir vorbeischoss. So ein Auto war seit Jahren mein Traum.

Der Wagen bremste links von dem steinernen Engel, und ich sah zwei lange, schmale, schwarz bestrumpfte Beine, die sich in einer eleganten, Lady-Di-gleichen Bewegung aus dem Auto schwangen. Die Wagentür knallte zu und dies perfekt sitzende, schwarze Taillenkostüm mit dem knielangen Rock und diese schlichten, schwarzen Wildlederpumps mit den 7-Zentimeter-Absätzen waren einfach nicht fair.

Ich hatte es befürchtet. Das war MM. Ich erkannte ihr Profil mit den hohen Wangenknochen auch nach so vielen Jahren sofort. Ich sah auf meine staubigen Schuhe und wagte es nicht, laut «Marieluise!» zu rufen.

Sie lief mit entschlossenen Schritten auf ihren hohen Absätzen vor mir her, in ihrem schicken schwarzen Witwenkostüm, und ich folgte ihr mit dem Gefühl von damals: Sie war einfach in allem besser.

Sie lief mit hocherhobenem Kopf auf die Friedhofskirche zu, wo ein paar Grüppchen von Schwarzgekleideten warteten. Sie nickte nur kurz, sprach aber mit niemandem, und ihr schwarzer Schatten verschwand durch die dunkle Tür ins Kircheninnere.

Ich fühlte mich plötzlich unwohl und nervös. Verschwitzt und mit klebrigem Sodbrennen im Hals. Was machte ich eigentlich hier? Ich kannte hier niemanden. Nicht einmal den Toten. Sollte ich hier draußen stehen bleiben bei all den Fremden mit den ernsten Gesichtern oder hineingehen zu Marieluise?

Ich wurde der Frage enthoben, denn ein Vertreter des Beerdigungsunternehmens im schwarzen Anzug tauchte im Rahmen der Kirchentür auf, dirigierte uns mit diskreten Handbewegungen zu sich nach drinnen, und dann begann auch schon die Glocke da oben ganz dünn zu läuten.

Sie saß alleine in der ersten Reihe, die Beine übereinandergeschlagen, eine große Sonnenbrille vor den Augen, und wandte nicht einmal den Kopf, als wir uns, einer nach dem anderen, durch den schmalen Kircheneingang schoben.

Auf dem Sarg lagen Rosen in einer Farbe, die ich noch nie gesehen hatte. Es war ein so tiefes Rot, dass es dem Ebenholzschwarz eines Konzertflügels glich. An der Vorderseite lehnte ein großes, gerahmtes Foto. Marieluise und ihr Mann. Sie mit einer strahlenden Zahnreihe, er, an sie gelehnt, fast einen Kopf kleiner, kahlköpfig und geschätzte zwanzig Jahre älter.

Immer, wenn ich auf eine Beerdigung gehen muss, denke ich daran, wie es sein wird, wenn ich selbst einmal in so einer Kiste liegen werde.

Ich sehe Horst, einen gebrochenen Mann, der sich verzweifelt fragt, warum er mir meinen sehnlichen Wunsch nach einem burgunderroten Mini Cooper nicht zu meinem letzten Geburtstag erfüllt hat.

Ich sehe meine drei Kinder, Nina, Kati und Maxi, die sich weinend aneinanderschmiegen und fragen, ob ihnen jemals im Leben noch irgendwer solch köstliche Bratkartoffeln machen wird wie ich.

Ich sehe meine tränenverschmierten Gymnastikfreundinnen, die am Vorabend meiner Beerdigung ihren Schmerz in unzähligen Prosecco-Flaschen ertränkt haben.

Ich sehe meine alten Buch-Kunden, die zusammengelegt haben, um mir gemeinsam zum Abschied eine Thomas-Mann-Erstausgabe ins Grab hinterherzuwerfen.

Und, seit heute weiß ich, ich möchte, dass Marieluise meine Beerdigung organisiert. Ich war noch nie auf einer so schönen Beerdigung.

Der Pfarrer in seinem schwarzen Talar sah aus wie Roy Black in seinen besten Jahren, bevor er dem Alkoholismus verfiel, mit dichten schwarzen Wimpern und einer Samtstimme wie damals in «Ganz in Weiß». Er sprach sanft und eindringlich von der wunderbaren Gemeinschaft des Verstorbenen mit seiner bezaubernden Frau und wie selbstlos diese ihren Mann während seiner schweren Krankheit bis zuletzt begleitet habe. Er betete so eindringlich zum lieben Gott, dass ich ihn fast wieder dort oben sitzen sah, ihn, mit seinem weißen Bart.

Die Orgel spielte so brausend wie am Jüngsten Tag, dass ich schluchzen musste, obwohl ich den Toten ja nicht kannte.

Und als schließlich eine junge Frau neben den Sarg trat und einsam und glockenhell ein altes Beatles-Lied sang, da weinte ich, als sei das meine eigene Beerdigung. When I find myself in times of trouble, Mother Mary comes to me, speaking words of wisdom, let it be, let it be. Let it be, let it be.

Ich fasste mich erst wieder, als wir alle im Zug hinter dem Sarg, hinter Roy Black und hinter Marieluise mit gemessenen Schritten zum Grab liefen.

Die Sonne tat mir gut, sie vertrieb die Gänsehaut von meinen Armen. Und während ich so langsam einen Fuß vor den anderen setzte, tröstete ich mich mit dem Gedanken, dass der Tod zwar grundsätzlich etwas Schreckliches sei, für Marieluise aber durchaus auch eine Perspektive bot. Schließlich hatte sie offensichtlich die letzten Jahre einem alten, kranken Mann geopfert, von dem ihr nun nur noch sein Konto blieb. Daraus sollte sich eigentlich etwas machen lassen, zumal für eine Frau wie Marieluise.

Sie stand schon vorne, neben dem Grab, aufrecht, die Sonnenbrille verdeckte ihr Gesicht zur Hälfte. Roy Black stand neben ihr. Für einen kurzen Moment musste ich unwillkürlich und unpassenderweise grinsen. Ob er ihr mehr als geistlichen Trost gespendet hatte?

Er breitete die Arme aus, sprach über dem Toten und uns allen den Segen. Erde zu Erde, Asche zu Asche, Staub zu Staub. Dann bückte sich Marieluise nach der kleinen Schaufel, die in dem aufgeworfenen Erdhügel steckte, und ich hörte dreimal das «Plop», als die Erde dort unten auf dem Sarg auftraf.

Jetzt waren wir, die Trauergemeinde, an der Reihe. Ich stand weit hinten in der Schlange, die sich langsam auf Marieluise und das offene Grab zubewegte. Schritt für Schritt kam ich ihr näher. Sie stand ruhig und aufrecht da und sah zu, wie einer nach dem anderen Erde auf ihren toten Mann warf. Sie sah jedem ins Gesicht, nickte dankend, aber gab niemandem die Hand. Ihr blondes Haar glänzte beneidenswert in der Sonne.

Schließlich war ich an der Reihe. Ich griff nach der kleinen Schaufel und sah hinab zu Marieluises Mann, den ich nie kennengelernt hatte. Ein trockener Erdbrocken zerplatzte auf dem Sarg, dann machte ich ein paar Schritte auf Marieluise zu und sah in ihre Sonnenbrille.

«Ga... Gabi?», ihre Stimme war dünner, als ich sie in Erinnerung hatte, und brüchig.

Ich nickte.

«Du bist tatsächlich gekommen?»

Ich hörte ein Aufschluchzen und dann breitete sie ihre Arme aus und schloss sie um mich. Ich spürte den von der Sonne erwärmten schwarzen Stoff ihres Ärmels an meiner Wange und roch ihr Parfüm. Hinter mir bimmelte die Totenglocke für die nächste Beerdigung. Ich sah hoch. Ihre Sonnenbrille war verrutscht, und ich sah ihr in die Augen. Sie waren ungeschminkt, verschwollen und rot verweint.

«Bist du verheiratet, Gabi?»

Ich nickte.

«Pass gut auf deinen Mann auf. Es ist schrecklich, wenn man so mutterseelenalleine ist auf der Erde, es ist ganz furchtbar …»

Ihre Augen schwammen in Tränen, ich hörte einen rauen Schluchzer, aber dann spürte ich, wie ihr Körper sich wieder straffte, sie räusperte sich, löste sich aus unserer Umarmung, rückte die Sonnenbrille zurecht und sagte: «Danke dir sehr, dass du gekommen bist, Gabi. Grüß deinen Mann», und dann wandte sie sich dem nächsten Trauergast zu.

Im Weggehen drehte ich mich noch einmal um.

Sie stand neben dem offenen Grab, sehr aufrecht, die dunkle Brille verdeckte ihre Augen.

Roy Black lief mit wehendem Talar Richtung Ausgang.

Ich wandte mich zum Gehen. Während ich durch die Allee von kahlen Bäumen in Richtung Friedhofstor mit dem steinernen Engel lief, wandte ich mein Gesicht nach oben, zum Himmel, da, wo meine Oma und mein Opa saßen, und murmelte vor mich hin: «Ja, ihr da oben! Ich werde jetzt wieder zurückfahren, zurück aus dem Gabi-Kinderland in die Gegenwart, zu Horst. Ich werde aufhören, mit ihm zu streiten. Die Kinder sind bald alle aus dem Haus, auch Maxi, mit Gott. Wir werden endlich mehr

Zeit für uns beide haben. Wir schaffen das. Ihr habt es doch auch geschafft. Er ist doch mein Fels in der Brandung. Das wird schon mit uns beiden.»

Noch 175 Tage
Der Bielefelder Sanitärgroßhandel

Als am Abend mein ICE in den Bahnhof rollte, sah ich Horst schon aus dem Zugfenster, er stand auf dem Bahnsteig. Er spielte mit dem Autoschlüssel und hielt nach mir Ausschau. Ich drängelte mich aus dem Zug, stürmte auf ihn zu, umarmte ihn, drückte meinen Kopf an seine Schulter und sagte ihm, wie sehr ich mich freute, dass er mich vom Bahnhof abholte.

Er schien irritiert zu sein über meine Euphorie. Und außerdem stand er im Halteverbot.

«Wie war die Beerdigung?»

«Ach, wie so etwas eben ist. Sehr traurig. Aber ich finde, Marieluise hat sich toll gehalten. In jeder Hinsicht. Ihr Mann war zwanzig Jahre älter. Ich glaube, sie hat ihn wirklich geliebt. Und es war schön, mal wieder in der alten Heimat zu sein. Es riecht dort alles anders, finde ich. Intensiver.»

Ich hänge mich bei ihm ein, wir liefen gemeinsam zum Bahnhofsvorplatz, Horst betätigte die Fernbedienung am Autoschlüssel, die Lichter an unserem Wagen blinkten auf.

Ich ließ mich auf den Beifahrersitz fallen.

«Das war eine lange Zugfahrt.»

Ich lehnte mich zurück, Horst drehte den Zündschlüssel und scherte in den Feierabendverkehr ein. Wir schwiegen drei rote Ampeln lang.

«Horst? ... Sag mal, nächste Woche ist doch schulfrei, stimmt's?»

«Mm», brummte Horst. «Skiferien, wie jedes Jahr. Haben wir unserem Kultusministerium zu verdanken.»

Ich rutschte ein bisschen Richtung Fahrersitz.

«Was hältst du davon, wenn wir spontan ein paar Tage zusammen wegfahren, Horst? Nur wir beide.»

Horst wandte den Kopf zu mir.

«Was ist denn das plötzlich für eine Idee? Du weißt doch, dass mir der Chef zum Abschied zwei Leistungskurse Englisch aufgebrummt hat. Ich hab Korrekturen.»

Er stieß einen Fluch aus, denn die Ampel vor uns zeigte schon wieder Rot an.

«Bitte. Nur ein paar Tage. Nur wir zwei.»

Er tat so, als erfordere der Verkehr seine ganze Aufmerksamkeit.

«Horst», insistierte ich. «Erinnerst du dich? Wir haben uns letzte Woche wegen des Müller-Lochs gestritten. Und ich komme gerade von einer Beerdigung. Meinst du nicht, dass es gut wäre, wenn wir mal wieder etwas zusammen unternehmen?»

Er sah mich von der Seite an und brummte etwas von Korrekturen.

Ich rutschte noch ein bisschen näher.

«Ich finde einfach, wir sollten uns langsam darauf einstellen, wieder mehr zusammen zu sein. Vom Sommer an wird alles anders. Und außerdem bin ich froh, dass ich dich habe.»

Ich lehnte mich noch etwas weiter hinüber und gab ihm einen Kuss.

Da endlich grinste er und sagte: «Also gut, Gabi. Du hast mal wieder recht.»

Ich hatte tatsächlich fast eine Woche keinen Alkohol getrunken, aber an diesem Abend machten wir uns eine Flasche Wein auf und begannen Pläne zu schmieden.

«Gardasee», sagte Horst, «da ist jetzt schon Frühling. Ich wollte schon immer mal am Monte Baldo biken.»

«Horst!», sagte ich. «Überschätzt du dich da nicht? Außerdem wollen wir doch mal etwas zusammen machen. Ich bike nicht. Ich fahre höchstens mit dem Fahrrad einkaufen.»

«Amrum. Da waren wir früher immer mit den Kindern.»

«Toll», sagte ich. «Vielleicht gibt's ja den Spielplatz noch.»

«Istanbul. Da ist es jetzt vielleicht schon warm.»

«Ich kann kein Türkisch.»

«Mach dich nicht lächerlich.»

Das Gespräch war dabei, eine unerfreuliche Wendung zu nehmen.

Ich beschloss, einen Trumpf aus dem Ärmel zu ziehen:

«Venedig. So wie damals. Nur wir zwei. Ganz romantisch.»

«Venedig? Im Februar?»

Ich nickte heftig, die Vorfreude und der Wein trieben rote Flecken auf meine Wangen.

«Na gut.» Er nickte. «Einverstanden. Dann also Venedig, wenn du unbedingt willst. Ich hoffe, es steht nicht unter Wasser.»

«Darauf trinken wir!»

Ich ließ mein Glas gegen seines klirren. Wir tranken zusammen und beschlossen, noch eine zweite Flasche Wein auf unseren Venedig-Trip zu öffnen. Ich war schon ein bisschen blau und ziemlich gut gelaunt, als er fragte: «Und wer nimmt die Katze?»

Darauf war ich nicht vorbereitet. Ich starrte ihn ziemlich belämmert an, bis mir klarwurde, was er meinte. Wir hatten in der Tat eine Katze. Die nicht mitkonnte. Ich goss mir Wein nach. Das viele Wasser in Venedig war das Problem. Ich trank. Die Katze würde das Wasser in Venedig hassen. Außerdem wollte ich ja mit Horst alleine sein, nur wir beide. Ich nahm noch einen Schluck. Dann holte ich Schwung, stand auf und fragte: «Sag mal, ist Maxi ausnahmsweise zu Hause?»

Horst nickte.

«Er sitzt über einem Referat. Er meinte vorhin, wir sollen ihn nicht stören.»

Ich hielt mich am Tisch fest, stolperte in den Flur, schon in leichter Schräglage und schrie aus vollem Hals:

«Maximilian! Ich bin's, deine Mutter. Komm mal runter. Aber hopphopp!»

Ich kurvte zurück ins Esszimmer, nahm mein Glas vom Tisch, ging wieder in den Flur, nahm noch einen Schluck und schrie aus voller Kehle: «Maxi! Komm runter, aber ein bisschen dalli!»

Ich gebe zu, dass dies normalerweise nicht der Ton ist, in dem ich mit meinem erwachsenen Sohn kommuniziere. Es muss die Vorfreude auf Venedig gewesen sein.

Schließlich kam er tatsächlich aufreizend langsam die Treppe herunter, mal wieder barfuß.

Er ist unser Jüngster, er ist anders als die beiden Mädels, und wir hätten ihn längst rauswerfen sollen. Nach zwei Semestern Buchwissenschaft, einem halben Semester Sinologie und weiteren eineinhalb Semestern Kommunikationswissenschaften haben Eltern eigentlich ihre Fürsorgepflicht erfüllt. Nun hatte er sich entschlossen, den dornigen Weg eines Lehramtsstudiums einzuschlagen, noch dazu die gleichen Fächer wie Horst. Der sah darin den Sieg der Wirkungsmacht seines pädagogischen

Vorbilds. Ich sah darin mehr einen cleveren Schachzug, mit dem sich Maxi weiter seinen monatlichen Scheck sicherte.

«Mama, sag mal, hast du was getrunken? Was machst du denn für einen Krawall? Ich muss ein Referat vorbereiten.»

«Das freut mich zu hören», sagte ich. «Ich hoffe, du willst auch nächste Woche arbeiten. Da hat dein Vater nämlich Skiferien und fährt mit mir nach Venedig. Und du versorgst die Katze.»

«Nächste Woche? Sorry, aber das könnt ihr vergessen. Da bin ich in Kappadokien. Studienexkursion. ‹Thema Fels und Erosion in der Zentraltürkei›. Pflichtveranstaltung. Das wisst ihr doch längst. Tut mir leid, nichts zu machen.»

Horst war inzwischen mit unserer zweiten Rotweinflasche auch in den Flur gekommen und gab seinen Senf dazu.

«Kappadokien. Muss das sein? Wir haben unsere Semesterexkursionen damals zu den Vulkankratern in der Eifel gemacht und auch was dabei gelernt.»

«Dann wäre ich aber auch nicht da zum Katzefüttern, oder?»

Soweit ich das in meinem Alkoholnebel beurteilen konnte, hatte er damit recht.

«Dann müssen eben Kati oder Nina ran.»

Wir saßen wieder am Esstisch.

Ich war in der Stimmung, Nägel mit Köpfen zu machen, und beschloss, sofort Nina, meine Erstgeborene, in Berlin anzurufen. Aber dort war besetzt. Na gut, dann rief ich eben Kati an.

«Es ist halb zehn. Ich bin mitten im Lernen. Ist was passiert, Mama? Du hörst dich so komisch an.»

«Alles bestens», nuschelte ich und nahm noch einen Schluck. «Dein Vater und ich verreisen nächste Woche. Und du musst nach Hause kommen und den Kater versorgen. Dein Vater und ich fahren nach Venedig.»

Ich hörte, wie Katis Stimme eine Terz nach oben schnellte, und wusste aus Erfahrung, dass das kein gutes Zeichen war.

«Sag mal, Mama, wie stellst du dir das vor? Ich schreibe Ende nächster Woche BIOCHEMIE!! Ich kann nicht kommen!! Oder wollt ihr, dass ich durchs Examen falle?»

«Wer wollte denn damals die Katze?», versetzte ich ungerührt. Alkohol ließ mein Feingefühl immer dramatisch sinken.

«Mama!!!»

Oh, das klang aber gar nicht gut. Das hatte man nun von einer überehrgeizigen Tochter mit unnatürlich hohem IQ.

«Ist ja gut Katilein, ist ja gut. Reg dich nicht auf. Papa und ich wissen ja, wie viel du lernen musst. Weißt du was, du musst nicht kommen. Wir bringen dir die Katze. Nächste Woche Mittwoch oder Donnerstag. Ich schätze mal, so gegen ein Uhr. Ich meld mich vorher noch mal. Wiederhören. Bis dann.»

Ich legte den Hörer auf und sah Horst triumphierend an.

«Toll», sagte er. «Wir fahren erst zweihundertfünfzig Kilometer zu Kati nach Norden mit der Katze und wieder das Ganze zurück ohne Katze. Dann nach Venedig, dann wieder hoch ohne Katze und wieder zurück mit Katze.»

«Das habe ich jetzt nicht ganz verstanden.»

Ich musste leider feststellen, dass die zweite Weinflasche leer war.

«Das ist Blödsinn, Gabi. Wenn wir schon wegen der Katze nach Norden müssen, dann sollten wir auch dort Urlaub machen.»

«Also nicht nach Venedig?»

«Nicht nach Venedig. Ich bin für Amrum. War doch nett mit den Kindern damals.»

«Horst!!!!»

Er schob mir zur Beruhigung sein Weinglas rüber, das noch halb gefüllt war.

«Dann will ich wenigstens nach Sylt!»

Ich kippte den letzten Wein und bekam nur noch schemenhaft mit, dass er zustimmte.

Ich hatte ja keine Ahnung, dass so viele Leute am Ende des Winters, bei acht Grad Außentemperatur, bedecktem Himmel und Windstärke 6 verrückt danach sind, auf eine zugige, vom Untergang bedrohte Nordseeinsel zu fahren.

Nach langer Suche hatte ich irgendwann doch noch für vier Nächte ein Doppelzimmer in Strandnähe ergattert. Es lag in einer Seitenstraße, leider ohne Meerblick, aber immerhin.

Nein, es war kein reetgedecktes Haus zwischen Strandhafer und weißen Dünen, in der Ferne vom Meer umtost, wie ich das schon vor meinem inneren Auge gesehen hatte. Denn wir waren nicht Axel und Friede Springer, sondern Horst und Gabi mit einer kotzenden Katze im Fond.

Wir machten Station in Katis Studentenwohnheim. Sie sah erschreckend blass aus. Ich stellte ihr den Katzenkorb und vier vorgekochte Rinderrouladen hin, Horst trug das Katzenklo. Wir befreiten unseren alten Kater aus seinem Korb, er raste durch das winzige Zimmer zum Fenster, schwang sich in den dünnen Store, verkrallte sich darin und begann zu fauchen. Auf diesen für sein Alter unerwarteten Temperamentsausbruch hin begann unsere Tochter zu weinen. Wir trösteten sie, ich schickte Horst noch einmal zum Wagen, um den mitgebrachten Marmorkuchen zu holen, den sie sich als Kind immer zum Geburtstag gewünscht hatte, und dann verabschiedeten wir uns.

Als wir losfuhren und ich aus dem Auto heraus auf gut Glück zu der langen grauen Reihe von Alufenstern des Studentenwohnheims hinaufwinkte, krampfte sich mein Mutterherz vor

Mitleid und Schuldgefühlen zusammen. Kati war sowieso schon am Rande ihrer Nervenkraft. Ein seniler Kater in dem engen Studentenzimmer schien mir das Letzte, was sie noch brauchen konnte.

«Halt mal, Horst», rief ich deshalb. «Ich geh noch mal rauf und hole den Kater. Wir bringen ihn lieber zu Nina nach Berlin. Die ist robuster. Und ich hätte sowieso wahnsinnig gerne ihren Blumenladen wieder einmal gesehen. Was meinst du?»

«Schluss jetzt», blaffte Horst. «Kati wollte die Katze damals haben, und wir fahren jetzt nach Sylt.»

So fuhren wir Richtung Norden.

Wenigstens war das Wetter schön. Die Schatten großer Wolken jagten über die Autobahn, das Land streckte sich zu einer endlosen, leuchtenden Ebene, von Norden zogen Wolken auf. In unserem Wagen roch es nach Rouladen und Katze.

Ich zog die Schuhe aus, stemmte meine Füße gegen das Armaturenbrett, legte einen Arm um Horst und zählte schwarz-weiß gefleckte Kühe.

Es dämmerte schon, als wir in Niebüll ankamen. Horst rangierte unseren Wagen an der Autoverladestation auf die obere Etage des Autozuges und dann zuckelten wir los.

Der Damm schlängelte sich wie ein Wattwurm durch den feuchten, kräuseligen Sand. Rechts und links ragten Reusen aus dem Schlick, Strandläufer und Möwen staksten mit nickenden Köpfen entlang. Der Himmel im Westen flammte bengalisch. Dann verfestigte sich das Land schon wieder, wurde grün, Lämmer darauf.

Wir rollten wieder vom Zug, vor dem Bahnhof ließ ich das Seitenfenster herunter. Ein Regentropfen – oder war es Gischt? – traf mein Gesicht, im Dämmer sah ich riesige grüne Gestalten, die sich gegen den Wind stemmten. Der Regen wurde stärker, der Wind trieb ihn gegen die grünen Hünen und in unseren Passat. Ich sog die Luft tief durch die Nase.

«Herrlich», sagte ich, «die Luft ist wie Champagner, findest du nicht?»

«Ich finde, es riecht immer noch nach Rinderrouladen», erwiderte Horst. «Wo müssen wir hin?»

Man sah nicht mehr viel von unserem Hotel, als wir ankamen.

«Wir hatten heute bedauerlicherweise ein kleines Problem mit Ihrem Zimmer. Ein Wasserschaden. Wir sind leider hier im Hotel ausgebucht. Macht es Ihnen etwas aus, wenn wir Sie deshalb upgraden?»

Die junge Dame im Kostüm schob uns den Anmeldezettel über den Tresen.

«Horst, warum passiert so etwas immer mir? Und wo sollen wir jetzt schlafen?»

«Wir möchten Sie gerne up-gra-den», wiederholte die junge Dame geduldig. «Wir bieten Ihnen für die vier Nächte ein Apartment in unserer Dependance an. Salon, Schlafzimmer, Badezimmer mit Whirlpool, Landhausküche, Wattblick. Zum gleichen Preis. Wäre das in Ordnung für Sie?»

«Horst», sagte ich, «jetzt komm doch. Nimm die Koffer. Du hast doch gehört, sie wollen uns up-gra-den!»

Ich schätze, dies war tatsächlich das Apartment von Axel und Friede Springer. Im Erdgeschoss stand eine blau-weiß gestreifte Couch vor einem dänischen Kaminofen und einer mattglänzenden Stereoanlage. Von den tiefen Fensterbänken blickte eine hochbeinige Holzmöwe durch die Sprossenfenster in die Nacht. Eine weiße Wendeltreppe führte nach oben. Und in der Küche gab es weiß-blaues Friesengeschirr, eine riesige Teekanne, ein Cerankochfeld und ein aufgeschlagenes Kochbuch mit Fotostrecken von ganzen Fischen im Salzbett und leuchtend roten Hummerkrabben.

Dies war der friesische Himmel. Wir holten uns die zwei mitgebrachten Flaschen Rotwein aus dem Auto und betranken uns vor Glück. Nachts heulte der Wind um die Fenster, und als ich morgens aufwachte, war Horst schon auf den Beinen. Ich tappte zum Fenster, stieß es auf und sah das Wattenmeer wie einen matten Spiegel liegen, eine Möwe stürzte sich vom Himmel an meinem Ausguck vorbei, und unten tauchte gerade Horst im Anorak auf:

«Moin moin», rief er. «Ich habe schon Frühstück besorgt. Rund-s-t-ücke und Friesentee.»

So setzte ich in meiner Friede-Springer-Landhausküche Wasser auf, befüllte die riesige Kanne, und während ich honigfarbenen Tee in unsere Friesentassen goss, begann ich schon Pläne für den ersten Urlaubstag zu machen.

«Ist das nicht herrlich hier? Wir müssen unbedingt noch mal einkaufen gehen. Ich brauche Kluntjekandis und Pflaumenmarmelade. Was meinst du, ob wir die Kinder anrufen, dass sie nachkommen? Wir haben hier so viel Platz!»

Horst warf mir einen warnenden Blick zu. Ich nahm einen neuen Anlauf.

«Also, Horst, was wollen wir zwei heute unternehmen?»

Er kaute zwar noch auf seinem Rund-s-t-ück, hatte aber trotzdem sofort eine Antwort parat.

«Na, erst mal in die Strandsauna, danach nackt in die Brandung, und dann fahren wir einfach mal die Strecke Hörnum–Rantum–List mit dem Fahrrad ab.»

«Ach ja?»

Meine Stimmung sank.

«Na, es war doch deine Idee, dass wir mal wieder etwas zusammen unternehmen.»

«Ich hatte mir das gemütlicher vorgestellt …»

«Dann mach du doch mal einen Vorschlag.»

«Erst Krabbenbrötchen, dann Deichwiesenlamm, dann Friesentorte.»

«Von einem Lokal ins andere? Na toll.»

Wir schwiegen beide verbissen und widmeten uns unserem Ostfriesen-Tee.

Doch schließlich stand er auf, kam um den Tisch herum, legte den Arm um mich und sagte: «Kompromissvorschlag: Du machst mit mir einen ausgiebigen Strandspaziergang, und dafür gehe ich danach mit dir deine Krabbenbrötchen essen.»

Ich dachte an MM, zwang mich zu einem Lächeln und nickte.

Als ich, warm eingepackt in meinen Fahrrad-Winteranorak, aus dem Haus trat, pfiff der Wind. Er fuhr mir in die Haare und trieb mir das Wasser in meine ohnehin schon wässrigen Augen. Ich drehte mich um, die Haare klatschten mir ins Gesicht und ich sah erst in diesem Moment, dass unser Haus tatsächlich ein Reetdach hatte.

Von diesem Augenblick an beschloss ich, meinen Urlaub mit Horst richtig zu genießen.

Und so liefen wir einträchtig nebeneinander am Strand entlang. Von Westen fegte der Sturm Wolkenfetzen über das tosende Wasser. Sonnenstrahlen morsten dazwischen wilde Muster in den Sand. Schaumbälle von Gischt wirbelten vor unseren Füßen. Der Strandhafer schleuderte seine Halme nach allen Seiten, hinter den Dünen buckelten sich die Reethäuser wie Urzeitelefanten. Das Wasser kam und ging, leckte in einem Augenblick an unseren Schuhen und entrollte sich im nächsten Moment vor unseren Füßen in einer unberührten, glitzernden Fläche.

Ich zog die Schuhe aus, er auch. Das Wasser war eisig, aber die Fußsohlen waren warm vom Abrieb des Sandes. Ab und zu zeigte sich landwärts im Salzdunst ein hoch aufragendes storriges Reisigbündel und eine hölzerne Treppe führte durch die Dünen hinauf, hin zu den Elefantenbuckeln, aber wir hatten immer noch nicht genug, und so liefen wir und liefen. Gegen Möwengeschrei und Ewigkeitsweite, nur Meer und Wind und Sand.

Irgendwann tauchte weit vorne im Gischtnebel ein riesiges, gestrandetes Etwas auf, die Fata Morgana eines Piratenschiffs. Im Wind und Dunst schien es zu sich zu bewegen. Aber die Erscheinung wich nicht, gewann an Kontur und an Festigkeit. Eine Holzburg auf Stelzen, an der Spitze eine Fahne, knatternd im Wind, und ein Holzschild, auf dem stand: «Austern – Krabben – Nordseefisch».

Wir bückten uns und wischten uns mit den Socken notdürftig den Sand von den Zehen. Ich versuchte meine Haare mit den Fingern zu zähmen, spürte die Salzkristalle auf meiner Kopfhaut und die wilden Afrolocken auf meinem Kopf, wie damals nach der ersten missglückten Dauerwelle.

Wir dampften vor Meeresfrische und Appetit, ließen uns an einen der langen Tische fallen, bestellten Scholle mit Bratkartoffeln und tranken mit salzigen Lippen ein Jever.

Ich widmete mich gerade liebevoll den feinen Gräten am oberen Rücken meines Fisches, als der Ober ein Paar in unserem Alter an unseren Tisch führte. Sie hatten beide blaue Käppis auf, und ich fragte mich, wie sie es geschafft hatten, die Piratenburg zu entern und trotzdem auszusehen wie bei einem gepflegten Poloturnier. Sie bestellten sich zwei Gläschen Champagner und für jeden zwölf Sylter Royal.

Ich hatte gerade eine Gräte zwischen den Lippen, als uns die beiden Neuankömmlinge zuprosteten. Der Mann lächelte unter seinem Käppi zu mir herüber. Hatte er mir zugezwinkert? Ich zog die Minigräte zwischen meinen Zähnen hervor und lächelte zurück.

Ich hörte, wie die Gläser der beiden aneinanderklirrten und sah aus den Augenwinkeln, dass die Polofrau Mehrkarätiges am Ring- und Mittelfinger trug. Ich rückte angewidert ein wenig von ihr ab, aber ausgerechnet in diesem Moment sprach sie mich an.

«Ich sagte gerade zu meinem Mann: ‹Die Luft ist hier wie Champagner!› Finden Sie nicht auch? Prösterchen!»

Ich hob mit Fischfingern mein Bierglas und prostete lustlos.

«Es geht doch nichts über Sylter Austern mit einem Spritzer Zitrone, finden Sie nicht?»

Mein Schweigen schien sie als Zustimmung zu nehmen, dabei hatte ich nur eine weitere Schollengräte im Mund. Im nächsten Augenblick hatte ich ihren Teller mit schlabberigen Austern vor der Nase.

«Probieren Sie mal! Hier sind sie besonders gut. Wir kommen deshalb jedes Jahr mindestens einmal hierher.»

Na ja, ich hatte das schon immer mal probieren wollen. In einer Mischung aus Schaudern und Begierde griff ich mir eine der krustigen, aufgebrochenen Schalen, sah, wie das glibberige Etwas sich unter den Zitronensafttropfen zusammenzog, kniff die Augen zu und schluckte. Als ich die Augen wieder öffnete, sah ich, dass Horst auch gerade schluckte (oder eher würgte) und danach sofort zu seinem Bierglas griff.

«Prösterchen! Wir sind die Thermanns. Heidrun und Werner. Wollen wir uns nicht duzen? Nehmt doch noch von unseren Austern!»

Wir griffen zu unseren Biergläsern, sagten, dass wir Gabi und Horst seien, und ich bediente mich noch mal von den Austern.

Horsts Begeisterung schien sich in Grenzen zu halten, aber mir schmeckten sie zusehends besser. Als die vierundzwanzig Austern weg waren, bestellten wir drei uns weitere zwölf und dazu drei Gläschen Chablis. Horst bestand weiter auf seinem Bier.

Es stellte sich heraus, dass Heidrun und Werner aus Bielefeld kamen und dort einen Sanitärgroßhandel betrieben.

Wir unterhielten uns über Kloschüsseln und Waschbecken, schlurften noch ein paar Austern, gingen, weil das irgendwie doch passender war, auf Champagner über, Werner Thermann zwinkerte mir gelegentlich zu, und das ging so lange, bis Horst energisch mit den Worten einschritt: «Gabi, jetzt reicht's!»

Ich konnte nicht verhindern, dass unsere neuen Bielefelder Freunde aus dem Sanitärfachhandel die ganze Zeche zahlten, und die war so exorbitant, dass mir gar nichts anderes übrig blieb, als zu sagen: «Dann kommt uns doch wenigstens morgen Abend im Gegenzug besuchen. Ich koch uns was Feines!»

Ich spürte einen heftigen Schmerz, als Horst mir gegen mein heute sowieso schon überbeanspruchtes Schienbein trat, der Mann aus dem Sanitärfachhandel zwinkerte mir wieder zu und seine Frau säuselte schon leicht angeschickert: «Was für eine nette Idee, aber ich fürchte, wir müssten Karl Lagerfeld mitbringen.»

Mir war klar, dass sich auf der Insel jede Menge Prominente herumtrieben, aber das versetzte mir doch für einen Augenblick einen Schock, bis sich herausstellte, dass Karl Lagerfeld der Mops der Thermanns war. Er hatte diesen Namen wegen seines exquisiten Geschmacks (der in seinem Fall allerdings nur das Hundefutter betraf) bekommen, und weil er ein sehr teurer Mops gewesen war.

«Sag mal, was soll das?», blaffte Horst, als ich die Treppen der Piratenburg hinunterschwankte und er mich am Arm stützte.

«Wieso lädst du wildfremde Leute zu uns ein? Musst du immer alle gleich bekochen? Oder willst du verhindern, dass wir tatsächlich einmal Zeit für uns beide haben?»

Ich sagte Hörstchen zu ihm und dass er nicht so streng mit mir sein solle.

Obwohl die Nordseesonne am Himmel noch ihr Spiel mit den Wolken trieb, sank ich daheim todmüde auf die schicke Felldecke, die unser ausladendes Doppelbett bedeckte. Ich bekam schemenhaft mit, dass Horst sich unserer beider Abendgestaltung wohl anders vorgestellt hatte, aber wenn ich es schon nicht einmal mehr unter die Dusche schaffte, wie sollte ich da weiteren, ungewohnten Aktivitäten gewachsen sein? Aber morgen war ja auch noch ein Tag.

Er begann damit, dass ich über dem großformatigen Kochbuch in meiner beeindruckenden Küche brütete und mich nach langem Hin und Her für eine Dorade im Salzbett mit Rucola-Kartoffelschnee entschied.

Ich bat Horst, Dorade, zwei Kilo Meersalz, Kartoffeln, Rucola und Zitrone kaufen zu gehen. Als er nach zwei Stunden schwer beladen zurück war, schickte ich ihn noch einmal los, um eine Kiste Sancerre, sechs Flaschen Mineralwasser und einen Aquavit zu besorgen. Dann fiel mir ein, dass wir keinen Anzünder für unseren romantischen dänischen Kaminofen hatten.

Horst erklärte, wie schon am Vorabend, so habe er sich seinen Urlaub nicht vorgestellt, und ging noch mal Bier und Anzünder kaufen.

Ich wusch inzwischen meine schöne, glatte, fangfrische Dorade, füllte sie mit Zitronenscheiben und bettete sie sanft auf einer weißen Salzschicht. Ich umhüllte sie zärtlich mit einer Mischung aus Meersalz und Eiweiß und heizte schon mal für sie den Backofen an.

Leider stellte sich heraus, dass Friede Springer diese Küche wohl nur zu Dekorationszwecken eingerichtet hatte, denn die Backofentemperatur ließ sich nicht regulieren. Friedes Backofen kannte nur alles oder nichts. 250 Grad oder Kälte. Ich entschied mich für alles.

Als unsere neuen Freunde klingelten, war die Salzkruste schon dunkelbraun. Ich sprintete nach oben, streifte mir meinen etwas zu eng gewordenen weinroten Rock über und stieg in mein einziges Paar Hochhackige, die ich aus eheerotischen Gründen sicherheitshalber eingepackt hatte. Dann stöckelte ich hinunter und ließ unsere Gäste herein.

«Was für ein entzückendes Domizil!», flötete Heidrun. «Unter Reet! Ihr seid ja wirklich zu beneiden!» Sie drückte mir eine Kilopackung Pralinenkreationen in die Hand.

«Gabi, du siehst großartig aus», sagte der Mann aus dem Sanitärhandel und legte mir seine Hand auf meinen Rock, der über meinem Hintern spannte. Dann ließen die beiden Karl Lagerfeld von der goldpatinierten Leine. Der wackelte mit seinem dicken Po in die Landhausküche, drückte seine platte Schnauze gegen die gläserne Backofentür und jaulte. Etwas Speichel lief seitlich an der Tür herunter.

Ich verscheuchte ihn, er trollte sich beleidigt, legte sich vor unseren flackernden dänischen Kaminofen, drehte sich auf den Rücken, streckte seine dünnen Stummelpfoten in die Luft und begann zu schnarchen.

Horst entkorkte den Sancerre, ich machte den Backofen auf,

Hitze schlug mir entgegen, und ich verlangte nach einem Meißel für die mittlerweile schwärzliche Salzkruste. Es stellte sich heraus, dass Friede Springers Landhausküche zwar einwandfrei ausgestattet war, ein Meißel aber nicht zum Inventar gehörte.

Doch der Vertreter des Bielefelder Sanitärhandels erwies sich als Mann der Tat. Er legte wieder unbemerkt die Hand auf meinen Hintern und bat um einen meiner Pumps. Mit dem sicheren Instinkt des Handwerkers hieb er mit dem Absatz die Kruste entzwei. Dann reichte er mir galant meinen Schuh zurück. Ich schlüpfte wieder hinein. Der Absatz wackelte. Aber darauf kam es nicht an. Wichtig war der Zustand meiner Dorade. Sie war perfekt.

Wir aßen und tranken, nahmen einen Aquavit und noch eine Flasche Sancerre, der Mops schnarchte vor dem Kaminofen, und aus heiterem Himmel fing Heidrun an zu heulen und erklärte, dass sie sich in Bielefeld nicht mehr blicken lassen könne. Horst bot ihr noch einen Aquavit an, damit sie nicht so weinte. Sie trank ihn, heulte noch mehr und gebrauchte ein paar deftige Ausdrücke, die mir neu waren.

Horst trank zum Trost gemeinsam mit ihr noch einen Aquavit, worauf sie sich ihm übergangslos an die Brust warf. Sie schniefte und schluchzte ausgiebig auf Horsts Hemd. Als sie sich wieder ein wenig gefasst hatte, erklärte sie, dass sie sich nach diesem Scheißurlaub von diesem Drecksack scheiden lassen werde, so wie der sie nach Strich und Faden betrüge. Bei diesen Worten bearbeitete sie den männlichen Bielefelder Sanitärhandel mit ihren Fäusten.

Der Sanitärmann schien solche Auftritte schon zu kennen, er wehrte mit einer Hand ihre Schläge ab und schenkte ihr mit der anderen ungerührt Aquavit nach. Dann legte er unter dem Tisch seine Hand auf meinen Oberschenkel.

Heidrun bemerkte dies nicht, weil Horst ihr zum Trost noch einen Aquavit einschenkte, und ich schob derweil die Bielefelder Hand von meinem Schenkel.

Heidrun erzählte ein paar Details aus dem Triebleben ihres Göttergatten, und das ging so weiter, bis Horst sich weigerte, ihr nachzuschenken. Sie rappelte sich hoch, knickte ein bisschen auf ihren hochhackigen Ralph-Lauren-Stiefeletten um und zerrte unseren neuen Freund an seinem karierten Golf-Jackett von seinem Stuhl. Der legte im Gehen noch einmal die Hand auf meinen Hintern, was Horst aber nicht bemerkte, weil ihn die Trost-Aquavits langsam außer Gefecht setzten.

Unsere neuen Freunde hatten schon die Tür hinter unserem Feriendomizil zugeschlagen, da fiel mir Karl Lagerfeld ein. Er schnarchte immer noch vor dem Kaminofen. Es schien sich um einen ausgesprochen unsensiblen Mops zu handeln. Ich packte ihn an seiner Hundeleine, schleifte ihn hinaus in die Sylter Nacht und machte ganz schnell die Haustür wieder zu.

Heute Nacht würde sich herausstellen, ob Möpse auf dieser Welt eine Überlebenschance hatten.

Als ich hinaufstieg in unser Schlafzimmer, lag Horst schräg auf der Pelztagesfelldecke und schnarchte ebenfalls. Ich pikste ihn mit meinem wackeligen Schuhabsatz, aber er grunzte nur. Schade, irgendwie hatte der Bielefelder Sanitärhandel mich sexuell animiert. Aber morgen war ja auch noch ein Tag.

Am nächsten Morgen war Horst ein wenig verkatert und hatte keine Lust auf weiträumige Strandwanderungen. Das kam mir entgegen. Ich wollte sowieso in der Westerländer Fußgängerzone einkaufen gehen.

Mir war nicht entgangen, dass mein alter Fahrradanorak hier nicht viel hermachte. Hier trug man Barbourjacke oder Steppweste in Dunkelblau, in Ausnahmesituationen auch mit Gold-knöpfen. Außerdem brauchte ich einen Kaschmirpulli in Sand-, Kakao- oder Muscheltönen. Das trugen hier alle.

Horst ergab sich wehrlos. Während wir beide durch die Westerländer Fußgängerzone flanierten (er verkatert, ich u. a. auf der Suche nach dem Kaschmirpulli und Friesenkeksen), fiel mir auf, dass wir während unseres Einkaufsbummels bereits drei Möpsen begegnet waren. Allerdings hatten sie alle einen mir fremden Besitzer an der Leine. Karl Lagerfeld schien nicht darunter zu sein. Mir wurde klar, dass der Mops derzeit der Sylter Modehund war.

Nach unserer Einkaufstour (drei Packungen Friesenkekse für die Kinder, ein reduzierter Kaschmirpulli in der angesagten Sandfarbe für mich, für Horst nichts, denn er hatte immer noch Kater) gingen wir in die «Sylter Welle».

Wir verabschiedeten uns voneinander an der Kasse. Horst hoffte, in der Wikingersauna zu neuen Kräften zu kommen, ich wollte mir im Syltness DaySpa eine ayurvedische Ölmassage gönnen.

Eine kräftige Nordfriesin zündete eine nach Zimt riechende Kerze am Kopfende meiner medizinischen Liege an, kippte mir eine ordentliche Portion Öl in die Haare und begann mit ihrer Mukabhyanga-Massage. Sie aktivierte meine Doshas, befreite mich von tiefsitzenden Organblockaden, löste die Toxine in meinem Körper (wahrscheinlich vor allem Sancerre und Chablis) und fragte, ob ich gegen Aufpreis auch noch meine Darmpilze loswerden wollte.

Als sie mir anbot, ihre Klangschalen und einen Gong aus-zupacken, bat ich sie, einfach mal einen Augenblick Ruhe zu geben, denn ich hörte aus der Nachbarkabine schon seit geraumer Zeit klagende Geräusche. Ich lag still, meine Nordfriesin nahm für einen Moment ihre glitschigen Hände von meinem nackten Bauch, und wir hörten gemeinsam zu, wie meine Nachbarin hinter der dünnen Stellwand in einer weinerlichen Tirade ihren Mann als Schlappschwanz, Leisetreter und Spaßbremse titulierte.

Meine ayurvedische Nordfriesin war weit weniger beeindruckt als ich. Sie zuckte die muskulösen Schultern und meinte, das kenne sie schon, das sei hier die übliche Leier. Deshalb stehe sie ja hier jahrein, jahraus mit ihren Ölgüssen. Und in diesem speziellen Fall empfehle sie immer Katibasti, eine Ölteigmassage, die könne überall am Körper durchgeführt werden.

Das machte mir Angst, ich verzichtete darauf, weitere Blockaden bei mir zu lösen, und begab mich auf die Suche nach Horst.

Wir gingen Friesentorte essen, ließen uns im Windschutz eines Strandkorbes die Vorfrühlingssonne auf den Pelz brennen, und abends machten wir es uns vor unserem Kaminofen nett. Doch die letzte Nacht steckte uns noch in den Knochen, und so kuschelten wir uns erschöpft und wie Brüderchen und Schwesterchen unter unserem Reetdach ins Bett.

Am nächsten Morgen meinte Horst, an unserem letzten Tag müssten wir Sylt noch einmal so richtig ausnützen. Und so liefen wir wieder los.

Wir liefen durch den treibenden Sand, wir liefen durch die auslaufenden Wellensäume, wir liefen neben der steigenden Flut, wir liefen vor den jagenden Wolken, wir liefen mit den kreischenden Möwen, wir liefen und liefen.

Und mit einem Mal stellte ich fest, dass vor uns und hinter uns und manchmal auch neben uns alle anderen auch liefen. Und alle waren sie in unserem Alter. Auch sie liefen gegen den Wind, gegen die Salzgischt, gegen das Möwengezeter, gegen die Sackgassen ihrer Ehen, den Trott ihrer Beziehungen, das Räderwerk ihrer Familienkonflikte, das Hamsterrad ihrer Frustrationen, auf der Suche, hier am Strand, nach einer Brücke, einem Wegweiser, einem Ausweg, einer Atempause, einem Moment der Gemeinsamkeit und nach der Zukunft, nach dem roten Faden ihres Lebens.

Den letzten Abend verbrachten wir mit etwa zweihundert unserer strandwandernden Altersgenossen bei Gosch am Kliff, jeder angetan mit einer Steppweste und mit einem Sundowner in der Hand. Horsts Jever-Glas leuchtete wie Bernstein. Ich hatte inzwischen kapiert, dass Prosecco mich als ignorante Bustouristin outete und dass, wer weiblich war und unter Reet wohnte, zu dieser Tageszeit Aperol Spritz trank.

Die Farbe meines Getränkes korrespondierte in idealer Weise mit der blutglühenden Abendsonne über dem Meer, und hinter mir hörte ich eine Altersgenossin sagen: «Hach, ist dieser Sonnenuntergang nicht herrlich? Und die Luft ist wie Champagner.»

Ich drehte mich um und sah eine goldgefasste Sonnenbrille und ein Mopswelpen auf einem Barbourjackenarm.

«Also ehrlich, ich kann langsam keine Möpse mehr sehen», raunte ich Horst zu. Es muss der Einfluss der Sonnenuntergangsromantik und des Jevers gewesen sein, dass er mir antwortete: «Also ich schon, Gabi. Lass uns nach Hause gehen.»

An diesem letzten Abend unter Reet waren wir entspannt und euphorisch genug, um endlich wieder an frühere Freuden unseres Ehelebens anzuknüpfen. Horst hatte seine blauen Tabletten dabei, und so kam es zum Äußersten.

Kurz danach klingelte es. Ich warf mir meinen Morgenmantel

über und tappte barfuß und erschöpft die Wendeltreppe hinunter.

Vor der Tür stand der männliche und der weibliche Bielefelder Sanitärgroßhandel und fragten tränenerstickt, ob Karl Lagerfeld bei uns sei. Sie würden sich nicht mehr so genau an den Abend erinnern, und der Ärmste sei wie vom Erdboden verschluckt. Ich antwortete wahrheitsgemäß, dass ich ihn an unserem gemeinsamen Abend noch in die Nacht habe verschwinden sehen. Sie waren untröstlich.

Am nächsten Morgen brachen wir auf. Unser Wagen stand schon auf der oberen Ebene des Autoreisezuges, da ließ ich noch einmal das Seitenfenster herunter und atmete tief durch die Nase ein.

«Sag jetzt bitte nichts», brummte Horst.

«Wieso, was sollte es dazu zu sagen geben?», antwortete ich und sah noch einmal zurück.

Fast hätten wir auf der Rückfahrt vergessen, den Kater abzuholen. Mir schien, er hatte in den vier Tagen ein Kilo zugenommen. Er lag apathisch in Katis Zwergenapartment auf dem Bett. Seine Augen waren halb geschlossen, er reagierte kaum auf unsere Ankunft.

Es stellte sich heraus, dass Kati ihm Ritalin gegeben hatte. Mit Biochemie kannte sie sich ja aus. Ich gab zwar zu bedenken, dass unser alter Kater kein hypermotorischer, verhaltensauffälliger Jugendlicher sei, aber Kati verwies auf ihre anstehende Prüfung und auf die in Fetzen heruntergerissene Raufasertapete. Da verstand ich sie.

Der Kater schlief, bis wir zu Hause ankamen. Ich holte die Post von der Nachbarin, und Horst erklärte, er müsse auf der Stelle mit den Korrekturen für die Leistungskurse Englisch anfangen.

Ich packte nicht nur meinen, sondern auch seinen Koffer aus, belud die Waschmaschine, machte aus den Eiern, die ich noch im Kühlschrank fand, ein schönes Omelette mit einem winzigen Hauch Safran und Curry und rief schließlich: «Horst, Essen ist fertig. Kommst du runter?»

Durch die geschlossene Tür seines Arbeitszimmers hörte ich ein entferntes und ziemlich genervtes «Später!».

«Dann ist das Omelette kalt. Jetzt komm doch, Horst!»

Oben ging die Tür auf.

«Ich war tagelang nicht zu Hause. Morgen geht die Schule wieder los. Was denkst du, wann ich meine Korrekturen hätte machen sollen? Nachts? Oder während unserer Strandspaziergänge?»

«Ich dachte, es hat dir gefallen? Ich dachte, du wolltest mit mir in Urlaub fahren?»

«Ab Sommer jederzeit. Aber jetzt muss ich arbeiten!»

Oben fiel die Tür wieder ins Schloss.

Ich rief: «Dann mach dir doch selber was zu essen», knallte mir das Omelette auf einen Teller, setzte mich vor den Fernseher und aß es komplett allein auf.

Ich muss wohl nicht erwähnen, dass unter diesen Umständen keiner von uns beiden auf die Idee kam, an die gestrige Nacht anzuknüpfen.

Noch 168 Tage
Vampire und Klosterbrüder

In der Nacht wurde ich wach, weil ich eine Männer- und eine Frauenstimme vor dem Haus kichern und lachen hörte. Dann schloss jemand die Haustür auf. Die Tür fiel krachend zu. Da war wieder Gelächter. Eine der Stimmen war mir sehr vertraut. Das war eindeutig Maxis gackerndes Lachen. Ich hörte Trappeln auf unserer Holztreppe. Offenbar hatte sich unser erschöpfter Kater von seinem Schlafplatz aufgerappelt und war auf dem Weg nach unten. Ich hörte, wie Maxi zu dem Kater sagte: «Hey, Alter, da bin ich wieder. Sag mal, bist du noch fetter geworden?»

Der Kater maunzte.

Ich war zugleich erleichtert und hatte ein schlechtes Gewissen. In meinem Sylter Urlaubsglück hatte ich tatsächlich komplett vergessen, dass auch Maxi heute Nacht von seiner Kappadokien-Exkursion zurückkommen würde. Ich überlegte, ob ich aufstehen und ihm etwas zu essen machen sollte. Aber wer weiß, wen er da heute wieder im Schlepptau hatte und was er für die Nacht noch plante. So rüttelte ich den schlafenden Horst leise am Ärmel und raunte: «Horst, Maxi ist wieder heil zurück.»

Horst grunzte und drehte sich um. Ich zog mir die Bettdecke über die Ohren und ließ die beiden da unten weitermachen.

Morgens um sechs Uhr zwanzig wurde ich wach, weil ich mir einbildete, dass schon wieder die Haustür ins Schloss gefallen war. War Maxis Bettgenossin nach Hause gegangen?

Ich tastete mit der Hand zum Nachbarbett. Da war keiner. Ich setzte mich am Bettrand auf und stöhnte ein bisschen wegen meiner allmorgendlichen Beschwerden. Rückenschmerzen et cetera. Barfuß tappte ich zur Schlafzimmertür und öffnete sie. Der Kater hatte schon davor gewartet und miaute anklagend um meine nackten Beine.

Ich rief: «Horst??? Maxi???», aber niemand antwortete.

Ich sah ins Bad. Es war leer, die Rollos waren noch heruntergelassen. Aber Horst hatte sich augenscheinlich die Zähne geputzt, denn der Spiegel war wie jeden Morgen mit Zahnpasta bespuckt.

Ich sah in sein Arbeitszimmer. Die Englischklausuren lagen auf dem Tisch, daneben die aufgeklappte Aktentasche. Ich taumelte die Treppe hinunter, den Kater im Schlepptau. Mitten auf dem Boden im Flur lag Maxis große Reisetasche.

Ich rief wieder «Horst!» und «Maxi!», aber in der Küche war auch niemand. Nur auf der Spüle stand eine halb ausgetrunkene Tasse Kaffee. Der Garderobenschrank war aufgerissen, es sah so aus, als fehlten ein paar Kleidungsstücke auf Horsts Seite.

Langsam bekam ich Angst.

Ich rief noch einmal laut und zunehmend panisch «Horst!!!» und «Maxi!!!».

Da ging oben eine Tür auf.

Maxis verknautschtes Gesicht tauchte im Dämmer der matten Flurbeleuchtung auf, die ich Horst schon seit Wochen zu reparieren bat.

«Ey, Mama, ich bin heute Nacht erst wieder heimgekommen. Weißt du, wie spät es ist?»

«Schön, dass du wieder zu Hause bist, Maxi, aber das ist es ja eben!», rief ich nach oben. «Dein Vater ist noch nie um 6 Uhr 20 aus dem Haus gegangen. Meinst du, dass er mich verlassen hat, jetzt, wo wir es gerade so schön hatten?»

«Quatsch», kam es von oben.

«Du musst runterkommen, Maxi! Was soll ich denn jetzt machen?»

«Mensch, ich hab kaum geschlafen, was soll'n der Stress?»

«Maximilian!!!»

Ich weiß nicht, ob es mein imperativer Ton oder das nervige Maunzen des Katers war, jedenfalls setzte sich Maxi tatsächlich in Bewegung. Wie er da verschlafen und mit bloßem Oberkörper die Treppe heruntertapste mit seinen gut gewachsenen Einsfünfundachtzig und seinen nackten Füßen, Schuhgröße 44, sah ich in ihm immer noch den kleinen Jungen mit den speckigen Ärmchen, der in meiner Küche auf dem Fußboden Buchstabennudeln verstreut hatte. Dabei wusste ich nicht einmal, mit wem er da oben die Nacht verbracht hatte.

Er ging zielstrebig zum Kühlschrank, um sich eine Milchtüte herauszuholen. Beim Zuschlagen der Tür tat der Kater einen Schrei. Sein erwartungsvoll aufgerichteter Schwanz klemmte in der Tür fest.

Ich befreite den Kater und warf ihm zum Trost eine Scheibe von Horsts Frühstücksschinken in seinen Fressnapf. Der Kater schmatzte versöhnt, während Maxi eine ordentliche Portion Milch in eine Schüssel über ungefähr eine halbe Packung Cornflakes kippte.

Er ließ sich auf einen Küchenstuhl fallen und fing an zu mampfen. Ich wischte mit meinem Küchenlappen in der übergeschwappten Milch herum und wiederholte: «Papa ist weg! Ohne seine Schulsachen!»

Maxi schaufelte ungerührt weiter Cornflakes in sich hinein.

Ich ließ nicht locker: «Hältst du es für möglich, dass er mich verlassen hat? Vielleicht ist er mit irgendeiner blutjungen Handarbeitslehrerin durchgebrannt und verprasst jetzt mit ihr seine schöne Beamtenpension in den Staaten. Und mir hat er nicht einmal einen Abschiedsbrief hinterlassen. Wo wir es doch gerade so schön hatten, auf Sylt.»

«Quatsch», kaute Maxi. «Das schafft der gar nicht. Wer macht ihm denn dann seine Wäsche?»

«Na, die Handarbeitslehrerin», versetzte ich dumpf.

Maxi sah mich verständnislos an und fragte dann: «Sag mal, wie kommst du überhaupt auf die Idee, dass er abhauen könnte, und wie lange ist er denn schon weg?»

«Na, ungefähr zwanzig Minuten.»

«Waaaahn-sinn!», machte mein Sohn und mampfte schweigend weiter seine tropfenden Cornflakes. Sein Blick fiel aus dem Küchenfenster, und er setzte trocken hinzu: «Reg dich ab, da ist er wieder. Aber warum hat er ein schweinchenrosa Sweatshirt an?»

Ich sah aus dem Küchenfenster. In der Düsternis dieses letzten Februarmorgens erkannte ich schemenhaft einen rosa Kapuzenpulli mit der Aufschrift «Abi 2006». Den hatte Nina in jenem Sommer getragen, kurz bevor sie uns mitteilte, dass sie ihren Medizinstudienplatz nun doch nicht annehmen würde und möglicherweise eine Schreiner- oder Gärtnerlehre machen werde, jedenfalls irgendwie was Praktisches.

Der Pulli bewegte sich im Schneckentempo am Fenster vorbei, dann hörte ich die Haustür gehen, sie fiel lahm ins Schloss, und Horst trat in meine Küche.

Er streifte die rosa Kapuze vom schweißnassen Haar. Er trug

eine graue «Fruit of the Loom»-Hose mit Strickbündchen an den Fesseln, an deren Herkunft ich mich beim besten Willen nicht mehr erinnern konnte (möglicherweise handelte es sich um meine Putzhose, die ich vor längerem in seiner Werkstatt deponiert hatte), und darunter seine alten Fußballschuhe. Er nahm sich ein Wasserglas vom Abtropfbrett, füllte es, trank glucksend und machte «phuuu».

«Wow, du warst joggen, Papa», mampfte Maxi zwischen zwei Cornflakes-Schaufeln.

Horst nickte, immer noch atemlos.

«Ich habe auf Sylt ein Kilo zugenommen, und außerdem habe ich ja ab Sommer jede Menge Zeit für Sport. Ich dachte, ich sollte jetzt schon mal anfangen, an meiner Form zu arbeiten.»

«Hast du wenigstens einen Pulsmesser dabeigehabt?», schaltete ich mich ein. Ich fand, dass Horst dampfte wie eine frisch abgegossene Pellkartoffel.

An den Rändern des Küchenfensters setzte sich ein feuchter Belag ab. Horst öffnete noch einmal den Wasserhahn.

«Ach was, konditionell bin ich in Topform. Noch genauso fit wie vor zehn Jahren, als wir das Fußballturnier gegen die Kollegstufe gewonnen haben. Ich habe nur die falsche Ausrüstung. Da muss man erst mal investieren. Crosstrailschuhe, Leichtlaufjacke, Stirnhalogenlampe …»

«Hauptsache, du fängst ab Sommer nicht an zu golfen, Papa. Ein Golfplatz ist nur schön, wenn man ein Schaf ist.»

Maxi kippte sich noch einmal Milch in seine Schüssel, und Horst hatte offensichtlich nicht genug Adrenalin im Wald gelassen, denn ich hörte die Schärfe in seiner Stimme, als er antwortete: «Solange du noch hier wohnst, können wir uns das sowieso nicht leisten. Ich gehe jetzt duschen.»

«Und ich gehe jetzt wieder ins Bett», erwiderte mein Jüngster.

Ich sah meinen beiden Männern auf dem Weg nach oben nach, Horst vorneweg, immer noch dampfend, dahinter Maxi, wie immer barfuß, und ich rief aus lieber alter Gewohnheit: «Kind, zieh dir Schuhe an, du wirst dich erkälten!»

Ich räumte das Wasserglas und die Müslischale in die Spülmaschine und dachte: Warum hab ich mich eigentlich so aufgeregt? Und warum sollte Horst mich verlassen? Es war doch schön auf Sylt. Das wird schon, ab Sommer. Er wird jeden Morgen laufen gehen. Er steht bestimmt nicht im Schlafanzug und starrt auf den Balkon. Bei uns gibt es kein Müller-Loch!

Im Gegensatz zu Horst hatte ich auf Sylt fast zwei Kilo zugenommen, obwohl mir das in so kurzer Zeit unmöglich schien. Schon deshalb wäre ich an meinem ersten Arbeitstag nach unserem Urlaub gerne mit dem Fahrrad in meinen Büchertempel gefahren, aber heute Abend hatte Pater Engelmar bei uns seinen großen Auftritt. Wir waren lange hinter ihm her gewesen, bis er zugesagt hatte, und es würde spät werden.

Vor dem dunklen Heimweg auf dem Rad entlang des Flusses hätte ich keine Angst gehabt, denn die Wahrscheinlichkeit eines Sittlichkeitsdelikts, mich betreffend, sank von Jahr zu Jahr. Aber wegen der Abendveranstaltung mit Pater Engelmar hatte ich beschlossen, heute mit Rock und weißer Bluse in der Filiale aufzukreuzen. Und der Rock war (auch wegen der zwei Kilo) eindeutig zu eng für Fahrradfahrten.

Mein erster Arbeitstag begann wie erwartet. Unser Filialleiter begrüßte mich mit der Mitteilung, er brauche mich heute als Springerin bei Horror+Crime+Vampire.

Da war ich lange nicht mehr gewesen, und ich wunderte mich, warum man drei Aufsteller mit dem Porträt von Pater Engelmar ausgerechnet hier platziert hatte.

Horror+Crime+Vampire ist zugegeben nicht meine Kernkompetenz. Wer sich für untote Blutsauger, psychopathische Rumänen mit zu wenig Hämoglobin und für Zombies mit abnormem Gebiss und Knoblauchallergie interessiert, der macht sich für mich verdächtig. Und so scanne ich jeden, der bei mir mehr als drei von diesen Büchern auf einmal kauft, in meinem Gedächtnis ab, weil man ja nicht wissen kann, ob er nicht morgen schon auf einem Fahndungsfoto auftaucht.

Es fällt mir unter diesen Voraussetzungen schwer, meinen Kunden eine kompetente Beratung zukommen zu lassen. Erstens finde ich sie, wie gesagt, alle verdächtig, und zweitens würde ich nie im Leben einen Horror-Roman lesen.

Aber es geht auch so. Ich empfehle grundsätzlich die Plätze eins, zwei und drei der Bestsellerliste, plus einen Exoten, den ich wahllos aus dem Bücherstapel greife und meinen Kunden als Geheimtipp ans Herz lege. Der Inhalt steht ja auf der Rückseite, und lesen habe ich gelernt. Es gab noch nie Reklamationen.

So verging der Tag. Ich trieb meine psychopathologischen Studien, verkaufte ausreichend Bücher, ging ein paar Mal aufs Klo, holte mir einen Kaffee und – im Hinblick auf meinen engen Rock und die zwei Kilo – nur einen Rosinen-Muffin und wartete darauf, dass der Abend kam.

Zweimal schoss unser Filialleiter an mir vorbei, der heute seinen dunklen Anzug anhatte – wegen Pater Engelmar. Er ermahnte mich, die Aufsteller für die Lesung näher an der Rolltreppe zu platzieren, und erklärte mir, dass er jetzt unseren Gast vom Bahnhof abholen werde, dass dann ein Pressetermin anberaumt sei und dass wir sofort nach Geschäftsschluss um 19 Uhr damit beginnen sollten, die erste Etage zu bestuhlen. Ich nickte willfährig. Er hatte hektische Flecken am Hals.

Ab 19 Uhr wurde es auch bei uns hektisch. Wir arbeiteten im Akkord. Die männlichen Kollegen von Technik+Umwelt und von E-Books+Software schafften die Klappstühle aus dem Depot im Keller heraus, wir rollten die Container mit Plüsch-Lesemäusen, Lillifee-Kitsch und Ork-Büchern in der Kinderabteilung beiseite und bestuhlten den frei werdenden Platz mit zweihundert türkisen Plastikstühlen.

Da ich inzwischen die Älteste in unserer Personalriege bin und in meinem früheren, damals noch kinderlosen Leben als Buchhändlerin reichlich Erfahrungen mit Lesungen und Autoren jeglicher Art gemacht habe, hat mich unser Filialleiter mit der Organisation des Abends beauftragt: Mikro, Wasserglas für den Autor, Büchertisch für den Verkauf.

Pater Engelmar ist ein Quotenrenner. Die besten Umsätze mit ihm erreichen wir regelmäßig in der Vorweihnachtszeit. «Die neun Weisheiten des Glücks» haben im letzten Winter um ein Haar unser erfolgreichstes Kochbuch «Hauptsache lecker!» und den Ratgeber «Frauen sind komisch!» geschlagen.

Ich arrangierte neben den «Neun Weisheiten des Glücks» seine «Zwölf Schritte zur Achtsamkeit» sowie ein paar ältere Werke, die sich in der Aussage von den neuen nur durch Titel, Foto und Klappentext unterschieden, und seine von ihm selbst mit milder Stimme besprochenen CDs. Dann besorgte ich mir aus der Abteilung Körper+Geist Duftlampen, Räucherstäbchen, Schutzengel und Kristalle und gruppierte sie zwischen seinen Werken und rannte noch schnell, um mir einen kleinkindgroßen Buddha aus Holzimitat zu schnappen. Den platzierte ich neben seinem Wasserglas und dem Mikro.

Ich hörte, wie unten die Eingangstüren wieder aufgeschlossen wurden und wie die Horde von Erleuchtungswilligen die Rolltreppe stürmte. Nach einer Viertelstunde waren alle türkisen Stühle besetzt, wir schleppten und schleppten aus dem Keller nach oben, was sich an Sitzgelegenheiten noch auftreiben ließ.

Ich konnte nur hoffen, dass die Deutsche Bahn dafür sorgte, dass unser Pater rechtzeitig aus seinem einsamen Kloster hier ankam und dass er so milde war, wie er von seinen Buchdeckeln lächelte.

Um acht Uhr legte sich erwartungsvolle Stille über die Buch-Gemeinde. Er war ein Profi, denn er ließ seine Fans noch ein paar Minuten auf seinen Auftritt warten, aber nur so lange, bis kaum noch einer zu husten wagte.

Dann kam er über die Rolltreppe nach oben geschwebt. Ich hoffte, dass ihm die Bücherstapel mit der ausgepeitschten Amerikanerin entgangen waren. Unser Filialleiter schritt ihm wie ein Ministrant mit rotem Kopf vorweg.

Einen Moment fürchtete ich, die Buch-Gemeinde würde sich gleich wie bei der heiligen Wandlung erheben. Pater Engelmar ging nickend und milde lächelnd durch die Reihen. Es war fast wie auf dem Petersplatz.

Ich hatte ihn noch nie aus der Nähe gesehen. Er war erstaunlich groß in seiner braunen Kutte, und ich fand, er sah meiner Tante Hedwig ähnlich, von der ich nach ihrem Tod eine breite Goldkette und einen Brillantring geerbt habe.

Unser Filialleiter baute sich mit seinem Spickzettel neben dem Lesepult auf, gab seiner Freude über den prominenten Besuch Ausdruck, las die letzten Buchtitel des Paters von seinem Zettel ab und gab einen Abriss der Vita unseres Promis.

Ich erschrak ein wenig. Der Autor war keineswegs so alt wie meine verstorbene Tante Hedwig, sondern er war exakt mein Jahrgang.

Alle waren erleichtert, als sich die Rede unseres Filialleiters gen Ende neigte, denn er kannte sich zwar mit unseren Umsatzzahlen aus, aber rhetorisch war sein Potenzial begrenzt.

Endlich zog Pater Engelmar die «Neun Weisheiten des Glücks» aus der Kutte, legte die Linke auf den Kopf meines Buddhas und begann zu lesen: *Sehnsucht ist der Anfang von allem. Wo Leben ist, ist Glück, und wenn du glücklich sein willst, lebe. Jede Umkehr ist Wandlung und Kraft zur Mitte. So wird der Irrweg zur Wandlung, und auf dem Grunde des Herzens legt Gott dir die Freude bereit.*

Ach, das tat gut, wie ein Schokoschaumbad nach einem langen Arbeitstag.

Der Himmel öffnet dein Herz für den Weg deiner Reifung. Du wählst, was du willst, und du willst, was die Engel dir wählen.

Ich hatte mal wieder einen meiner Schweißausbrüche. Ich lehnte mich auf meinem Stuhl in der zweiten Reihe zurück und schloss die Augen. Pater Engelmars Stimme war weich wie ein lenorgespültes Handtuch. Die Hitze wich, und ich fühlte mich heiter und geborgen.

Strömen und Wachsen aus der Tiefe des Herzens. Raum geben und ja sagen. Sich einlassen und atmen.

Es war wie ein gemütlicher Schaukelstuhl, ich wippte vor und zurück, vor und zurück. Und urplötzlich merkte ich, dass mir der Kopf auf die Brust gesunken war. Ich sah mich um. Nichts als matte Ergriffenheit.

Er hatte wirklich ein Händchen für das richtige Timing. Nach einer besonders schönen rhetorischen Passage, als unser aller Herzen sich vor Freude geweitet hatten und die frohe Botschaft von Achtsamkeit, Liebe, Hoffnung und Glück wie ein Zweieurostück in einem Aquarium zu Boden trudelte, hörte er auf und teilte mit, dass man seine Werke jetzt kaufen könne.

Ich riss mich selbst aus meiner achtsamen Ergriffenheit,

klatschte im Aufstehen, drängelte mich nach vorne und postierte mich neben Pult, Buddha, Mikro, Wasserglas und Pater. Denn jetzt würden die Fans erst einmal den Büchertisch stürmen, meine Kollegen würden abverkaufen, und dann würde sich eine Schlange quer durch den Raum bis zum Pater vorne zum Signieren bilden.

Meine Aufgabe war es, die Schlange zu bändigen, nach besonderen Signierwünschen zu fragen, dem Pater seine geöffneten Bücher von links anzureichen und Einzelgespräche zu unterbinden, damit wir irgendwann hier mal fertig würden.

Ich stellte erfreut fest, dass auch hierin der Pater ein Profi war. Er hatte seinen eigenen Signierstift dabei, der nur so übers Papier flog. Er schrieb «Für Volker und Sigrid», er schrieb «Gesegnete Wünsche», er schrieb «Von Pater Engelmar für Oma», er schrieb «Gesegnete Grüße nach Japan!». Er schrieb und schrieb. Ich beugte mich herunter und soufflierte ihm die Texte, die sich die Kunden wünschten.

Am Anfang war ich aufgeregt. Ich versuchte mich darauf zu konzentrieren, ob es «Silvia» oder «Sylvia» in der Widmung heißen sollte und ob das nächste Buch zum 80. oder zum 85. Geburtstag von Opa war. Aber dann bemerkte ich es. Jedes Mal, wenn ich mich mit einem neuen aufgeschlagenen Buch zu ihm herunterbeugte, lag ein segnender Blick auf den beiden obersten, offenen Knöpfen meiner weißen Bluse.

Ich versuchte, mich nicht ganz so tief zum Pater zu beugen, aber er schien schlecht zu hören und winkte mich ganz nahe zu sich, sodass der Kopf mit der Tonsur fast meinen Busen streifte.

So arbeiteten wir gemeinsam, er segnend lächelnd, ich leicht verwirrt.

Als wir fertig waren, sah er mich an, griff in seine Kutte, förderte sein Leseexemplar zutage und sagte: «Ich würde Ihnen das Buch sehr gerne signieren und schenken. Wie heißen Sie?»

Er schrieb «Gesegnete Grüße. Für Gabi ganz persönlich», und dann fragte er: «Gabi, würden Sie mich zum Bahnhof fahren?»

Aber da tauchte unser Filialleiter mit seinem roten Kopf auf und erklärte in unterwürfigem Ton, das sei ja ein Hammer-Abend gewesen mit 1-a-Umsätzen, er habe für den Pater eben schon mal ein Taxi bestellt, und ob der Pater uns dieser Tage bitte schön die Quittung retour schicken könne, nur der guten Ordnung halber.

Schade irgendwie. Es war ein inspirierender Abend gewesen.

Ich schwamm auf einem Dotter der Harmonie nach Hause. Ich würde der Freude Raum geben, ich würde mir meiner Einzigartigkeit bewusst werden, ich würde an meiner inneren (und äußeren) Entwicklung arbeiten, ich würde wachsen, strömen und mich entwickeln. Des Paters neues Buch enthielt diesmal sogar dreiundzwanzig farbige Achtsamkeitskärtchen. Ich würde jeden Tag eine in meine Handtasche stecken und ein anderer Mensch werden. Ich würde mir jeden Morgen selbst fünf Gründe der Dankbarkeit nennen. Ich würde mehr Sport treiben und mir eine Faltencreme für mein Dekolleté kaufen.

Ich stieg eine Straßenbahnstation früher aus und lief am Fluss entlang. Im Schein der Straßenlaternen konnte man erkennen, dass die Haselnussbüsche schon Knospen hatten. Das Wasser murmelte. Bald würde es Frühling werden.

Daheim saß Horst vor dem Fernseher. Er drehte sich im Sessel halb zu mir um und sagte: «'n Abend. Alles klar? Übrigens, wir haben keinen Aufschnitt fürs Frühstück mehr im Kühlschrank.»

Ich ging nach oben und weinte ein bisschen. Der Einzige, der sich noch wirklich für mich interessierte, war ein Mönch. Aber der zählte nicht.

Noch 163 Tage
Das Huhn und das Handtuch

Die Sache mit den Achtsamkeitskärtchen funktionierte nicht besonders gut.

Auf dem ersten Kärtchen stand: «Lass dir vom lieben Gott aufs Herz schauen.»

Na, das hatte Pater Engelmar in seinem Auftrag schon ausgiebig getan.

Das zweite Achtsamkeitskärtchen entwertete ich statt meines Straßenbahntickets, als ich am nächsten Mittag zur Arbeit fuhr. Das trug mir bei der prompt stattfindenden Fahrscheinkontrolle ein Bußgeld von achtzig Euro ein. Zudem erinnerte es mich an den Rentner, der neulich im Rathaus sein Parkticket in den Fotoautomaten gesteckt hatte. Waren das etwa die ersten Anzeichen von Alzheimer?

Das dritte Achtsamkeitskärtchen nahm ich mit in die Küche, um es während der Zubereitung von Königsberger Klopsen zu studieren. Plötzlich war es verschwunden, dafür schmeckten die Klopse pappig. Ich beschloss, das Experiment mit den Achtsamkeitskärtchen abzubrechen.

Ich kaufte mir auch, wie geplant, eine Creme für mein Dekolleté. Vielleicht wirkte sie. Ich weiß es nicht. Denn die Kälte kam zurück und ich vergrub mich in meinen Rollkragenpullis.

Die Erde in meinem Garten blieb frostgrau, und selbst die Schneeglöckchen schienen zu frösteln.

Ich wusste, gegen meinen Spätwinter-Blues half nur eins: Essen.

Ich nutzte den Freitagabend, als Horst beim Lehrerkegeln war, und räumte mein Gewürzregal über dem Herd leer, wischte von allen Deckeln den Fettfilm ab und sortierte sie nach Alphabet wieder ins Regal, von meinem Starkoch-Arrabiata-Gewürz bis zum gerebelten Zitronengras. Dann stöberte ich in meiner linken Küchenschublade in Stapeln von losen Rezeptausschnitten, obwohl ich eigentlich wusste, dass mir, zwei zusätzliche Kilo hin oder her, in diesem Gemütszustand nur eines half: Hühnersuppe mit selbstgemachten Nudeln.

Samstagmorgen setzte ich Katis alte Pudelmütze auf, radelte zum Markt und kaufte ein schönes, frisches Suppenhuhn.

Als ich mit meinem Fahrrad schwer beladen zu Hause ankam, kniete Horst vor seinem Auto, um die Winterreifen abzumontieren, und pfiff dabei. Das war mal wieder typisch. Während ich bis zu den Hüften im Winterblues steckte, machte er sein Auto frühlingsfit. Sein Optimismus machte mich rasend.

Ich stapfte grußlos in die Küche, brachte einen großen Topf Wasser zum Kochen, packte das tote Huhn bei den gekappten Flügeln und hielt es über das brodelnde Wasser. Seine kalten, bläulichen Keulen waren schrumpelig und erinnerten mich plötzlich und schmerzlich an meine Oberschenkel.

Ich ließ das tote Huhn mit einem halblauten Fluch ins Wasser plumpsen und sah mit einem sadistischen Lächeln, wie die Hitze die blasse Haut prall zog. Dann zerdepperte ich unsanft zehn Eier für den Nudelteig und knetete ihn verbissen.

Als ich das Suppengemüse für die Brühe aus dem Zeitungspapier wickelte, sah mich der Pater an.

«Exerzitien im Büchertempel» lautete die Überschrift. Ich beschloss, die Achtsamkeitskärtchen noch heute wegzuwerfen, aber das Buch mit der Widmung aufzuheben. Als Erinnerung an den letzten erotischen Triumph meiner späten Jahre.

Die Suppe weckte meine Lebensgeister wieder. Die Nudeln hatten noch ein wenig Biss, die Brühe mit den Gemüsestückchen darin war sämig und sanft und ich sicherte mir eine schöne, pralle Keule des toten Suppenhuhnes.

Wir saßen uns an unserem kleinen Küchenklapptisch gegenüber, denn Maxi war übers Wochenende mit Freunden beim Skifahren. Horst hatte den Löffel schon weggelegt und den halbvollen Teller ein Stück von sich geschoben.

«Was ist los? Schmeckt's dir nicht?», fragte ich und wischte mir einen Tropfen Brühe vom Kinn.

«Klar doch. Als Köchin bist und bleibst du unschlagbar. Aber ich wollte heute Mittag ganz bewusst nicht so viel essen.»

Ich sah ihn verständnislos an.

«Ist was mit der Suppe nicht in Ordnung? Vielleicht hätte ich einen Hauch Safran an den Nudelteig geben sollen. Das gibt ja nicht nur Farbe, das macht ja auch immer noch diesen speziellen Geschmack ...»

«Lass gut sein, Gabi», unterbrach mich Horst. «Die Suppe war gut. Wie immer.»

Er räusperte sich. Es war dies unnachahmliche Lehrer-Räuspern, mit dem er unangenehme Neuigkeiten einzuleiten pflegte. Ich stellte mir immer vor, dass er in der Schule so seine Überraschungs-Exen ankündigte: «Räusper-räusper. Herrschaften, Bücher und Hefte unter den Tisch. Räusper-räusper. Blätter verteilen, wir schreiben eine Stegreifarbeit über unser letztes Thema. Rohstoffvorkommen und Industriestandorte in Südamerika. Räusper-räusper. Und wehe, ich erwische einen von euch beim Spicken.»

Ihm war das gar nicht bewusst, für ihn waren es ja nie schlechte Nachrichten. Doch mich alarmierte das Räuspern jedes Mal.

Und was er mir mitteilte, war schlimmer als eine Südamerika-Ex: «Samstagnachmittag gehst du doch immer in dein Fitness-studio, Gabi. Ich dachte mir», er machte eine Pause, räusperte sich noch mal, «ich begleite dich heute.»

In meinem Kopf begann augenblicklich eine riesig große Feu-erwehrglocke Alarm zu läuten. Ich ließ den Suppenlöffel fallen, die Brühe spritzte auf meinen rostroten Pulli, und ich sagte ver-daddert: «Wie kommst du denn auf diese Idee? Du erzählst mir doch seit Jahren, dass Fitnessstudios nach Schweiß stinken und nur etwas für Rückenversehrte sind!»

Horst ignorierte meinen Einwand und räusperte sich wieder.

«Ich meine, konditionell bin ich ja noch in Topform, keine Frage. Das Joggen neulich hat mir überhaupt nichts ausgemacht. Aber ich finde, etwas Krafttraining wäre eine gute Ergänzung. Wir haben ja große Pläne, demnächst. Ich muss fit bleiben. Und es wäre doch schön, wenn wir in Zukunft samstags da zusam-men hingehen. Findest du nicht?»

Es traf mich zu unvorbereitet, als dass ich hätte diplomatisch reagieren können.

Ich schmiss meine Serviette neben den Suppenteller und zischte:

«Ich will aber nicht mit dir zusammen in mein Fitnessstudio gehen. Ich gehe seit acht Jahren solo da hin und komme ganz gut allein zurecht. Ich fand das bis heute vollkommen in Ordnung. Und du offenbar auch!»

Horsts Augen wurden schmal. Ich merkte, dass ich ihn getroffen hatte. Doch er blieb aufreizend ruhig. Dabei musste er so langsam wissen, dass seine Ruhe mich erst richtig auf Touren brachte.

«Tja, Gabi, es ist nun mal eine Tatsache, dass sich in Zukunft manches ändern wird. Wir werden mehr Zeit zusammen verbringen. So wie auf Sylt. Da hat es doch auch funktioniert, oder?»

Es war gut, dass Maxi beim Skifahren war und dieses Gespräch nicht mithören konnte, denn Horsts Ruhe und diese Art zu fragen, brachten mich immer mehr in Rage. «Ja, Horst! Da hat es funktioniert! Aber wir sind hier nicht auf Sylt. Wir sind zu Hause!»

«Dort hat es dir doch auch nichts ausgemacht, den ganzen Tag mit mir zusammen zu sein.»

«Das war Urlaub, Horst!»

«Ich kann mich erinnern, dass du sehr dankbar warst, mich zum Einkaufen schicken zu können.»

«Was soll das denn nun wieder heißen? Willst du etwa in Zukunft für mich einkaufen gehen? Willst du mir vielleicht auch erzählen, was ich kochen soll und ob ich Safran in den Nudelteig tun darf und welche Gewürze in meinem Regal zu stehen haben? Stellst du dir das so vor?»

Horst sah mich an. Er tat es mit dieser verbissenen Ruhe, für die ihn seine Schüler vermutlich hassten. Ich tat es jedenfalls in diesem Augenblick. Er stand vom Küchentisch auf und sagte: «Darüber diskutiere ich nicht mit dir, Gabi. Das ist Unsinn, und das weißt du. Alles, was ich will, ist, heute Nachmittag ins Fitnessstudio zu gehen. Und warum sollte ich nicht? Das ist nicht dein persönliches Gabi-Privat-Studio. Ich habe dort heute Nachmittag meinen Termin für den Fitness-Check und die Geräteeinweisung. Und da gehe ich auch hin!»

«Schön», fauchte ich giftig, «wirklich schön, dass wir mal was gemeinsam unternehmen.»

Ich knallte die Suppenteller aufeinander, ließ sie krachend in die Spüle fallen und drehte den Wasserhahn auf. Horst schmiss die Küchentür hinter sich zu.

Es war also schon beschlossene Sache. Er hatte das hinter meinem Rücken eingefädelt und mich nicht einmal gefragt. Wir würden von nun an unsere Samstagnachmittage gemeinsam in meinem Fitnessstudio verbringen. Hätte ich bloß nicht noch einen Nachschlag von der Hühnersuppe genommen!

Was machte mich eigentlich so wütend an seinem Vorschlag? Ich schrubbte auf den Tellern herum, statt sie in die Spülmaschine zu stellen, aber ich brauchte das jetzt.

Das Fitnessstudio war mein Claim. Das war meine ganz persönliche Gabi-König-Komfort-Zone. Horst hatte sicherlich über all die Jahre hinweg eine vollkommen falsche Vorstellung von der sportlichen Gestaltung meiner Samstagnachmittage. Die ich nie korrigiert habe.

Ich bin seit acht Jahren Mitglied in meinem Sportstudio. Begonnen haben wir als reines Frauenstudio. Vor fünf Jahren gab es eine große Mitgliederbefragung. Die Mehrzahl der befragten Damen gab an, dass uns das nicht weiterbringe. Seitdem nehmen wir auch Männer auf.

Ich hätte damals dagegen stimmen sollen. Dann müsste ich jetzt nicht verbissen die Teller schrubben und in einer Stunde schweigend neben Horst im Wagen sitzen, auf dem Weg zu – *meinem!* – Sportstudio.

So aber stand Horst nun neben mir am Empfangstresen. Er hatte seine alte Fußballtasche dabei und sah entschlossen aus.

Die Mädels, mit denen ich hier seit Jahren gemütliche Nachmittage verbringe, waren schon da. Sie saßen auf den Barhockern am Tresen und tranken XL-Cappuccinos.

Uli, unser immer gut gelaunter Trainer-Sonnenschein, begrüßte mich mit gewohnter Herzlichkeit.

«Hallo Gabi», sagte er munter, «du bist heute spät dran. Wie immer erst mal eine Caramel-Latte? Die anderen Mädels warten schon.»

«Danke, heute nicht», antwortete ich dumpf, «ich habe heute meinen Mann dabei. Ich geh erst mal auf den Cross-Trainer oder so ...»

Ich winkte matt in Richtung Barhocker, wo meine Mädels gemütlich zusammensaßen, schnitt eine Grimasse und deutete Richtung Horst. Der wurde gerade zum Aufnahme-Check abgeführt.

Ich steckte lustlos meinen Stick in den Empfangs-PC, um meine Trainingsdaten zu laden, und las auf dem kleinen Monitor die immer gleiche Nachricht: «Liebe Gabi, dein Trainingsprogramm ist abgelaufen. Bitte lass dir am Tresen einen Termin für dein neues Programm geben.»

Wie jedes Mal musste ich als Erstes diese Nachricht wegklicken. Andernfalls würde der fröhliche Uli feststellen, dass sich mein Body-Mass-Index auch nach Jahren der Mitgliedschaft in diesem Studio permanent in die falsche Richtung entwickelte und dass ich seit dem Gründungstag des Fitnessclubs meinem Trainingsprogramm treu geblieben bin. Aber Treue zählt ja heute nichts mehr.

Ich ließ also mein verständnislos schauendes Damenkränzchen links liegen, begab mich zu der Riege von Cross-Trainern und Standfahrrädern und machte es mir auf dem harten Sattel eines Rades so bequem wie möglich.

Ich begann langsam zu treten und stöpselte nebenbei meine kleinen Kopfhörer ein, um mich beim Treten dem Fernsehprogramm zu widmen, das auf den Bildschirmen schräg über meinem Kopf lief.

Ich hoffte, dass mich die Schilderung einer übergewichtigen Achtzehnjährigen, wie sie beim Kauf von drei rosa Badeanzügen bei eBay übers Ohr gehauen worden war, dazu motivierte, nicht an Horst zu denken und zugleich ausdauermäßig mein Äußerstes zu geben.

Ich hielt so lange durch, bis die Talkshow-Moderatorin eine Dessous-Kleptomanin und eine minderjährige armenische Tabledancerin interviewt hatte, und wechselte dann zu einem anderen Fernsehprogramm. Dort kochte man gerade gefüllte Kalbskoteletts mit Speckrösti. Ich beschloss, dass es nun wirklich genug sei, stieg von meinem Rad und notierte mir das Rezept, auch wenn ich noch sehr mit der Nudelsuppe in meinem Magen kämpfte.

Ich wechselte vom Rad zur Beinpresse und zum Pull-Down. Damit hatte ich mein übliches Trainingslimit schon deutlich überschritten.

Ich sah mich um. Horst war mit Uli in einem Hinterraum verschwunden, wo er vermutlich gerade in einem Aufnahmeformular sein Alter und Gewicht offenlegen musste.

Ich beschloss, diese Gelegenheit zu nützen, um mir eine sportliche Pause zu verschaffen, und schlenderte schwitzend zu meinen Mädels am Tresen. Die starrten mich schon erwartungsvoll an. Ich erklomm wortlos einen Barhocker und bestellte mir statt einer Caramel-Latte ausnahmsweise nur einen doppelten Espresso ohne Zucker.

«Das ist also dein Horst?», sagte Uschi. Sie dehnte das «o» unnatürlich und angelte sich meinen Keks von der Untertasse.

«Hmmm», knurrte ich.

«Warum hast du uns den so lange vorenthalten?»

«Weil ich hier meine Ruhe haben will.»

Uschi nickte verständnisvoll.

«Das war also nicht deine Idee?»

«Nie im Leben», knurrte ich.

«Kommt der jetzt immer mit dir mit?»

«Sieht so aus. Ich habe noch ein paar Monate. Dann ist er im Ruhestand.»

Die anderen schwiegen betreten.

«Man könnte ihn erst mal den Keller renovieren lassen. Das dauert», schlug Hanne vor.

«Oder du schenkst ihm einen Russisch-Volkshochschulkurs zur Pensionierung», ergänzte Elke.

«Jetzt trink erst mal deinen Espresso», sagte schließlich Hanne. «Wird schon nicht so schlimm werden.»

«Was habt ihr eigentlich? Gabi könnte doch auch mit ihm zusammen eine Kreuzfahrt machen – Karibik, Amazonas, Antarktis. Mir würde da schon was einfallen», schaltete sich Marlis ein.

«Marlis», unterbrach Hanne, «du bist geschieden. Halt dich da bitte raus.»

In diesem Moment kamen Horst und Uli aus dem Hinterzimmer. Sie lachten laut, auf diese besondere Männerart. Horst legte Uli vertraulich den Arm auf die Schulter. Er schien gerade einen Witz zu erzählen. Die beiden lachten wieder. Sie sahen zu unserem Mädelstresen herüber und steuerten auf die Fitnessgeräte zu. Lachten die etwa über uns?

Ich knallte meine halbvolle Espressotasse auf den Tresen und fauchte: «Das habt ihr jetzt davon, dass wir uns entschlossen haben, auch Männer aufzunehmen. Die denken immer noch, sie sind die Größten.»

Ich musste mich dringend abreagieren und enterte deshalb das nächstliegende Fitnessgerät. Mit hochrotem Kopf presste ich meine Beine gegen den Widerstand der Gewichte und dachte an die vielen rüstigen Rentner in unserem Studio.

Sie trugen Gewichtheberhandschuhe für ihre paar Pull-Downs. Sie duzten kumpelhaft alle, auch die fünfzehnjährigen Schulmädchen. Sie machten anzügliche Komplimente an unserem Mädelstresen. Sie spielten hier immer noch die Tiger. Aber sie waren zahnlose Tiger. Denn die meisten wurden morgens von ihren Frauen geschickt. Wenn sie Geburtstag hatten, brachten sie dem Tresenpersonal eingekochte Marmelade mit, und in der Vorweihnachtszeit verschenkten sie Plätzchen und Merci-Schokolade. Sie wären nie auf die Idee gekommen, eine von Ulis Nachrichten «*Dein Trainingsprogramm ist abgelaufen, bitte melde dich am Tresen*» so einfach zu ignorieren.

Ich kämpfte mich an der Chest-Press ab, hangelte mich über den Multi-Hip Select und den Low-Row zum Abdominal-Crunch. Schließlich stieg ich noch einmal aufs Standfahrrad. Ich trat langsam, um mich auf Horst konzentrieren zu können. Ich beobachtete ihn mit Adleraugen, wie er mit Uli von Gerät zu Gerät ging. Ich musste zugeben, er stellte sich nicht ungeschickt an. Und, so von weitem betrachtet, hatte er in seiner alten Fußballhose noch immer einen knackigen Hintern.

Dann war die Geräteeinweisung zu Ende. Horst und Uli schlenderten zu meinen Mädels. Horst sagte etwas zu ihnen. Sie lachten. Hanne neigte den Kopf zu ihm, die anderen rutschten näher.

Mir schien, ich sollte eingreifen. Ich hörte auf zu trampeln, stieg von meinem Standfahrrad und beeilte mich, zum Tresen zu kommen.

Horst hatte wohl gerade etwas wahnsinnig Lustiges zu Uschi

gesagt, so wie sie gackerte. Ich kämpfte kurz mit meinem Stolz, drängte mich dann aber zwischen sie und fragte: «Na, alles gut überstanden, Schatz? Meint Uli denn, du schaffst das hier?»

«Uli ist ein alter Schüler von mir. Du warst Klassensprecher damals, was, Uli? Stell dir vor, Gabi, er sagt, ich war damals sein Lieblingslehrer. Einer von den Coolen.»

«Von den Coolen, ach was.»

Das hier war mein Claim! Horst tauchte hier zum ersten Mal auf, duzte sofort meinen Fitnesstrainer und baggerte ungeniert meine Freundinnen an. Das hier war mein Claim! Wieso musste er sich ausgerechnet hier breitmachen? Und wieso lachte Hanne schon wieder so laut? Ich dachte, sie befinde sich tief in einer Wechseljahresdepression.

Als Horst, Uli und Hanne anfingen, sich Lehrerwitze zu erzählen, und Horst anbot, zum Einstand einen Prosecco für die Damen auszugeben, hatte ich die Nase endgültig voll. Ich musste nicht noch mit ansehen, wie er mich aus meinem Leben drängte.

Aber mein beleidigtes «bis später, ihr kommt ja wohl alleine zurecht» schien niemand zu hören.

Es gibt ein paar Dinge, die verfehlen ihre Wirkung nie auf mich. Selbst an so einem Tag, wo meine Gabi-Wohlfühlinsel sinkt und Horst mein Revier okkupiert. Gleich nach einer guten Hühnersuppe mit Nudeln kommt bei mir eine 90 Grad heiße Sauna.

Als sich vor fünf Jahren unser Frauen-Fitnessclub in einen Heiratsmarkt für Sitzengelassene, Übriggebliebene, von Torschlusspanik Befallene und Frischgeschiedene verwandelte, hatten wir auch über die Frage von getrennten Saunazeiten für die weiblichen und die neuen männlichen Mitglieder abzustimmen. Über das Ergebnis muss ich mich wohl nicht äußern. Schließlich hatten die Damen ein Recht darauf zu wissen, worauf sie sich gegebenenfalls einließen.

Ich hatte zu einer Minderheit gehört, die erstens sowieso in festen Händen war und die es zweitens angenehmer gefunden hätte, breitbeinig und entspannt in der Sauna zu sitzen. Aber wir waren unterlegen. Die Sauna war zu einem weiteren Strategiefeld späterotischer Balzereien geworden.

So hing es von meiner Tagesform ab, wie ich die Sauna betrat.

War ich in einer manischen Phase, so behielt ich die Brille auf, um mich ein bisschen zu informieren. Hatte ich einen miesen Tag, so nahm ich die Brille ab, in der irrigen Annahme, dass man mich dann auch nicht sehen könne.

In jedem Falle aber betrat ich die Sauna nie ohne mein rotes Handtuch, das ich mir im Notfall – also wenn ein attraktiver oder mir bekannter Mann die Sauna betrat – über die Hüften werfen konnte.

Horst hatte mir das Handtuch in New York gekauft. Vor vier Jahren hatten wir dort noch einmal einen späten, aber heftigen Honeymoon erlebt. Die Erinnerung daran ist mir fast ein wenig peinlich. Aber New York hatte bei uns beiden ein leichtes erotisches Irre-Sein ausgelöst. Horst hatte mir nicht nur auf dreihundert Dollar herabgesetzte Schuhe bei Bergdorf Goodman spendiert, sondern auch ein riesiges rotes Frotté-Tuch mit der Aufschrift «Diva» geschenkt, in das ich mich an den Nachmittagen im Hotel wickelte, wenn ich klatschnass aus der Dusche in unser Kingsize-XXL-Bett über der 5th Avenue stieg.

Klatschnass war ich inzwischen auch. Der Schweiß rann von meinem Bauchnabel seitlich herab. Ich überlegte, ob Hühnerbrühe durch die Poren dringen kann und ob ich nach Geflügel roch.

Die Hitze der Sauna ließ mich innerlich seltsamerweise kühler werden. Warum regte ich mich eigentlich so auf? Warum war ich so unglaublich darauf bedacht, dass er mir hier nichts wegnahm? War doch alles gar nicht so schlimm. Ich würde ihm einfach unmissverständlich klarmachen, dass er Abstand von meinen Mädels zu halten hatte und mit Uli nicht in diesem plump-vertraulichen Ton reden sollte. Also – warum sollten wir nicht samstags gemeinsam ins Studio gehen? Horst war doch immer noch sehr präsentabel. Und die Sache hätte den nützlichen Nebeneffekt, dass ich endlich tatsächlich hier Sport treiben und meinen überflüssigen Kilos zu Leibe rücken würde.

Ich setzte mich auf, um eine ordentliche Ladung von dem Pfefferminz-Aufguss auf die Saunasteine zu gießen. Es zischte laut. Ich war mir nicht sicher, ob ich hinter dem Zischen das Klappen der Tür zum Wellness-Bereich gehört hatte. Sicherheitshalber und aus einem Reflex nahm ich meine Brille ab. Ja, ich hörte Schritte.

Schweiß lief mir über die Augen. Ich wischte ihn ab, er schmeckte salzig. Ich griff nach dem Handtuch, taumelte beim Aufstehen, mein Kreislauf fuhr ein bisschen Achterbahn. Ich wollte mir gerade mein rotes Divahandtuch um die Hüften schlingen, da machte die Saunatür auch schon «plopp» und ein Mann stieß sie auf.

Es war Horst.

Seine Hand lag auf dem breiten Griff der gläsernen Saunatür. Er war splitternackt. Er hatte die Brille abgenommen und blinzelte blind wie ein Maulwurf.

Ich sagte: «Hallo, Horst.»

Er blinzelte wieder maulwurfsblind.

Ich sagte: «Ich bin's, Gabi!»

Er sagte: «Gabi? Du? Bist du nackt?»

Ich sagte: «Sieht so aus, Horst. Komm doch rein.»

Noch 137 Tage
Amalfi

Ich hätte mich gar nicht so aufregen müssen über unsere gemeinsame sportliche Zukunft, denn es gab schon wieder einen Personalengpass und die nächsten drei Samstage musste ich ganztägig arbeiten.

Unser Filialleiter hatte das mäßig originelle (und wie ich fand durchaus missverständliche) Frühlingsmotto «Hier blüht Ihnen was!» ausgegeben. Den Druck, den die Zentrale ihm hinsichtlich der erwarteten Umsatzsteigerungen im Ostergeschäft machte, gab er eins zu eins an uns weiter.

Und obwohl es draußen immer noch frostig kalt war und der März sich als würdiger Dezember entpuppte, rollten wir im Erdgeschoss eine wohnzimmergroße Kunstrasenfläche aus. Wir drapierten künstliche Kirschzweige, echte Primeln und Plastik-Ostereier und tauschten die Buddhas gegen Osterhasen und rot getupfte Zinkgießkannen aus.

Wir erweiterten unser Angebot um Hasen-Ausstechformen, Osterkalender mit 24 Türchen und Werke wie «Ostern im Möh-

renweg», «Meine kleine City-Farm», stoffbezogene Gartentage-
bücher mit dem Titel «Mein Gärtnerglück von Tag zu Tag» und
federbesetzte rosa Körbchen, von denen keiner wusste, was
man damit anstellen sollte, die aber gerne gekauft wurden. Zwei
lebensgroße Plüschlämmer flankierten die Rolltreppe zum ersten Stock und gaben den sich daneben befindlichen Stapeln mit
der ausgepeitschten Amerikanerin etwas Österliches.

Ich gönnte mir den Triumph, heimlich und auf eigene Kosten
im Copy-Shop Goethes «Osterspaziergang» in Plakatgröße aus-
drucken zu lassen und oben in meiner Klassikerabteilung in
einem Aufsteller neben der Rolltreppe zu platzieren. Ich wartete
täglich darauf, dass unser Filialleiter meine Eigenmächtigkeit in
unserer Frühbesprechung tadeln würde, aber irgendwie hing er
zwischen den Schoko-Hasen im Erdgeschoss und den Frühjahrs-
neuerscheinungen aus Schweden fest.

Ich verbrachte zwei leidlich ruhige Samstage im dritten Stock
bei meinen Klassikern und sah von dort oben mit Wehmut, dass
endlich tatsächlich der Frühling kam. Dort unten in der Fußgängerzone wurden die Korbstühle aus den Cafés geräumt, die Leute
setzten ihre Sonnenbrillen auf, und die Kinder schmierten neben
der Rolltreppe das erste Eis des Jahres in das Fell der Plüschlämmer.

Aber bis ich abends endlich aus dem Laden kam, fegte wieder
ein schneidender Wind die letzten Hamburgerverpackungen
durch die Einkaufsstraße.

Den dritten Samstag sollte ich in der ersten Etage bei den
Kochbüchern einspringen, der einzigen Abteilung, die mir fast
so lieb war wie mein dritter Stock. Ich hoffte, zwischendurch
in ein paar Lamm- und Eier-Rezepten stöbern zu können, aber
dann tauchte das Schicksal in Form unseres Filialleiters auf und
verbannte mich für diesen Tag in unsere Schnäppchenabteilung
direkt am Eingang.

Und so kam ich an diesem dritten Samstagabend vollkommen genervt und mit einer heftigen Zugluftneuralgie nach Hause.

Ich hatte meine Winterjacke noch an und stieg gerade über unseren Kater, der mitten im Flur lag, als unser Telefon zu läuten begann.

Ich rief: «Horst, kannst du mal rangehen? Ich bin noch im Mantel. Mir reicht's heute komplett. Sag, dass ich nicht da bin.»

Die Geräusche aus dem Hintergrund signalisierten mir jedoch eindeutig, dass er auf der Gästetoilette neben der Haustür gerade nicht abkömmlich war.

Ich ließ es so lange klingeln, bis ich einsah, dass Horst noch länger hinter der verschlossenen Tür ausharren würde, und ging schließlich doch selbst an den Apparat.

«Mamutsch!»

So nannte mich nur eine. Meine Älteste, aus Berlin. Sofort wurde mein Herz weich wie ein Schokoladenhase im Schaufenster.

«Sag mal, Mamutsch, wo steckt ihr die ganze Zeit? Ich habe eine Ewigkeit nichts mehr von euch gehört!»

«Nina-Schatz, das tut mir leid. Ich wollte dich längst wieder einmal anrufen. Aber im Augenblick muss ich dauernd Überstunden machen, na ja, und dein Vater hatte zwei Fachschaftssitzungen und ein paar Fortbildungen in den letzten Wochen. Und davor waren wir ein paar Tage auf Sylt und dein Bruder auf Exkursion in Kappadokien, mein Schatz.»

«Und wie geht es unserem Katerli?»

«Das Katerli hat die Tapete deiner Schwester im Studentenwohnheim ruiniert. Ansonsten liegt er eigentlich nur rum und haart unser Sofa voll. Ich fürchte, er wird immer dicker. Vielleicht wird es besser, wenn die Vögel brüten und er wieder mehr rausgeht. Und wie läuft das Geschäft bei dir, mein Schatz?»

«Eigentlich phantastisch. Wir haben Hochzeiten, Taufen, Geburtstage. Demnächst dann Kommunionen, Konfirmationen, Wahnsinn. Ich komme kaum nach. Letzte Woche hatte meine Zweitkraft die Grippe. Die Nacht von Freitag auf Samstag habe ich praktisch durchgearbeitet, um alle Bestellungen fertig zu bekommen. Ranunkeln sind dieses Jahr der Renner. Und XXL-Osterglocken. Eine Neuzüchtung, kommt aus Kenia. Der Wahnsinn. Fast hätte ich dich angerufen, ob du mir für ein paar Tage helfen kannst.»

Wie gerne hätte ich das getan. Ich habe nicht Ninas schlafwandlerischen Sinn für scheinbar einfache, aber höchst raffinierte Blütenkreationen. Aber ich kann Blumenwasser wechseln, Freesien und Hortensien anschneiden und für den üblichen, besenförmigen Strauß aus sieben langstieligen gelben Rosen mit Grün, den ein bestimmter männlicher Kundentyp immer noch gerne kauft, reicht es mittlerweile auch. Und ich liebe Ninas sonnendurchfluteten Laden mit den kleinen Gipssäulen, auf denen sie in geschwungenen, antik wirkenden Glasvasen ihre Blumenträume arrangiert.

«Im Moment wird mir hier in Berlin alles ein bisschen viel. Vielleicht komm ich einfach mal ein Wochenende nach Hause.»

«Das machst du, Nina-Schatz. Wir freuen uns immer, wenn du uns besuchst.»

Ich hatte mich mit dem Telefonhörer an den Esstisch gesetzt, denn ich war hundemüde und das würde ein längeres Gespräch werden.

Horst hatte die Samstagspost auf den Tisch gelegt. Es waren die üblichen Discounter-Wochenangebote, eine Telekomrechnung und eine Postkarte aus Madeira von einem pensionierten Kollegen mit den Worten: «Lieber Horst, Grüße aus dem herrlichen Madeira in dein kaltes Klassenzimmer. Bald hast du es geschafft! Dein Dieter mit Anhang.»

Während mir Nina die Blumenarrangements beschrieb, die sich jemand für seine Hochzeit gewünscht hatte – schwarze Nelken und dottergelbe Mimosen! –, blätterte ich geistesabwesend durch den Poststapel.

Ein Umschlag war seitlich herausgerutscht. Er war an mich adressiert. Den Absender kannte ich. Es war meine Buchhandelskette. Ich hatte noch nie Post von denen bekommen.

Ich klemmte mir den Hörer zwischen Ohr und Schulter und riss den Umschlag auf, während Nina in Berlin mit ihrer hellen, sich immer etwas überschlagenden Stimme weiterredete:

«Ich komm einfach mal spontan, sobald meine Zweitkraft wieder gesund ist, und wir tingeln wie früher zu zweit durch die Stadt, Mamutsch. So richtig von Café zu Café. Mit Torte und allem Drum und Dran. Ich komme in Berlin einfach nicht dazu, obwohl hier direkt an der Ecke ein süßes Café ist. Und überhaupt muss ich mal mit dir reden, Mamutsch.»

Ich murmelte ein «na klar, mein Schatz».

Es war ein kurzer Brief, unterschrieben von meinem Filialleiter. Ich las: *«Sehr geehrte Frau König ...»*

«Aber spätestens zu deinem Sechzigsten sehen wir uns, Mamutsch. Das sind ja nur noch ein paar Monate bis dahin.»

«... zu einem kurzen Mitarbeitergespräch erwarte ich Sie am ...»

«Hast du dir denn endlich einen Geburtstagswunsch überlegt, Mamutsch? Und wo willst du feiern? Auf keinen Fall zu Hause. Ich kenne dich. Dann machst du alles selber. Aber wenn du einen Tisch für uns im Restaurant reservierst, dann sag, dass wir die Tischdekoration selbst mitbringen. Das übernehme ich. Was ist jetzt mit deinem Geburtstagsgeschenk? Hast du dir was überlegt?»

«Nein, Nina-Schatz. Ich habe mir noch nichts überlegt, und mir fällt im Moment auch überhaupt nichts dazu ein. Es ist auch gerade ein bisschen ungünstig für unser Gespräch. Ich rufe dich die Tage zurück.»

Ich glaube, es war das erste Mal, seit Nina vor Jahren nach Berlin gegangen war, dass ich den Redestrom meiner ältesten Tochter einfach abwürgte. Ich starrte auf den Brief. Ein kurzes Mitarbeitergespräch. Aha. Kommende Woche schon. Und jetzt?

Ich rief nach Horst. Er war oben mit seinen E-Mails beschäftigt und hörte mich nicht. Ich beschloss, mit dem Brief nach oben zu gehen.

Horst sah von seinem PC auf. Ich legte den Brief auf die Tastatur, und er las schweigend. Dann stand er auf, nahm mich in den Arm und sagte: «Sieh's doch mal positiv, Gabi. Wenn wir beide gemeinsam zu arbeiten aufhören, dann hat das doch auch Vorteile. Wir können jeden Samstag zusammen zum Sport gehen. Wir können monatelang gemeinsam mit dem Wohnmobil durch Amerika fahren …»

«Horst, warte mal», unterbrach ich ihn, «du weißt, dass du immer dein eigenes Leben geführt hast. Schule, Kollegstufe, Korrekturen, Unterrichtsvorbereitungen, Elternsprechtage, Lehrerkonferenzen, Fachschaftskonferenzen, Notenkonferenzen, Lehrerkegeln. Und ich habe mein Leben gehabt. Die Kinder. Meine Arbeit im Buchladen, meinen Sport mit den Mädels. Und auf einmal stehst du in meinem Sportstudio, duzt meinen Fitnesstrainer und schäkerst mit meinen Mädels. Sollen wir plötzlich alles gemeinsam machen? Von morgens bis abends immer gemeinsam? Sieben Tage die Woche? Horst, ich habe Angst, dass ich dabei ersticke!»

Er sah mich verständnislos an und sagte schließlich: «Und ich dachte, du freust dich.»

«Das ist kein Urlaub wie auf Sylt, Horst. Das ist dann für immer.

Ich kann mir einfach noch nicht vorstellen, wie das funktionieren soll. Ich weiß nur eines: Ich will selbst entscheiden, wie es weitergehen soll. Und vor allem will ich nicht einfach so rausgeschmissen werden!»

Am Mittwoch der folgenden Woche hatte ich den Termin bei meinem Filialleiter.

Ich hatte beschlossen, mein Berufsleben mit hocherhobenem Haupt zu beenden, war beim Friseur gewesen, hatte mir am Vorabend schon mein Kostüm herausgelegt und die halbe Nacht nicht geschlafen. Dieser Typ hatte meine Arbeit nie wirklich zu schätzen gewusst. Wer Goethe-Romane für alte Schinken hält und Mörike-Gedichte wie Aufschnitt verkaufen möchte, der will in seinem Buchladen keine engagierten Buchhändlerinnen, sondern Wurstverkäuferinnen. Und das würde ich ihm auch zum Abschied sagen.

Ich stöckelte also in sein Büro, er ließ mich Platz nehmen, lehnte sich lässig in seinem Schreibtischstuhl zurück und wedelte mit einem Blatt Papier. Er lächelte süßlich.

«Keine Angst, Frau König. Das ist keine Kundenbeschwerde.»

Das süßliche Lächeln kannst du dir sparen. Dann ist es die Monatsstatistik. Ich weiß, dass die Verkaufszahlen in meiner Abteilung seit Jahren die miesesten im Haus sind. Also spuck's schon aus, du Heini.

«Können Sie sich noch an unsere letzte Lesung hier im Hause erinnern, Frau König?»

Aber hallo. Wenn du wüsstest. Wahrscheinlich beschwert sich dieser Pater jetzt, dass ich ihn nicht persönlich in sein Kloster zurückeskortiert habe.

«Pater Engelmar hat uns geschrieben.»

Also doch eine Beschwerde von diesem lüsternen Kerl. Ich

schlug demonstrativ die Beine übereinander, um den finalen Schlag wenigstens ladylike zu empfangen.

«Zunächst einmal hat Pater Engelmar für Sie persönlich etwas mitgeschickt.»

Ich musste meine Beine wieder entknoten, um nach dem bunten Bildchen zu angeln, das mein Filialleiter auf dem Schreibtisch zu mir herüberschob. Auf dem Bildchen war Jesus mit ausgebreiteten Armen zu sehen. Ich drehte das Bildchen um. Dort stand: «Lobe den Herren, der künstlich und fein dich bereitet!»

Und darunter stand: «Gesegnete Ostergrüße an Gabi. Pater Engelmar.»

Ich prustete demonstrativ. Mein Filialleiter hatte immer noch dies falsche Grinsen im Gesicht.

«Er schreibt, er habe sich an dem Abend in unserem Hause sehr wohl gefühlt. Besonders die persönliche Fürsorge unserer Mitarbeiter habe ihn menschlich berührt. Und besonders möchte er Sie, Frau König, erwähnen. Er schickt uns und allen Mitarbeitern gesegnete Grüße.»

«Das ist seine Spezialität», knurrte ich, «aber deshalb haben Sie mich vermutlich nicht herbestellt.»

«Nein», grinste mein Filialleiter, dieser falsche Fuffziger, «das Beste kommt noch, Frau König.»

Er hielt mir ein Foto entgegen. Darauf war Pater Engelmar zu sehen, wie er signierte, und rechts davon sah man im Wesentlichen meinen nicht unerheblichen, zu ihm geneigten Busen, plus ein Stück meines lächelnden Gesichtes.

«Sie haben diesen wichtigen Abend so wunderbar gemanagt und so einen positiven Eindruck bei unserem VIP-Gast hinterlassen, Frau König, dass wir Sie der Zentrale als Mitarbeiterin des Quartals vorgeschlagen haben.»

Seine Zähne grinsten fast von einem Ohr bis zum anderen. «Und die Zentrale hat sich unserem Vorschlag angeschlossen!»

Er erhob sich feierlich von seinem Schreibtisch.

«Herzlichen Glückwunsch, Frau König! Sie sind die Mitarbeiterin des Quartals in unserem Konzern! Und das Foto von Ihnen mit unserem verehrten Pater erscheint am nächsten Montag auf der zweiten Seite unseres bundesweiten Kundenmagazins! Ist das nicht toll, Frau König?»

Während ich mich erhob, um seine Glückwünsche entgegenzunehmen, fiel mein Blick auf das Foto. Mein Busen war auf der Höhe von Pater Engelmars Nase. Es sah aus, als würde sie in meinem Ausschnitt zwischen den weichen Hügeln meiner mütterlichen Brüste versinken. Die ganze deutsche Buchgemeinde würde ab Montag mein Zeuge sein.

«Gesegneten Dank», sagte ich, «und schönste Grüße an Pater Engelmar, wenn Sie ihn wieder einmal sprechen. Es war wirklich ein unvergesslicher Abend.»

Und dann nahm ich den Blumenstrauß und den Einkaufsscheck über fünfhundert Euro entgegen, den traditionellerweise die Mitarbeiterin des Quartals überreicht bekommt. In meinem Überschwang umarmte ich unseren Filialleiter. Da ich meine Pumps anhatte, war ich ein Stück größer als er. Ich achtete darauf, dass mein Busen nicht in die Nähe seiner Nase kam.

Er schien mir verwirrt, als er sich aus meiner euphorischen Umarmung befreite, räusperte sich und sagte dann: «Noch eines, Frau König. Uns ist wichtig, auch ältere verdiente Mitarbeiter entsprechend ihren Fähigkeiten zu fördern. Könnten Sie sich vorstellen, die Abteilung Horror+Crime zu übernehmen? Ich habe beobachtet, dass Sie in der Beratung in diesem Bereich ein gutes Händchen haben.»

Er hatte sich wieder gefangen, rückte sein Jackett zurecht und setzte hinzu: «Überlegen Sie sich's, Frau König. Sie sehen, bei uns gibt es keine Altersdiskriminierung und die klassische Belletristik ist doch sowieso zum Untergang verurteilt.»

Er machte eine Bewegung mit der flachen Hand abwärts, als sinke gerade die Titanic.

Ich versprach, es mir zu überlegen, und segelte mit Triumph im Blick aus seinem Büro.

Als Horst aus der Schule kam, zeigte ich ihm als Erstes den Scheck.

«Er hat dich also nicht vor die Tür gesetzt? Ganz im Gegenteil? Herzlichen Glückwunsch. Dann hast du ja deinen Willen.»

Das klang nicht unbedingt so, als freue er sich mit mir.

«Horst, versteh mich doch. Ich will selbst entscheiden, wie es weitergehen soll.»

«Duuu?? Duuu willst entscheiden? Meinst du nicht, dass ich da ein Wörtchen mitreden sollte?»

«So meine ich das doch nicht. Lass uns in Ruhe überlegen, wie es weitergehen soll. Uns drängt doch nichts.»

Ich umarmte ihn. Er brummte.

Ich drückte ihm einen Kuss auf die Wange und sagte Hörstchen zu ihm. Ich sagte ihm, wie schön das mit uns in Sylt gewesen sei. Da umarmte er mich schließlich auch. Horst ist deutlich größer als unser Filialleiter. Außerdem hatte ich mir inzwischen die Pumps schon von den Füßen gerissen, und dadurch lag mein Busen tiefer, und es ergab sich keine verfängliche Situation.

Dann zeigte ich Horst das Foto von mir und Pater Engelmar, auf dem der die Nase schier in meinen Busen steckte und das bald ganz Deutschland sehen würde.

«Hübsches Bild», sagte Horst, «was gibt's zu essen?»

Vielleicht sollten wir für Horst eine Lesebrille anschaffen.

Erst am Abend, bei genauer Betrachtung, stellte ich fest, dass ich den Scheck, den mir unser Filialleiter überreicht hatte, nicht überall einlösen konnte, sondern nur in einem riesigen Fashion-Outlet.

Einerseits war das ganz gut, denn es enthob mich der moralischen Verpflichtung, das Geld unserer Haushaltskasse zuzuführen. Andererseits war es ungünstig, denn das Outlet, in dem ich meinen Scheck einlösen konnte, war fast eine Autobahnstunde entfernt.

Zuerst wunderte ich mich, warum mir unsere Buchkette ausgerechnet für dieses Outlet einen Gutschein geschenkt hatte. Aber dann googelte ich ein bisschen herum und wunderte mich nicht mehr. Ich fand heraus, dass zu unserem Buchkonzern inzwischen auch branchenfremde Geschäftsbereiche gehörten. Ein Bierkonzern. Ein Renommierweingut. Und eben diverse Mode-Outlets.

Ich beschloss, meine Einkaufstour auf einen Tag zu legen, an dem Horst Nachmittagsunterricht hatte. Ich wollte ihn nicht beleidigen, doch alle meine Versuche, ihn zu meinem «Personal Shopper» auszubilden, waren in den letzten Jahrzehnten kläglich gescheitert. Er bemühte sich zwar um Geduld, stolperte aber meistens nur ataktisch und mit gesenktem Kopf zwischen den Kleiderständern herum oder saß wie ein geprügelter Hund auf irgendwelchen Abstellflächen für andere untalentierte männliche Shopper. Und seine Frage «Was suchst du eigentlich?» beziehungsweise «Suchst du etwas Bestimmtes?» brachte bei mir regelmäßig das Fass zum Überlaufen.

Leider ergab der Abgleich von Horsts Stundenplan mit meinem Einsatzplan im Buchladen, dass meine freien Nachmittage auch seine freien Nachmittage waren. Also rief ich eine Kollegin an, ob sie mit mir einen Nachmittag tauschen könnte.

«Tauschen?», zögerte sie. «Das ist schwierig in den nächsten Wochen. Musst du zum Zahnarzt?»

«Nein», antwortete ich wahrheitsgemäß.

«Zum Frauenarzt? Du Ärmste.»

«Nein», antwortete ich wieder wahrheitsgemäß. «Ich wollte shoppen gehen. Ganz in Ruhe, ohne Horst.»

«Okay», sagte sie, «das kriegen wir hin.»

Und so bekam ich einen freien Nachmittag, ganz für mich alleine, und fuhr los.

Das war gar kein Outlet, das war ein toskanisches Dorf. Die einzelnen Modefirmen residierten dort Dach an Dach in schmucken kleinen Häuschen, allesamt in Siena-Braun gehalten und mit Fantasiegiebeln verziert. Auf der zweifarbig gepflasterten Einkaufspromenade wanden sich fein gestutzte Buchsbaumspiralen in Terrakotta-Töpfen hoch, unterpflanzt von üppigen Blütenarrangements. Wuchtige Teakholzbänke säumten den Weg.

Hier hockten keine Straßenmusikanten ohne Beine, hier sangen keine Indiokinder mit hohen Stimmen, und hier knieten keine nickenden Osteuropäer auf dem Boden. Alles war sauber und angenehm. Die ganze hässliche Wirklichkeit war vor den Riesenparkplatz des Outlets verbannt. Nur das rhythmische Klackern von Damenabsätzen war zu hören, leicht hysterisch in der Angst, das entscheidende Designer-Schnäppchen zu verpassen.

Ich begab mich zunächst ins Kunden-Office, wo man mir mein Guthaben in Höhe von fünfhundert Euro, die ich als Beste-Mitarbeiterin-des-Quartals erhalten hatte, auf eine silberne Scheckkarte lud, auf der «Customer Gift Card» stand.

Die hochgewachsene Service-Schönheit hinter dem Tresen sah mich dabei so an, als habe ich mir gerade an der Bedürftigen-Tafel ein Kilo Äpfel abgeholt. Dazu drückte sie mir noch den Village Directory, also den Wegweiser in die Hand.

Ich besorgte mir erst einmal im Coffee Company Store einen Kaffee und studierte das Angebot an Boutiquen. Zwei Dinge waren klar: Erstens: Ich brauchte etwas Repräsentables für meinen runden Geburtstag. Zweitens: Heute hieß es nicht kleckern, sondern klotzen. Schließlich hatte ich meine silberne Customer Card in der Handtasche.

Ich beschloss, die Sache diesmal vom oberen Ende her aufzurollen und begab mich zum Outlet-Shop des italienischen Designers, dessen Traumhaus auf Capri ich in der letzten Gala neidvoll bestaunt hatte.

Dort erwartete mich eine Gralshüterin mit verschleiertem Blick. Sie lehnte in ihrer italienischen Outlet-Villa an einem meerfarben schimmernden Glastresen und musterte mich von Kopf bis Fuß. Ich überlegte, ob ich sie mir mit dem Foto von Pater Engelmar gefügig machen sollte, aber da stolzierte sie schon auf mich zu.

«Etwas Festliches zum Sechzigsten?»

Ich hätte genauso sagen können, ich suchte ein Dirndl für die nächste Bullenkörung. Sie griff mit der Hand blind hinter sich und förderte ein durchsichtiges schwarzes Nichts von einer Bluse zu Tage, die sie mir wie eine Reliquie präsentierte. Mein Blick fiel auf das Preisschild. Eigentlich hatte ich nicht vor, lediglich mit einem Oberteil auf meinem Geburtstag aufzutauchen.

«Haben Sie nichts … Preiswerteres?»

Ein neuralgisches Zucken lief über ihr Gesicht. Sie griff mit entsagungsvollem Blick wieder in die Kleiderständer und präsentierte etwas Pinkfarbenes.

«Das ist Last Season und natürlich nicht *die* Qualität. Aber wenn Sie mal schlüpfen mögen …?»

Ich dackelte hinter ihr her zu den Umkleideboudoirs. Obwohl das Licht ungeheuer schmeichelhaft war, sah ich aus wie eine Himbeere, kurz vor der Explosion. Ich quälte mich noch mit dem seitlichen Reißverschluss ab, da riss die Gralshüterin schon den Vorhang auf und fragte: «Na, passt's?»

«Ich glaube nicht.»

Sie griff beherzt nach dem Reißverschluss und ratschte ihn von meiner Hüfte bis unter meine Achsel hoch. Der Stoff ächzte.

«Sehen Sie, es passt.»

«Ich glaube nicht.»

«Na, ein paar Kilo abnehmen müssten Sie schon.»

«Danke», sagte ich, «ich überleg's mir.»

Im nächsten Geschäft kam ein junger Mann in einer senffarbenen Hose und in Ledermokassins auf mich zugetänzelt. Seine Hüften waren rehschmal, und er war schwul wie zwei Friseure.

Ich höre schon das indignierte «Maaaama!» von Nina, Kati und Maxi, wenn ich etwas Derartiges sage. Sie haben noch nicht erkannt, dass solche Äußerungen keine Vorurteile sind, sondern auf Lebenserfahrung beruhen. Alle meine Friseure waren bisher schwul. Und ich will auch keine anderen. Je älter ich werde, umso lieber werden mir diese freundlichen, sensiblen Jungs. Man kann alles von ihnen haben. Fast alles. Aber da das Segment, das sie nicht abdecken können, sowieso gegen null geht, ist das zu verschmerzen.

Mein schwuler Verkäufer verstand mich sofort. Er blieb einen Moment vor mir stehen, stützte den linken Ellenbogen ein bisschen zu schwul auf die Hüfte, sah mir in die Augen und sagte nach kurzem Überlegen: «Da habe ich was Entzückendes für Sie.»

Und dann brachte er ein veilchenfarbenes Kleid und sagte: «Es hat genau die Farbe Ihrer Augen.»

Ich kenne diese Worte noch. Horst hat damals im ersten Liebestaumel manchmal zu mir gesagt, dass meine Augen gegen die Sonne die Farbe von Veilchen hätten. Ich nehme an, das haben sie immer noch.

Ich zog das Kleid an. Es hatte kurze, angesetzte Ärmel, die die Dellen an meinen Oberarmen gnädig verdeckten, einen tiefen v-förmigen Ausschnitt und einen schwingenden Rock. Es war perfekt.

Von draußen hörte ich die Stimme meines schwulen Freundes. Er fragte durch den Vorhang: «Wissen Sie, warum Shoppen besser ist als Sex?»

Er lachte trällernd. Ich trat barfuß vor die Kabine und sah ihn fragend an.

«Weil es keinen Ärger gibt, wenn Sie zwischendurch fragen: Kann ich einen Espresso haben?»

Er hatte das Espressotässchen für mich schon in der Hand, wir lachten und dann sahen wir beide auf mein Spiegelbild. Er sagte andächtig «hach, bezaubernd sehen Sie aus!», tänzelte ein wenig um mich herum und säuselte dann: «Ich hab da noch was für Sie!»

Er kam wieder mit mördermäßigen, apricotfarbenen Pumps, langen schmalen Lederhandschuhen im gleichen Ton, einem Hauch von einem Seidentuch und einer schmetterlingsförmigen Sonnenbrille. Er schlang mir das Tuch um die Haare, setzte mir die Sonnenbrille auf, ließ mich in die ellenbogenhohen Lederhandschuhe gleiten und flüsterte:

«Gina Lollobrigida …»

«Nein», sagte ich, «das geht zu weit. Es sieht wirklich klasse aus, aber ich brauch's für meinen Sechzigsten, und wir sind hier nicht an der Amalfi-Küste …»

«Sie müssen es ja nicht nehmen, aber Sie sehen hinreißend aus. Da fällt mir ein: Wissen Sie, warum Shoppen besser ist als Sex?»

Er sah mich erwartungsvoll mit abgeknickter Hüfte an:

«Weil Sie alles in Ruhe ausprobieren dürfen und trotzdem hinterher sagen können: ‹Ach, ich will's doch nicht!›»

Wir lachten wieder beide. Er brachte mir noch einen Espresso, ich probierte ein paar weitere Lederhandschuhe, Sonnenbrillen und Seidentücher aus, nur das Kleid, das gab ich nicht mehr her. Beim dritten Espresso stolzierte ich immer noch vor dem Spiegel auf und ab, mein schwuler Freund lehnte daneben, und ich überlegte, ob ich nicht wirklich mit Horst demnächst an die Amalfi-Küste fahren könnte.

Und so nahm ich alles. Kleid. Schuhe. Lederhandschuhe. Seidentuch. Sonnenbrille. Für den Gesamtpreis hätte ich zweimal Mitarbeiterin des Quartals werden müssen.

Mein schwuler Freund packte alles mit Liebe in Seidenpapier und anschließend in eine cremefarbene Einkaufstüte mit Kordel.

Zum Abschied reichte er mir seine schmale, weiße Hand, schenkte mir noch einmal ein hingebungsvolles Lächeln und sagte: «Und wissen Sie, warum Einkaufen außerdem noch besser ist als Sex?»

Ich reichte ihm zusätzlich zur silberne Customer Card noch meine Kreditkarte und sah ihn erwartungsvoll an.

«Weil Sie dem Verkäufer hinterher nie sagen müssen, dass er gut war.»

Wir lachten beide noch einmal, er tänzelte vor mir zum Ladenausgang, wir hauchten uns gegensätzlich ein Küsschen in die Nähe unserer Ohrläppchen, und kaum war ich durch die Tür, da fragte ich mich, was ich da in drei Teufels Namen (Pater Engelmar möge mir verzeihen!) überhaupt getan hatte.

Zu Hause führte ich Horst mein neues veilchenfarbenes Kleid vor. Er sagte: «Hübsch.»

Ich wartete darauf, dass er noch etwas dazu sagte. Aber er tat es nicht. Dann schlug ich vor, demnächst an die Amalfi-Küste zu fahren. Er sagte, er werde es sich überlegen, aber jetzt müsse er zusehen, dass er mit seinen Korrekturen fertig werde.

Ich ging nach oben, hängte das veilchenfarbene Kleid in den Schrank und räumte die Lederhandschuhe, das Kopftuch und die Schmetterlingsbrille in eine Schublade, für den nächsten Sommer, vielleicht.

Noch 91 Tage
Der kleine Johnson

Die Wochen vergingen. Mein Busenbild mit Pater Engelmar erschien in unserem Kundenmagazin. Meine Stammkunden, vor allem die männlichen, reagierten mit Wohlwollen. Ich nahm fünf Exemplare mit nach Hause und stellte sie neben meinen Kochbüchern ins Regal, für die Nachwelt.

Nina rief mehrfach aus Berlin an, kündigte ihren Besuch an, sagte aber jedes Mal im letzten Augenblick wieder ab. Sie schien mir mit ihrer Arbeit im Blumengeschäft überlastet zu sein.

Maxi sahen wir kaum. Es stellte sich heraus, dass er sich auf der Exkursion nach Kappadokien in eine Studienkollegin verliebt hatte. Er tauchte nur auf, um schmutzige Wäsche abzuliefern und den Korb mit seinen frisch gebügelten Sachen mitzunehmen.

In der Buchhandlung ersetzten wir die Osterhasen auf dem grünen Kunstrasen im Eingangsbereich durch einen Holzliegestuhl mit bunter Leinenbespannung und arrangierten schon mal leichte Reiselektüre zwischen aufgeblasenen Plastikstrandbällen. Vor den Glasscheiben unseres Geschäftes regnete es in penetranten grauen Schnüren. Die Kunden lehnten ihre tropfenden Schirme gegen die Rollcontainer mit den billigen Städtereiseführern, die sich erstaunlich gut verkauften, weil offenbar die meisten nur wegwollten.

Ich konnte mich an kein so verregnetes Frühjahr erinnern.

Oben im dritten Stock liefen die Geschäfte mäßig. Meine Stammkundschaft war offenbar auf die Kanaren geflüchtet oder saß mit Rheuma zu Hause. Nebenan bei Kunst+Historie sah es auch nicht besser aus, und so wurden mein Kollege und ich abwechselnd in andere Abteilungen verbannt.

Wenn ich das Glück hatte, einen Tag bei Küche+Wein zu verbringen, nützte ich die umsatzflauen Stunden am zeitigen Nachmittag, um mich innerlich darauf vorzubereiten, dass irgendwann das Tiefdruckgebiet abziehen und die ersten Erdbeeren reif sein würden.

Ich fand in meinen Büchern zwei schöne Rezepte für ein leichtes Erdbeersorbet mit Minzblättchen und eine Erdbeerkonfitüre, kalt gerührt mit rosa Pfefferbeeren und Vanille.

Ich blätterte mich gerade wieder durch die Frühlingsküche, als mich ein Kunde mit der Frage hochschreckte:

«Sagen Sie mal, haben Sie den kleinen Johnson da?»

Ich antwortete wie aus der Pistole geschossen: «Die Kinderabteilung finden Sie gleich hinten links», aber er sah mich mit einem so entgeisterten Blick an, dass ich schnell ein glockenhelles Lachen nachschob und hinzufügte: «Das war natürlich nur ein kleiner Scherz. Wollen mal sehen, ob er vorrätig ist. Der äh ... kleine Johnson ist sehr nachgefragt.»

Ich hackte das Stichwort «Johnson» in die Maske meines Suchprogramms, und der Computer antwortete mir, dass der kleine Johnson das meistverkaufte Weinbuch der Welt sei, jedes Jahr aktualisiert erscheine und dass wir es vorrätig hätten.

Ich holte das Buch für den Kunden aus dem Regal, überflog den Klappentext, reichte ihm das schwarz gebundene Büchlein und informierte ihn darüber, dass Hugh Johnson dieses Jahr fünfzehntausend Weine besprochen habe und dass diese Bibel des Weintrinkers einfach unverzichtbar sei.

Der Kunde nickte beifällig und dankte für die kompetente Beratung, und just in diesem Augenblick tauchte unser Filialleiter auf. Er hatte sein wichtiges Gesicht aufgesetzt, wartete, bis ich meinen Weintrinker zur Kasse geschickt hatte, und zog mich dann etwas auf die Seite, wo die Diätbücher standen.

«Wie ich sehe, haben Sie sich hier bei Küche+Wein sehr gut eingearbeitet, Frau König», raunte er. «Ich hätte da eine interessante Herausforderung für Sie. Sind Sie Weintrinkerin?»

«Na ja», erwiderte ich, «Horst, also mein Mann, trinkt lieber Bier, aber ich mag schon ganz gerne mal …»

«Ausgezeichnet, ausgezeichnet», unterbrach mich unser Filialleiter, «und eine gestandene Frau vermittelt in dieser Thematik auch eine ganz andere Kompetenz als eine Zwanzigjährige.»

Ich nickte sicherheitshalber. Und dann vertraute er mir an, dass unsere Umsatzzahlen noch immer nicht den angestrebten Aufwärtstrend aufwiesen und dass wir uns neue Marktsegmente erschließen müssten. Zum Glück hatte er schon das Zauberwort zur Lösung des Problems entdeckt. Er flüsterte hinter vorgehaltener Hand: «Non-Book-Diversifizierung.»

Da ich ihn verständnislos anstarrte, wiederholte er noch zweimal: «Non-Book-Diversifizierung.»

Ich nickte sicherheitshalber wieder zustimmend. Er vertraute mir in unserer verschwiegenen Diät-Ecke an, dass er vorhatte, nicht nur Nudelkochbücher, sondern auch exquisite Nudeln und nicht nur Weinbücher, sondern auch ausgewählte Weine zu verkaufen. Und dann setzte er hinzu: «Ich sehe ja, dass Sie Sinn für die genussvollen Seiten des Lebens haben, Frau König. Trauen Sie sich die Weinabteilung zu?»

Ich sagte, dass ich schon in meiner Jugend trinkfest gewesen sei und meine Leber, soviel ich wisse, in Ordnung sei. Ich sagte nicht, dass ich in meiner Jugend vorzugsweise Martini Rosso und Whiskey Cola getrunken habe und dass ich bis heute an einer Weinschorle nichts Verbrecherisches erkennen kann.

«Also abgemacht», sagte er, «und vorläufig kein Wort an die Kollegen. Ich möchte erst alles in trockenen Tüchern haben.»

Ich nickte konspirativ und auch ein bisschen verzweifelt. Ich war immer der Meinung gewesen, dass Alkohol eine zuzeiten hilfreiche und stimmungsfördernde Sache ist, aber das machte mich wohl kaum zur Expertin. Ich war schon drauf und dran zu sagen «Ich glaube, das kann ich nicht», da hörte ich meinen Filialleiter sagen: «Wir schulen Sie natürlich. Ich habe da schon was für Sie an Land gezogen, quasi als Einstieg in die Materie. Eine Weinverkostung an der Mosel. Weingut Haverkamps Söhne. Sehr renommiert in Fachkreisen. Gehört seit kurzem zum Portfolio unseres Unternehmens. Hat sich bloß in Weintrinkerkreisen noch nicht wirklich herumgesprochen. Die machen dort sehr hochkarätige Veranstaltungen. Sie werden 'ne Menge lernen. Ich freue mich für Sie, Frau König!»

«Horst, ich muss auf Fortbildung», sagte ich daheim. Auf Horsts Schreibtisch türmten sich die Arbeiten von drei Erdkundeklassen.

«Mh», machte er. «Bist du bis neun Uhr wieder da?»

«Es ist eine Dienstreise, Horst», sagte ich.

«Mh», machte er und setzte seinen Rotstift an. «Noch drei Monate bis Schuljahresende. Dann haben wir's geschafft, was, Gabi?»

Ich beschloss, ihm die Details und Hintergründe meiner Dienstreise in den nächsten Tagen zu erläutern. Irgendwie ergab es sich aber nicht. Und Horst war bis zu meiner Abreise der Meinung, ich sei unterwegs zu einer Schulung in unserer drögen Konzernzentrale im Ostwestfälischen.

Zwei Tage bevor es losging, hörte ich beim Frühstück den Wetterbericht. Ein Hoch namens «Norma» war dabei, von Mitteleuropa Besitz zu ergreifen, und sollte in den nächsten Tagen frühsommerliche Temperaturen zu uns lenken. Ich beschloss, Karin anzurufen. Ihr Mann hatte ihr vor fast zehn Jahren ein gebrauchtes rotes Cabrio zum Fünfzigsten geschenkt. «Ich leih es dir, weil du's bist und weil du mir jedes Jahr so eine tolle Geburtstagstorte backst», sagte sie. «Aber pass gut darauf auf. Ich glaube nicht, dass Günther zu meinem Sechzigsten noch mal so großzügig ist.»

Am übernächsten Tag hob ich mein Übernachtungsköfferchen auf den Rücksitz von Karins rotem Cabrio. Darin lagen, ganz oben aufgepackt, meine neuen langen Lederhandschuhe, das Designerkopftuch und die Schmetterlingsbrille. Ganz unten lagen die apricotfarbenen Highheels. Ich hatte Lust, das alles endlich einmal auszuprobieren.

Horst winkte mir und rief: «Halte durch, Gabi, du weißt ja – drei Monate noch!»
Ich sagte mir, dass Männer Meister im Verdrängen von Unannehmlichkeiten aller Art sind, und gab Gas.

Ich fuhr nicht so oft alleine auf der Autobahn, noch dazu mit einem fremden Auto. Mir war klar, dass Karin den Verlust ihres Cabrios fast so schwer verschmerzen würde wie die Trennung von Günther vor sechs Monaten. Ich drehte den alten Kassetten-recorder in ihrem Wagen bis zur Schmerzgrenze auf, hörte Meat Loaf und machte mir Mut, indem ich lauthals Peter-Maffay-Songs mitsang.

Bei Koblenz fuhr ich von der Autobahn ab. Ich hielt auf einem Aldi-Parkplatz. Die Sonne schien, und der Asphalt roch nach Staub. Ich angelte nach meinem Köfferchen und zog die langen apricotfarbenen Lederhandschuhe heraus. Ich streifte sie über, schlang mir das gleichfarbige Seidentuch um die Haare, verkno-tete es im Nacken und setzte die Schmetterlingsbrille auf, um mir endlich einmal dies Amalfi-Gefühl zu verschaffen.

Dann versuchte ich das Verdeck zu öffnen.

Karin hatte mir erklärt, wie ich die Verschlusshaken auf der Fahrer- und der Beifahrerseite ausklinken und das Stoffdach nach hinten schieben musste. Nun ja.

Schließlich animierte mein mondänes Outfit einen Familien-vater, der gerade zwei Paletten H-Milch gekauft hatte, mir behilf-lich zu sein. Leider quetschte ich mir beim Einrasten der Bügel den kleinen Finger. Das war nicht so schlimm, aber die Ölflecken auf meinen apricotfarbenen Lederhandschuhen ärgerten mich. Die Reihenfolge war falsch gewesen. Ich hätte mit dem Anziehen der Handschuhe warten sollen, bis das Verdeck offen war.

Aber dann konnte es losgehen. Ich ließ das Seitenfenster herunter, legte meinen behandschuhten Arm auf die Fahrertür und gab Gas Richtung Mosel. Ich nahm die schmalen Kurven mit Bravour, und wenn ich in den Rückspiegel schaute, dann sah ich mein flatterndes Seidentuch, eine Ecke meiner Schmetterlings-brille und dahinter steil ansteigende Weinberge und den blin-kenden Fluss.

Ich schob eine Dean-Martin-Kassette ein und sang: «Buona sera, signorina, buona sera, it is time to say goodbye to Napoli ...

Buona sera signorina, buona sera,in the meantime let me tell you, that I love you, buona sera, signorina, kiss me good night.»

Die Mosel wand sich in gemächlichen Schleifen, das Weinlaub an den Hängen flirrte in der Sonne, auf den Terrassen der Ausflugslokale wurden die Markisen herausgedreht.

Mein Übernachtungshotel war nicht schwer zu finden. Es lag direkt an einer Schiffsanlegestelle, hatte einen Fachwerkvorbau, ein romantisches, neugotisches Türmchen und ein schwarzglänzendes Schieferdach. Ich beschloss, mir einen stilvollen Auftritt zu verschaffen, blinkte, bog von der Durchgangsstraße ab, gab dann noch einmal Gas, ließ mein Seidentuch flattern und bremste erst unmittelbar vor der gläsernen Eingangstür, riss die Fahrertür auf und bemühte mich, meine Beine in möglichst eleganter Linienführung aus dem Wagen zu schwingen. So ähnlich, wie es neulich MM auf der Beerdigung ihres Mannes gemacht hatte.

Hinter mir hupte es. Der nächste Gast wäre mir fast in Karins Heck gefahren. Er saß mit grimmigem Gesicht in seinem Wagen und wedelte mit der Hand. Ich sollte wohl die Hotelzufahrt frei machen. Ich hob Caterina-Valente-mäßig die behandschuhte Rechte, winkte ihm und bedeutete, dass er sich da schon etwas gedulden müsse.

Dann betrat ich die Lobby.

Man begrüßte mich mit routinierter Internationalität, holte mein Köfferchen aus dem Wagen und erbot sich, Karins Cabrio in die Tiefgarage zu chauffieren. Fast war ich schon gerührt darüber, wie viel ich meinem Mutterkonzern als Mitarbeiterin wert war, da sagte die Empfangsdame, und hier sei mein Zimmerschlüssel. Gleich links aus dem Hotel hinaus gehe es zur Dependance, aber dort seien die Zimmer auch sehr nett.

Nun, ich hatte ja nicht vor, den Abend im Hotel zu verbringen, und so ein kleines Übernachtungsköfferchen kann man auch hochkant stellen. Nur: Was sollte ich anziehen? Ich hatte meinen weinroten Rock mit Bluse und die braune Hose und den Trachtenjanker eingepackt, den ich mir vor Jahren für einen total misslungenen Oktoberfestbesuch gekauft hatte. Ich dachte lange über die Kleidungsfrage nach.

In Horsts Studienort hatte es den Bacchuskeller gegeben. Dort hatte man Müller-Thurgau und Häckerplatte mit Presssack und kaltem Braten serviert, auf dem Tisch standen Messingkerzenleuchter. Aber das war lange her.

Ich entschied mich für einen Kompromiss, zog den weinroten Rock, die neuen apricotfarbenen Highheels und den Trachtenjanker an. Modische Stilbrüche waren laut «Brigitte» dies Jahr sehr angesagt.

Und schließlich machte ich mich zu Fuß auf den Weg zum Weingut. Einen Katzensprung den Berg hinauf, hatte man mir erklärt. Ich erwog auf halber Strecke, wieder umzukehren und in meine Hose und die Straßenschuhe zu wechseln, aber irgendwie war ich ja auch als Botschafterin unseres Konzerns unterwegs und das verlangte Opfer.

Wie Horsts Bacchuskeller sah das Weingut nicht gerade aus. Der Empfangsraum hatte einen gläsernen Boden, durch den hindurch man große Eichenfässer in einem Kellerraum sehen konnte. Auf grünlich schimmernden Glasregalen wurden die Kreszenzen des Gutes präsentiert, und durch die hohen Glasfenster hindurch sah ich im Tal mein Hotel liegen.

Im Raum verteilt standen mehrere Zweiergrüppchen. Die Damen trugen schmal geschnittene Leinenhosen und hatten Lederschuhe mit Noppen an den Füßen, die Herren trugen, bis auf einen, offene Sommerjacketts.

Man hörte, wie das Klappern meiner neuen Pumps auf dem Glasboden das leise Gemurmel übertönte. Eine junge Dame reichte mir ein zu einem Viertel gefülltes Weinglas. Es war kalt beschlagen, ich hatte Durst, trank es aus, stellte es neben einer solitär dekorierten Orchidee ab und wartete.

Nach einer Viertelstunde erschien der Kellermeister, ein junger Mann, ebenfalls mit Sommerjackett. Ich hatte ordentlich Hunger und sah mich nach den kalten Platten um.

Inzwischen begrüßte uns der Mann vom Weingut und begann zu erzählen, wie das Wetter in den letzten Monaten gewesen war.

Das Thema Wetter gehört in meinem Gesprächsrepertoire zu den absoluten Notfallthemen, nur getoppt von den Themen Rückenschmerzen und Zustand der FDP. Aber der junge Kellermeister machte daraus ein Riesending: zweistellige Minustemperaturen im Januar/Februar, späte Nachtfröste im März, Regen im April, Bodennebel im Mai, zu wenig Sonnenstunden bisher, definitiv.

Jemand raunte warnend: «Botrytis!»

Mein Magen knurrte. Schließlich sagte der Kellermeister: «Mal sehen, was wir hier im Glas haben.»

Alle anderen hoben ihr Glas gegen das Licht, das zu den großen Fenstern einfiel.

«Diese Perlage, ich tippe auf einen weißen Burgunder!», flüsterte eine der Damen in den Noppenschuhen.

Ihr Begleiter raunte: «Apfelgrün, ich schätze, er hat kaum Restsüße ...»

Dann steckten alle die Nase in ihre Gläser und ließen diese mit einer kleinen Bewegung aus dem Handgelenk kreisen. Es hatte noch immer keiner getrunken.

Ich trat von einem Fuß auf den anderen und hoffte, dass es nun bald losgehen würde.

Von hinten tippte eine junge Dame auf meinen Janker. Sie sagte: «Tut mir sehr leid, Sie haben noch nichts zu trinken bekommen? Hier ist Ihr Glas.»

Sie neigte ihr blondes Köpfchen zu mir und flüsterte in mein Ohr: «Ich verrate Ihnen ganz vertraulich schon mal, was es ist. Es ist ein Sauvignon blanc, verschnitten mit einem Chardonnay. Ein Experiment, sehr ungewöhnlich.»

Mir schien, ihre Stimme bebte angesichts dieser Mitteilung.

Ich trank das zweite Glas zur Hälfte aus, die anderen diskutierten inzwischen weiter.

Einer sagte: «Trebbiano, genau den hab ich auch im Keller.»

Ein anderer konterte: «Nie im Leben, diese Cremigkeit mit der Holznote, das ist ein exzellenter Chenin blanc.»

Der Erste hielt sein Glas wieder gegen das Licht und sagte: «Ich bitte Sie, nie im Leben! Ich habe läuten hören, sie experimentieren hier mit Trebbiano-Trauben.»

«Trebbiano?», der andere wieherte. «Der liefert doch bestenfalls Mittelklasse, den können Sie höchstens für Verschnitte hernehmen.»

«Schon, schon», hielt der andere dagegen, «aber das liegt nicht an der Traube. Der braucht einfach mehr Sorgfalt im Ausbau.»

Der andere schnaubte verächtlich. Mir schien, dass ich dem Unfug langsam ein Ende machen sollte. Ich räusperte mich und sagte:

«Sauvignon, verschnitten mit einem äh … Chardonnay.»

Die anderen sahen mich indigniert an.

«Aber der ist doch eindeutig grünfleischig im Glas. Nie im Leben ist das ein Sauvignon», blaffte einer der Jacketträger.

«Nie», echote der andere.

«Doch», sagte der Kellermeister, «exakt. Die Dame hat recht. Sauvignon blanc mit Chardonnay.»

Ein ungläubiges Raunen machte die Runde. Man sah mich ehrfürchtig an. Ich lächelte wissend in die Runde und trank mein Glas auf ex. Dann forderte der Kellermeister uns auf, ihm zu folgen.

Ich dachte, dass es nun endlich eine Schinkenplatte gebe, aber er geleitete uns über einen Vorraum eine Treppe hinab in den Keller, führte uns durch einen Gang mit gerahmten Weinetiketten an den Wänden und dann landeten wir in dem Raum, der genau unter dem Probierraum lag. Über mir war die Glasdecke, auf der ich gerade gestanden hatte, und während die anderen wie eine Gänseschar unserem Kellermeister folgten, sah ich nach oben und überlegte, wie aus dieser Perspektive wohl mein Hinterteil in meinem strammen weinroten Rock aussehen mochte.

Ich musste mich beeilen, den anderen zu folgen. Sie hatten sich im nächsten Raum schon um ein zum Tisch umfunktioniertes altes Weinfass versammelt, auf dem ein Kandelaber mit flackernden Kerzen und eine blinkende Parade von Weingläsern standen.

Es war halbdunkel und roch nach Moder und Staub. Ich konnte nirgends etwas zu essen entdecken.

Unser Weinmeister nahte gerade aus der schummrigen Tiefe des Raumes mit einer Flasche Rotwein. Er hielt sie im linken Arm wie ein Baby, dem er den Kopf stützen musste, in der Rechten hatte er seinen Flaschenöffner und schnupperte mit verschatteten Augen am Korken. Um den Flaschenbauch hatte er eine gestärkte weiße Serviette gebunden, sodass wir das Etikett nicht lesen konnten.

Er goss uns aus seinem Flaschenbaby ein und sah uns erwartungsvoll an. Ich schob mich zwischen die anderen ans Fass, griff nach einem Glas und trank.

Links neben mir hörte ich ein ziehendes Schlürfen, dann ein Schmatzen.

Ich warf dem Herrn zu meiner Linken einen strafenden Blick zu. Ich sah, dass er die Zähne fletschte wie unser Kater, wenn ich ihn beim Fressen störe. Der Herr spülte den Wein geräuschvoll zwischen den Zähnen durch, legte den Kopf etwas nach hinten und gurgelte leicht. Dann schluckte er endlich.

Ich wand mich angewidert ab. Aber in diesem Moment begann auch unser Kellermeister zu schlürfen, zu saugen und zu gurgeln. Alle taten es.

Ich griff noch einmal zu meinem Rotweinglas, nahm einen ordentlichen Schluck und gurgelte auch.

Plötzlich war es still. Alle sahen mich an. Ich verschluckte mich, prustete, hustete, schniefte und sah mit tränenden Augen in die Runde. Alle schwiegen erwartungsvoll.

«Und, was meint unsere Expertin?», sagte der Kellermeister.

Ich musste immer noch husten, der Rotwein war mir vom Kehlkopf in die Nase gestiegen. Ich putze mir mit einem Tempo die Nase.

«Und?», wiederholte er.

Die anderen sahen mich immer noch erwartungsvoll an.

«Na ja», sagte ich «das muss man erst einmal auf sich wirken lassen. Ich habe da schon eine ziemlich konkrete Vermutung, was wir da im Glas haben.»

Erwartungsvolles Schweigen.

«Schön», sagte ich schließlich, «schöner Wein. Sehr lecker. Ich finde, er schmeckt ein bisschen nach Ananas.»

«Noten von Ananas, finden Sie?», fragte der Kellermeister überrascht und steckte die Nase ins Glas. Die anderen taten es ihm nach. Sie fingen an, darüber zu diskutieren, ob es tatsächlich Ananastöne seien oder eher Pflaume mit einem Anklang von schwarzer Johannisbeere beziehungsweise eher ein Bukett aus Litschi und Kirsche. Jedenfalls attestierten sie dem Wein eine fein ziselierte Säure und eine große Zukunft.

Der Kellermeister enthüllte das Etikett unter gemurmelten Überraschungsrufen und verschwand im Dämmer, um eine neue Flasche zu holen und uns wieder verdeckt zu präsentieren.

Man verlor vorübergehend das Interesse an meiner Expertenmeinung und diskutierte über wilde Hefen, über die Verwendung von Glaskorken versus Naturkorken, über Restsüßen und über die Mineralität von Schieferböden.

Einer der Schlürfer fragte: «Und wann nehmen Sie Ihren Rotwein von der Hefe? Ich habe gelesen, die jungen Wilden machen das jetzt schon nach zwei Monaten.»

Der Kellermeister antwortete ausführlich und wie ich vermutete kenntnisreich, die anderen lauschten andächtig nickend.

Meine Füße in den apricotfarbenen Highheels brannten. Ich beschloss, dass es im Dämmerlicht keinem auffallen würde, wenn ich sie auszöge, auch wenn das meine Silhouette ungünstig verkürzte.

Ich goss mir in einem unbeobachteten Moment, als das Gespräch auf den Holz-Einsatz in neuseeländischen Barrique-Weinen kam, aus der Flasche des Kellermeisters nach und versuchte beim Trinken dezent, aber doch expertenhaft zu schlürfen.

Die Frage der Verwendung von Eichenspänen im Rotwein entpuppte sich als heißes Eisen, die Herren in der Runde wurden lauter, die Stimmung wurde ein bisschen gereizt.

Ich beschloss, einen kleinen Rundgang durch den Keller zu unternehmen, staubte mit meinem Tempotaschentuch gedankenverloren ein paar alte Flaschen ab und kam gerade rechtzeitig an das Fass zurück, um in meine Schuhe zu steigen, bevor es wieder nach oben ging.

Dort hatte man inzwischen einen Tisch für uns gedeckt. An jedem Platz standen fünf Weingläser wie die Orgelpfeifen.

Ich suchte mir einen Platz, wo man mir durch den Glasboden vom Keller aus garantiert nicht unter den Rock schauen konnte. Neben mir ließ sich ausgerechnet der einzelne Herr nieder, der kein Sommerjackett trug.

Er hatte einen dieser pferdeapfelfarbenen Lederblousons an, die offensichtlich jedem Rentenbezieher mit dem ersten Rentenbescheid vom Familienministerium zugeschickt werden. Immerhin war er wohlerzogen genug, um sich vorzustellen:

«Gestatten, Leimer, Emeritus für Literaturwissenschaft. Meine Kollegen haben mir die Weinprobe zum Abschied geschenkt. Also, meine Idee war das nicht. Ich bin Pils-Trinker. Sagen Sie mal, gnä' Frau, ich habe Sie heute schon mal gesehen. Sie hatten eine Schmetterlingsbrille auf. Sie fahren ziemlich spontan. Ich bin Ihnen vor dem Hotel fast ins Auto gefahren.»

«Ach, Sie waren das», antwortete ich ungerührt.

Dann begannen wir mit der eigentlichen Blindprobe. Das ist im Prinzip ein Kindergeburtstags-Ratespiel. Die Gläser werden nummeriert und aus Weinflaschen befüllt, die in weißen Leinensäckchen stecken, damit man die Etiketten nicht lesen kann.

Endlich gab es etwas zu essen. Es waren exquisite Häppchen mit Pfirsich-Frischkäse-Mousse und Lachstatar. Leider waren sie kaum größer als ein Zweieurostück.

So war es nicht verwunderlich, dass ich mich immer unverblümter zu den angebotenen Kreszenzen äußerte.

Meine kryptischen Hinweise auf exotische Fruchtnoten, balancierte Säure und süffige Bananennoten wurden aufmerksam diskutiert. Ich wurde kühner in meinen Urteilen und schleuderte Äußerungen über den Tisch wie «superb und alkoholreich, bestimmt eine Spätlese» oder «schmeckt wie ein Riesling, aber ich wette, es ist keiner».

Ich stellte fest, dass ich im Schnitt mit meinen Meinungen nicht falscher lag als die anderen am Tisch. Nur mein Nachbar gefiel mir nicht. Er wirkte missmutig und trank kaum.

Ich ergriff mein Glas und prostete ihm zu, meine Stimmung war im Gegensatz zu seiner inzwischen hervorragend.

«Sie sind also Literaturwissenschaftler? Prost, lieber Herr Professor!»

Er griff lustlos nach seinem Glas.

«Ich bin Biertrinker, Wein verursacht mir Sodbrennen.»

Ich ließ mein Glas an seines klirren und zitierte ein paar Sätze meines zweitliebsten Autors aus unserer Klassikerabteilung: *Trinkt sich das Alter wieder zur Jugend / so ist es wundervolle Tugend. / Für Sorgen sorgt das liebe Leben / Und Sorgenbrecher sind die Reben.*

Sein Gesicht schien sich ein wenig aufzuhellen.

«Lassen Sie mich raten, gnä' Frau ... Goethe? ... West-östlicher Divan?»

Ich nickte anerkennend und prostete ihm wieder zu.

«Sind Sie Kollegin? Auch Literaturwissenschaftlerin?»

«Fast», nuschelte ich. «Ich habe viel mit Büchern zu tun.»

Das Eis zwischen uns schien zu schmelzen. Er nahm einen großen Schluck aus einem seiner fünf Gläser.

«Einen fröhlichen Trinker hat Gott lieb», zitierte ich ziemlich frei.

«Auch Goethe?»

Ich schüttelte den Kopf.

«Luther.»

«Habe ich noch nie gehört.»

«Ist auch ein bisher unveröffentlichtes Zitat.»

«Tatsächlich? Interessant, Frau Kollegin. Wirklich interessant. Das sollten Sie publizieren. Auf Ihr Wohl, Frau Kollegin.»

«Auf Luther und Goethe, Herr Professor.»

Er trank brav die übrigen vier Gläser aus. Ich fand seine Pferdeapfeljacke gar nicht mehr so fürchterlich.

Wir beschlossen, dass wir uns jetzt beide ein Pils verdient hätten. Wir verabschiedeten uns von dem kundigen Kellermeister und den Herrschaften in den Leinenjacketts und erklärten, dass wir leider heute noch einen Termin hätten.

Draußen zog ich meine Schuhe aus, hängte ich mich bei ihm ein und lief barfuß den Berg hinunter.

Wir bestellten uns im Gastraum unseres Hotels zwei Wiener Schnitzel mit Bratkartoffeln und zwei große Biere dazu. Ich versprach ihm, über das unbekannte Luther-Zitat demnächst einen Aufsatz zu publizieren, und er versprach, mir morgen beim Schließen des Verdecks zu helfen.

Nach dem dritten Bier verließ ich ihn und ging ins Bett. Mag sein, dass Gott einen fröhlichen Trinker tatsächlich lieb hat, aber morgen musste ich ja Karins rotes Cabrio wieder nach Hause chauffieren.

Den Professor sah ich am nächsten Morgen nicht wieder, und an dem Luther-Zitat kamen mir nun doch Zweifel.

Ich hatte Kopfschmerzen.

Noch 84 Tage
Fritz und Franz

Bevor ich die Heimreise von der Mosel antrat, schlang ich mir wieder das Seidentuch um die Haare und setzte die Schmetterlingsbrille auf. Ich fuhr die ganze Strecke mit offenem Verdeck, auch auf der Autobahn. Das tat ich nur, weil ich es mir nicht zutraute, das Verdeck alleine sachgerecht zu schließen. Es könnte ja unterwegs, während ich gerade einen LKW überholte, zur Hälfte nach hinten aufklappen. Dann würde der Fahrtwind wie in einen halb geöffneten Fallschirm hineinfahren und mich in die LKW-Flanke drücken und die Polizei müsste wegen mir eine Autobahnvollsperrung veranlassen. Furchtbar.

Ja, es war mir immer schon eindeutig lieber, wenn Horst fuhr. Weite Strecken übernahm immer er.

Meine Kopfschmerzen wurden auch nicht gerade besser. Neben meinem Kater holte ich mir im Laufe des Tages auch noch einen Sonnenstich.

So war ich ehrlich froh, als ich endlich wieder heil zu Hause ankam.

Horst begrüßte mich mit einem Kuss, der auf meiner linken

Schläfe, knapp unter dem Bügel meiner Schmetterlingsbrille landete. Er war zu sehr mit der Zubereitung seiner Wiener Würstchen beschäftigt, um meine neue Brille zu bemerken. Er hatte mir auch Kartoffelsalat von unserem Metzger besorgt, zweifellos ein Akt der Vorfreude und Fürsorge angesichts der bevorstehenden Heimkehr von meiner Dienstreise. Ich stellte mich in die Küche, neben den dampfenden Topf, in dem er die Wiener Würstchen wärmte, schaute auf die sprudelnde Aspirintablette, die sich gerade in meinem Glas auflöste, und fragte: «Und, war was Besonderes, Horst?»

«Nö», sagte er, «eigentlich nicht. Ich hatte am Freitag zwei Vertretungsstunden in der Achten. Nervig. Aber damit ist ja bald Schluss.»

«Hast du was von Maxi gehört?»

Er schüttelte den Kopf.

«Nö. Warum sollte er sich melden? Der ist erwachsen. Er wird schon auftauchen, wenn alle seine Unterhosen schmutzig sind oder wenn er sich mit seiner Neuen gestritten hat. Übrigens, heute Nachmittag war ich im Fitnessstudio. Deine Mädels lassen dich grüßen. Ob du dich mal wieder blicken lässt, fragen sie.»

Ich trank das Glas, in dem noch weiße Tablettenreste schwammen, in einem Zug aus, legte die Sonnenbrille auf den Kühlschrank und sagte: «Die tun sich leicht. Die haben keinen Job. Die letzten Samstage habe ich gearbeitet und nun diese Fortbildung. Aber nächstes Wochenende habe ich frei. Da gehe ich mal wieder zum Sport.»

«Dann gehen wir zum Sport, wolltest du sagen.»

Ich zog es vor, nicht zu antworten.

«Ach, gestern hat noch jemand von der Stadtverwaltung angerufen. Dein neuer Reisepass liegt dort schon seit Wochen zur Abholung bereit. Du solltest ihn wirklich endlich holen. Für den

Fall, dass du doch noch vorhast, mit mir im Sommer in die USA zu fahren, so wie wir eigentlich geplant hatten.»

«Ach du liebe Zeit, mein Reisepass! War das Frau Hornmüller? Das ist mir aber unangenehm. Ich hab's tatsächlich vollkommen vergessen. Ich wollte sowieso noch mal in Ruhe mit dir reden. Über unsere Pläne, über die USA und wie es ab Sommer weitergeht. Können wir das nach dem Essen in Ruhe machen? Mir ist schlecht vor Hunger.»

Über unsere Pläne zu reden, war so ziemlich das Letzte, wonach mir in meinem Zustand zumute war. Aber wie es aussah, konnte ich diesem Thema nicht länger ausweichen. Irgendwann mussten die Karten auf den Tisch.

Horst fischte die Würstchen aus dem heißen Wasser, ich holte die Schüssel mit Kartoffelsalat aus dem Kühlschrank, und wir setzten uns der Einfachheit halber an unseren kleinen Küchentisch.

Nach dem ersten Paar Würstchen ging es mir besser. Horst nahm eine angebrochene Flasche Wein aus dem Kühlschrank, holte zwei Gläser aus dem Wohnzimmer und goss uns beiden ein.

«Prost», sagte Horst, «wie war die Fortbildung?»

Er nahm einen Schluck, setzte das Glas wieder ab und sah mich irritiert an.

«Warum trinkst du nicht, Gabi?»

Ich schwenkte das Glas und roch.

«Der Wein riecht muffig, findest du nicht? Vielleicht, weil er schon zwei Tage offen ist. Ansonsten – Anklänge von Pfirsich, würde ich sagen.»

«Was ist los, Gabi? Der Wein ist schon zwei Tage auf? Na und? Das hat dich doch noch nie gestört. Jetzt trink einen Schluck, und dann erzähl mir, wie es in eurer drögen Konzernzentrale war.»

«Also gut», sagte ich. «Bisher war ja noch keine Zeit, dir das zu erklären. Es hat sich da nämlich eine neue Situation ergeben. Ich wollte in aller Ruhe mit dir darüber reden. Aber jetzt stoßen wir erst einmal zusammen an, Horst. Danke, dass du so ein leckeres Abendessen vorbereitet hast.»

Wir prosteten uns zu.

Ein wenig Alkohol war sicher förderlich für das, was ich Horst nun eröffnen musste. Ich goss ihm nach und begann noch einmal: «Wie gesagt, es gibt da neue Pläne in unserer Buchhandlung. Das Sortiment soll erweitert werden. Non-Book-Diversifizierung, verstehst du? Damit hatte auch meine Fortbildung zu tun, und deshalb war ich gestern und vorgestern an der ...»

In diesem Moment klingelte das Telefon.

Ich seufzte: «Horst, geh du doch mal. Ich bin total erschossen von der langen Fahrt.»

Er hob ab, sagte «Hallo, Nina! Geht's gut in Berlin?».

Dann machte er mehrmals hm-hm, sagte «schön ... tschüs ... bis dann» und legte auf.

«Nina kommt», erklärte er lapidar. «Am Freitagabend.»

Ich fuhr von meinem Stuhl hoch und fiel sofort in einen Taumel der Muttervorfreude. «Horst! Das sagst du so einfach? Das Kind kommt! Wann genau? Was hat sie erzählt? Wie geht es ihr? Ich hab sie seit Weihnachten nicht gesehen!»

«Ich auch nicht», warf Horst ein.

«Ich muss meine Bügelwäsche aus ihrem alten Kinderzimmer räumen! Ich muss Fenster putzen und die Gardinen waschen, und du musst den Garten auf Vordermann bringen!»

Horst nickte stoisch und hörte sich geduldig an, wie ich laut darüber nachgrübelte, was das Kind wohl am liebsten essen wollte und dass er unbedingt auf der Terrasse noch die Gartenkübel schön bepflanzen musste, schon mit Margeriten, aber da es womöglich noch mal Nachtfrost gab, doch lieber mit Päonien und Frauenmantel, das Kind hatte schließlich schon von Berufs wegen einen Sinn für Ästhetik, oder doch lieber ganz einfach mit diesen neuen japanischen Dingsda, diesen weißen Sterndolden, ganz schlicht.

Horst goss mir mehr Wein ein.

Irgendwie hatte die bevorstehende Ankunft unserer ältesten Tochter auf ihn keine vergleichbaren Auswirkungen wie auf mich.

Am liebsten hätte ich mir für die Vorbereitungen ein paar Tage frei genommen, aber das ging natürlich nicht.

Am nächsten Tag, gegen Mittag, pirschte sich unser Filialleiter aus der Ecke mit den Schiller-Dramen an mich heran. Er tat verschwörerisch, obwohl sich an diesem Morgen noch kein einziger Kunde hinauf zu mir und meinen Klassikern verirrt hatte, und fragte halblaut: «Und, wie war's an der Mosel, Frau König? Man hat mir zugetragen, Sie hätten ein ausgesprochenes Wein-Näschen.»

«Ich nehme das mal als Kompliment», sagte ich. «Ich fand es, na ja … ungewöhnlich. Ein tolles Weingut haben Sie da an Land gezogen. Hat Spaß gemacht.»

Er nickte triumphierend.

«Ich wusste, dass Sie die richtige Frau für das Thema sind. Wir bleiben dran, Frau König! Aber vorläufig kein Wort zu den anderen. Übrigens, könnten Sie nächsten Samstag kurzfristig bei Horror+Crime+Vampire einspringen? Wir haben wieder mal einen Personalengpass.»

Ich sagte, dass das unmöglich sei, weil meine älteste Tochter aus Berlin komme. Er schien mir beleidigt, angesichts der großartigen Zukunftsaussichten, die er mir eröffnete, aber ich blieb ausnahmsweise hart.

Ich wusch Gardinen, putzte, schnitt die verwelkten Tulpen ab, redete meinem knospenden Rosenstöckchen gut zu, beaufsichtigte Horst beim Kübelbepflanzen und brütete über dem Menüplan für meine Tochter. Spargelquiche? Involtini mit Gartenkräutern? Frühlingsrübchen mit Kaninchen? Erdbeerflan? Rhabarbermousse?

«Ach Mamutsch, ich will gar nichts Kompliziertes. Kannst du nicht einfach einen Hackbraten mit Kartoffelbrei machen, so wie früher?», sagte sie am Telefon.

Dabei wusste ich es selbst. Heimat konnte vieles sein. Ein Haus. Ein Fluss. Ein Baum. Eine Straße. Ein Stück Wiese. Ein Dialekt. Ein Geruch. Ein Geschmack. Sie war meine Tochter. Heimat hatte einen Geschmack. Für sie war es mein Hackbraten. Hackbraten mit einem harten Ei darin, so wie damals, als sie aus der Schule kam, den Schulranzen in den Flur schmiss, in die Küche stürmte und rief: «Erster! Erster! Ich will den Anschnitt und den ganzen Hackbraten und das Ei, Mamutsch. Kati und Maxi kriegen nix!»

So platzierte ich am nächsten Freitagabend das hartgekochte Ei in der Mitte der Fleischmasse, formte mit nassen Hände eine runde Hackfleischkugel darum, setzte das Ganze auf eine Lage von Räucherspeck und schob die Form in den heißen Ofen.

Horst machte sich auf den Weg zum Bahnhof, um unsere Tochter abzuholen. Sie hatte immer noch kein Auto.

Dann stand sie endlich in der Tür. Es war, als würde ich in mein junges Ebenbild schauen. Keines meiner Kinder ist mir so ähnlich wie Nina. Das gleiche Augenblau, das gleiche Muttermal neben dem Kinn, das gleiche glucksende Lachen, immer ein bisschen zu hoch. Ich liebe alle meine Kinder mit dem gleichen blinden Enthusiasmus. Aber ich bin nicht so kühl und intellektuell wie Kati. Und natürlich bin ich kein Mann wie Maxi. Nina war schon als Kind eine Friedliche. Keine durchwachten Nächte wie bei Maxi. Keine Schrei- und Wutattacken wie bei Kati. Sie hat es mir immer leicht gemacht. Sie war meine Älteste. Alles war mit ihr so neu. Das erste schiefe Lächeln. Der erste Zahn. Der erste Schritt. Das erste Fahrrad. Die erste Platzwunde. Die erste Fünf. Sie ist mir so ähnlich wie keines meiner anderen Kinder. Von mir hat sie auch diese sinnliche Liebe zum Essen. Leider auch die Figurprobleme.

Sie trug ein weißes Sommerhängerchen mit einem bunten Schal und hatte einen großen, mit einer Decke verhängten Gegenstand in der Hand. Horst stand neben ihr in der Tür, ihren Reiserucksack auf der Schulter. Ich wäre ihr am liebsten sofort um den Hals gefallen, aber erst einmal musste sie den Gegenstand in ihrer Hand abstellen. Dann lagen wir uns in den Armen. Ich quetschte ein paar Freudentränchen, nahm ihr Gesicht in beide Hände und sagte: «Gut siehst du aus, Ninalein, richtig entspannt.»

«Mir geht's auch sehr gut, Mamutsch», antwortete sie. Dann fiepte es zu ihren Füßen. Die Decke war heruntergerutscht.

«Sag bloß, du hast Fritz und Franz mitgebracht? Ich hatte geglaubt, die sind längst tot.»

Ich weiß, das war eine spontane, doch sicherlich keine diplomatische Reaktion. Aber Meerschweine gehören für mich (neben Möpsen) zu den nutzlosesten Lebewesen der Schöpfung. Man kann nicht einmal Hackbraten aus ihnen machen. Sie stören nachts und stinken tagsüber und ich hatte keine Ahnung, dass sie so alt werden können. Zum Glück hatte sie Nina bei ihrem Auszug mit nach Berlin genommen.

Horst trug Ninas Rucksack hoch in ihr altes Zimmer, und wir setzten uns zum Essen.

Sie aß mit Hingabe, genauso wie ich. Sie nahm sich noch eine zweite Portion, und Horst und ich überließen ihr das ganze hartgekochte Ei.

Dann aber sagte sie: «Ich hatte eigentlich gehofft, dass ich Fritz und Franz ganz bei euch lassen kann. Ihr habt doch bald mehr Zeit, und bei mir ist es im Moment ein bisschen ungünstig.»

Und dann legte sie ein Schwarzweißbild neben die Reste des Hackbratens.

Ich stand auf, um meine Lesebrille zu suchen, und fand sie schließlich auf dem Klo neben dem Lokalteil unserer Zeitung.

Als ich wieder ins Esszimmer kam, stand Horsts Mund offen. Er sah mich vollkommen verdattert und hilfesuchend an. Ich wischte die Lesebrille an meiner Bluse ab, schob sie auf meiner Nase zurecht und drehte das unscharfe Bild dreimal um seine Achse, bis ich verstand, was ich sah.

«Es wird ein Junge. Freut ihr euch? Ich wollte es euch selbst sagen.»

Ihre Veilchenaugen leuchteten.

Ich fiel ihr in die Arme und begann übergangslos zu heulen.

Ich dachte an den Ozean von Schmerz und an ihren ersten dünnen Schrei. Ich dachte an ihr feuchtes, schwarzes Haar und die geballten, rudernden Fäustchen.

Ich dachte an den ersten ziellos blinden Blick aus ihren Veilchenaugen.

Ich dachte an den Moment, als der Arzt sagte, Glückwunsch, Frau König, Sie haben eine gesunde Tochter.

Und nun also sie. Sie bekam ein Kind. Meine Tochter.

Ich schaffte es, meinen Tränenstrom zu stoppen. Horst und ich küssten die werdende Mama, dann küssten wir uns gegenseitig, und dann stellte ich die drei obligatorischen Fragen.

Frage eins: Und wann ist es denn so weit?

Nina teilte uns mit, dass sie in der 22. Woche sei. Daher also das Hängerchen. Ich fragte: «Warum erzählst du es uns erst jetzt?»

Sie sagte «Ich wollte es euch nicht am Telefon sagen» und wischte sich eine meiner Tränen von der Backe. «Und außerdem wollte ich euch fragen, ob Fritz und Franz hierbleiben können. Wegen der Toxoplasmose-Gefahr, sagt meine Frauenärztin.»

22. Woche. Ich nahm meine Finger zu Hilfe und begann zu rechnen: Mai, Juni, Juli, August …

Es täte ihr leid, sagte Nina, sie hätten das alles ja nicht geplant, aber jetzt käme das Kind praktisch zu meinem Geburtstag, plus/minus zehn Tage. Ich sagte, aber das macht doch nichts, Hauptsache gesund. Horst sagte, eigentlich wollten wir Mamas Sechzigsten so richtig groß feiern. Ich sagte, Horst, das ist doch jetzt egal.

Dann stellte ich die zweite klassische Frage: Und wisst ihr schon, wie es heißen soll?

«Arthur», antwortete Nina.

Ich fragte: «Wie??»

«Arthur», wiederholte sie.

Horst und ich sahen uns an.

«Und warum?», setzte ich vorsichtig nach.

«Weil Philipps Vater so heißt», sagte sie fröhlich und strich mit der Hand über das weiße Hängerchen, unter dem ich eine schwache Wölbung ahnen konnte.

Arthur. An dieser Nachricht hatte ich erst einmal zu knabbern. Dass es einen Kindsvater namens Philipp gab, war mir schon klar, auch wenn wir ihn in den letzten Jahren nur gelegentlich gesehen hatten. Aber der Kindsvater hatte Eltern. Es gab quasi gegnerische Großeltern. Und der andere Opa hieß Arthur. Opa

Horst und Opa Arthur. Da kam mir eine Idee. «Und der zweite Name des Kindes?», fragte ich Nina. (Horst-Arthur wäre zumindest eine salomonische Lösung.)

«Nichts», sagte Nina. «Nur Arthur. Alle Erstgeborenen in der Familie heißen so.»

Darauf bat ich Horst, uns eine Flasche Sekt aus dem Keller zu holen. Auf dieses Ereignis mussten wir anstoßen – und mir war gerade sehr danach!

Ich trank erst mal und dann stellte ich die dritte klassische Frage, die aus meiner Sicht eher eine rhetorische war: Aber ihr heiratet schon noch vor der Geburt?

Nina war gerade dabei, sich von dem auf seiner Platte langsam erkaltenden Hackbraten noch ein Stück zu angeln, und so verstand ich sie kaum, weil sie mit vollem Mund antwortete.

«Glaub ich nicht», mampfte sie, «mal sehen, ob wir das vorher noch hinkriegen.»

«Arthur», murmelte ich. «Arthur König.»

Daran muss man sich erst mal gewöhnen.

Ich trank mein Glas leer und bat Horst, mir nachzuschenken. Er prostete mir zu, er schien die Sache entspannt zu nehmen.

Dann stellte ich noch zwei weitere Fragen, die nicht ins klassische Repertoire gehören: Und was ist mit deinem Blumenladen? Und: Ihr kauft euch aber jetzt ein Auto?

Während Nina die Hackbratenreste weiter dezimierte, erfuhr ich, dass der Blumenladen praktisch schon verkauft war und dass man das Baby notfalls auch mal mit einem Wagen aus Philipps Heizungsbaugeschäft zum Kinderarzt fahren könne.

Es war sicher eine Fügung des Schicksals, dass ich nicht dazu kam, hierzu meine Meinung kundzutun.

Aus Ninas altem Kinderzimmer drang in diesem Moment panisches Fiepen und Pfeifen, unterlegt von giftigem Fauchen.

Die werdende Mama schmiss die Gabel auf die Platte und schrie: «Das ist die blöde Katze! Fritz! Franz! Die Armen! Papa, tu doch was!»

Der Kater hatte sich seit Ninas Ankunft noch nicht ein einziges Mal blicken lassen. Ich wähnte ihn im Garten, unter dem Nest mit den jungen Amseln. Stattdessen hatte er sich mit den neuen Hausgenossen bekannt gemacht. Der Meerschweinchenkäfig war zur Seite gekippt. Franz lag in der Ecke, die Beine nach oben gestreckt. Ich hielt ihn für tot, aber wie sich herausstellte, befand er sich nur im Schockzustand. Der Kater hockte auf dem umgestürzten Käfig, eine Pfote klemmte im Käfiggitter. In ihr hatte sich Fritz verbissen. Der Kater fauchte, Fritz biss und fiepte, und Nina heulte.

«Scheiß-Katze, ich hatte gehofft, sie ist endlich tot!»

Wir befreiten den Kater, er stob mit blutender Pfote davon. Wir stellten den Meerschweinchenkäfig wieder auf, gaben Fritz und Franz die Reste des Hackbratens zu fressen und versprachen Nina, dass so etwas nie mehr vorkommen würde. Dann sagte Nina, sie sei erschöpft und wolle jetzt ins Bett. Ich küsste sie, strich ihr über das Bäuchlein und wünschte ihr eine gute Nacht.

Ich räumte nicht einmal mehr die Küche auf, sondern legte mich sofort neben Horst ins Bett. Wahrscheinlich war es die Hormonumstellung, die mich so aus der Fassung brachte. Man wird ja nicht jeden Tag zum ersten Mal Großmutter. So begann ich schon wieder zu heulen.

«Das Kind heißt Arthur! Das ist doch schrecklich, Horst! Der arme Wurm!»

Ich schluchzte.

«Sie hat ihren schönen Blumenladen aufgegeben, Horst, und

dabei weiß sie noch nicht mal, ob dieser Philipp sie heiraten wird. So blöd war ja nicht mal ich!»

Ich schluchzte weiter.

«Und wenn das Kind krank ist, dann legen sie es neben die Heizungsrohre ins Auto und fahren es zum Arzt!»

Ich weinte hemmungslos.

Horst rutschte im Bett zu mir rüber. Er schob den Arm unter mein Kissen und sagte:

«Gabi. Wir werden Großeltern! Sie bekommt ein Kind! Es geht ihr gut! Jetzt freu dich doch mal.»

Ich war schon lange nicht mehr so froh gewesen, Horst an meiner Seite zu haben.

Am nächsten Morgen holte Horst für uns Croissants vom Bäcker, und Nina und ich schmierten uns ordentlich Erdbeermarmelade darauf. Wir riefen Maxi auf dem Handy an und teilten ihm mit, dass es heute Abend erstens eine Überraschung und zweitens Rindersteaks vom Grill gäbe.

Das war der sicherste Weg, ihn nach Hause zu locken. Er kündigte an, dass er seine Neue mitbringen werde und dass sie Veganerin sei. Ich schätzte zwar die Halbwertszeit der Beziehung vor dem Hintergrund dieser Information als äußerst gering ein, bat Horst aber dennoch, nicht nur Steaks beim Metzger, sondern auch ein Tofuschnitzel aus dem Reformhaus zu besorgen.

Dann ging ich mit meiner Tochter shoppen.

«Ich brauch dringend was zum Anziehen. In Berlin komm ich einfach nicht dazu. Mein Bauch wird ja jetzt schon von Tag zu Tag dicker.»

Sie gluckste wie ein kleines Mädchen, betrat mit forschen

Schritten das Bekleidungshaus am Rathausplatz und griff sich ein Sommerkleid mit Spaghettiträgern und ein grasgrünes, enges Baumwollshirt von einem Kleiderständer.

«Nina-Schatz, ich glaube, das ist ein bisschen zu eng anliegend. Ich meine, du bist ja jetzt in anderen Umständen ...»

«In anderen Umständen?» Sie wollte sich ausschütten vor Lachen.

Nina kaufte das grasgrüne T-Shirt und noch zwei ähnliche in Orange und Mint, und ich dirigierte sie zur Rolltreppe Richtung Kinderabteilung. Sie schwenkte ihre Einkaufstüte, und ich warnte: «Vorsicht, Kind, die Rolltreppe! Pass auf, dass du nicht stürzt!»

Sie enterte vor mir die Rolltreppe, spurtete ein paar Schritte hoch, drehte sich zu mir um und lachte.

«Sag mal, Mamutsch, du hast doch selbst drei Kinder bekommen, oder? Das ist doch eine ganz normale Sache!»

Ich entdeckte in der Baby-Boutique ein hinreißendes Strampelhöschen in Schneeweiß und Größe 50 zu einem horrenden Preis, aber sie zwang mich, meinen Geldbeutel wieder einzustecken, und meinte, dafür sei es jetzt noch viel zu früh, und außerdem habe sie nur den Rucksack dabei.

Ich sagte: «Nina, das mit dem Rucksack muss jetzt auch aufhören. Ihr müsst euch endlich ein Auto zulegen. Sag das deinem Philipp. Schließlich bist du guter Hoffnung.»

Daraufhin lachte sie so sehr, dass sie sich schließlich eine Hand auf ihr Bäuchlein und eine auf ihren Rücken legte und japste: «Siehst du, jetzt tut mir mein Bauch weh.»

«Oh, Gott, Kind, damit ist nicht zu spaßen. Bei Kati hatte ich auch im fünften Monat schlagartig vorzeitige Wehen. Und bei Maxi ...»

«Mama, hör doch auf, das kommt doch nur vom Lachen. Und

erzähl mir bitte keine Horrorgeschichten, das geht schon alles glatt.»

Ich riss mich zusammen, versuchte von meiner mütterlichen Besorgnis abzulenken und schlug vor: «Wir sollten eine Pause machen, Nina. Oben neben der Sportabteilung ist doch diese Dachterrasse mit Café. Ich glaube, die haben auch einen koffeinfreien Cappuccino für dich.»

Sie hängte sich bei mir ein und drückte mir einen Kuss auf die Wange.

«Mamutsch, du bist unmöglich, aber es ist schön, mal wieder so umsorgt zu werden. Und ich bin froh, dass ihr die Meerschweine behaltet.»

Am Abend sperrten wir die Meerschweinchen in Ninas Zimmer, jagten den geduldig lauernden Kater vor ihrer Tür fort, und Horst schürte im Garten den Grill an. Die Amseln tschilpten auf höchster Frequenz, der Kater, immer noch hinkend, robbte auf der Jagd nach Libellen durchs Gras, die Sonne hatte meine erste Rosenblüte erweckt, die Grillkohle blakte, Rauchschwaden zogen Richtung Nachbarhaus, Nina lagerte, Gummibärchen kauend, auf unserer Gartenbank.

Maxi kam wie immer zu spät, seine Neue im Schlepptau. Sie hatte etwas Rötlich-Blasses an sich und hieß auch noch Mona.

Ich sagte zu ihr «Schön, Sie kennenzulernen» und zu Maxi «Stell einfach den Korb mit der schmutzigen Wäsche in den Keller. Ich kümmre mich morgen darum», und er antwortete: «Nicht nötig Mama, Mona wäscht jetzt meine Sachen.»

Ich sagte: «Horst, ich glaube, ich brauch was zu trinken. Wir wollten doch endlich anstoßen. Aber gib Nina nichts.»

Maxi war so begriffsstutzig, wie Männer eben sind, und sagte: «Mona trinkt auch keinen Alkohol.»

Mir rutschte heraus: «Ist sie auch schwanger?»

Maxi glotzte ein wenig und rief dann: «Ay, Schwesterherz, du bist schwanger? Na, das wurde aber auch mal Zeit. Bingo!»

Dann stellte auch er die klassischen Fragen.

Auf die zweite Frage sagte Nina das, was sie auch zu mir gesagt hatte.

«Arthur. Er wird Arthur heißen.»

«Cool», sagte Maxi. «Arthur König. King Arthur. Wie im Fantasy-Roman. Das hat was.»

So hatte ich das noch nicht gesehen, aber ich verkaufte ja nur Fantasy-Romane, ich las sie nicht.

Horst hatte die Steaks fertig und auch das Tofuschnitzel. Mona fragte, ob es neben den Steaks auf dem Grill gelegen hätte, und sagte, dass sie es in diesem Fall aus weltanschaulichen Gründen nicht essen werde.

Wir machten uns über die Steaks und den Metzgerkartoffel-salat her. Ich bot Mona von dem Kartoffelsalat an, aber als sie hörte, dass er beim Metzger gekauft war, verweigerte sie auch dies. Ich entschuldigte mich bei ihr, dass ich ihr heute nicht mal einen Nachtisch offerieren könne, weil ich mit meiner Tochter shoppen war. Ich bot ihr stattdessen Gummibärchen an. Aber die Gelatine darin machte auch diesen Versuch zunichte. Mona stellte die Kommunikation mit uns ein, und Maxi aß zwei weitere Steaks, aus Platzgründen diesmal ohne Beilage. Und schließlich auch noch das Tofuschnitzel.

Danach nahmen wir alle einen Schnaps, bis auf Nina und Mona. Ich versuchte mit Mona eine Unterhaltung über vegane Küche zu führen, aber mein Essverhalten hatte mich dafür offensicht-lich disqualifiziert. Obwohl ich ihr glaubhaft versicherte, dass mir eigentlich alles schmeckte, vermutlich sogar vegane Küche. Es nützte nichts. Sie hüllte sich in Schweigen, während Maxi mit seinem Vater noch ein Bier trank und ich mit Nina nach den Rosen sah.

Dann ging das junge Paar zu Mona nach Hause, und die junge Mutter ging ins Bett.

Am nächsten Tag brachten Horst und ich sie gemeinsam zum Bahnhof. Ich hatte erreicht, dass sie den Inhalt ihres Rucksacks in meinen Rollkoffer umgepackt hatte. Horst hob ihn für sie im ICE auf die Gepäckablage. Ich küsste sie noch einmal und sagte: «Pass gut auf dich auf, und sag deiner kleinen Schwester Bescheid, dass sie demnächst Tante wird.»

Sie erwiderte, sie habe mit Kati schon vor zwei Wochen telefoniert. Das tat mir irgendwo dadrinnen, wo mein flatteriges Mutterherz saß, ganz höllisch weh. Aber dann sagte sie:

«Kannst du nach der Geburt für ein paar Tage nach Berlin kommen, Mamutsch? Ich glaube, alleine schaffe ich das nicht.»

Da schlug es wieder ruhig und gleichmäßig.

Aber kurz nachdem sie weg war, bekam ich schon wieder meinen Moralischen. Schuld war der Kater. Er hatte unsere Abwesenheit genutzt, um sich durch einen gezielten Sprung auf die Türklinke Zutritt zu Ninas altem Zimmer zu verschaffen. Da lag ihr leerer Rucksack, ihr Bett war noch zerwühlt, und der Kater hockte wieder über dem umgeworfenen Meerschweinchenkäfig. Diesmal war er nicht so blöd, eine Pfote durch das Gitter zu stecken. Er spekulierte auf einen plötzlichen Schocktod von Fritz und Franz. Franz lag tatsächlich wieder auf der Seite und röchelte.

Ich packte den Kater und sperrte ihn ins Klo. Dann wartete ich auf den Exitus von Franz. Aber er röchelte weiter. Es blieb uns nichts anderes übrig, als die Katze in den Garten zu scheuchen, Fritz vorübergehend in unserer Badewanne zu parken und mit dem röchelnden Franz im Käfig in die Sonntagsambulanz der Tiernotfallpraxis zu fahren.

Dort kam er ohne fremdes Zutun wieder zu sich. Trotzdem kostete der Besuch fünfzig Euro. Den Käfig auf dem Schoß, fuhr ich mit Horst und Franz wieder heim. Und dann, wie gesagt, bekam ich im Auto wieder meinen Moralischen.

«Ach Horst», jammerte ich, «Nina ist weg, und Kati ist weg. Das Baby wächst in Berlin in einer Heizungsfirma auf. Und Maxi lässt seine Unterhosen jetzt von dieser Mona waschen, der kommt auch nicht mehr heim. Und was haben wir? Den alten Kater von Kati und die Meersäue von Nina. Ein Glück, dass Maxi nie ein Tier wollte.»

Aber Horst tröstete mich auf seine unnachahmliche Weise.

«Jetzt gräm dich mal nicht, Gabi», sagte er zu mir. «Maxi steht bald wieder auf der Matte, da wette ich mit dir. Und die Viecher sind alle alt. Der Franz ist schon angezählt. Das sitzen wir aus. Weißt du was? Ich spendier dir daheim noch ein Bier, Oma.»

Noch 60 Tage
Etrusker, Rumänen und Hundeduschen

Am Montagmorgen, nachdem Horst mal wieder in Hetze und mit überquellender Aktentasche Richtung Schule verschwunden war, versorgte ich die Menagerie, die meine Kinder mir hinterlassen hatte. Ich verteilte sie auf verschiedene Räume, um weitere Tierdramen zu verhindern, stieg in den obersten Stock unseres Häuschens, holte mir den langen Holzstock mit dem Haken, zog damit die schmale Einstiegsluke über mir auf und ließ die seit Jahren klemmende Holzstiege herunter. Dann kletterte ich auf den Dachboden.

Hier oben war es heiß. Wir hatten es nie geschafft, das Dach isolieren zu lassen. Das war eines der Projekte, mit denen Horst vorhatte, sich den ersten Pensionswinter zu versüßen. Die Luft unter dem Giebel war staubig. Meine Augen gewöhnten sich langsam an das Halbdunkel. Ich bückte mich und kroch unter den Dachziegeln entlang, bis ganz nach hinten.

Meine Erinnerung hatte mich nicht getrogen. Ich zog das graue Bettlaken weg, eine Wolke aus Staub, Spinnweben und Ruß rieselte zu Boden. Da stand er, noch immer stattlich. Sündhaft teuer war er damals gewesen. Hochbeinig. Stabil. Solide. Vertrauenerweckend. Unverwüstlich. Außen blauer Cordsamt, innen gestreifter Baumwollstoff. Ich hätte ihn noch immer im Traum auseinanderbauen und zusammenlegen können, damit er in unser erstes Familienauto passte. Ninas Kinderwagen.

Ich löste mit dem linken Fuß die Bremse, legte meine Hände auf den staubigen Griff und schob den Kinderwagen in leicht gebeugter Haltung einmal über die Länge des Dachbodens. Die Federung quietschte.

Ich entdeckte, dass auf der geräumigen Ablage ein matt rosafarbenes, mürbes Quietschauto lag. Das musste wohl Maxi, dem letzten Insassen des Wagens gehören. Bald würde wieder ein Junge darin liegen.

Ich nahm das Quietschauto mit nach unten und beschloss, mit Horst gemeinsam den Kinderwagen demnächst vom Dachboden zu wuchten. Dann fuhr ich zur Arbeit.

Ich fragte eine Kollegin aus der Abteilung Gesundheit+Wellness, ob sie nicht Lust habe, mit mir zu tauschen und einmal einen ruhigen Nachmittag im dritten Stock bei den Klassikern zu verbringen.

Ich nutzte die Flaute am frühen Nachmittag, um mich in die Themen Schwangerschaftsyoga, Rückbildungsgymnastik mit Body Balance und Aqua Fitness für Säuglinge einzulesen.

Am Abend teilte ich Horst meinen Entschluss mit, den alten Cordkinderwagen für unseren ersten Enkel vom Boden zu holen. Horst zeigte wenig Enthusiasmus. Er sprach von Mottenbefall und monströser Unhandlichkeit und davon, dass er sich seinerzeit seinen Daumen beim Zusammenlegen fast abgequetscht habe. Ich hielt das für Schutzbehauptungen, um nicht auf den Dachboden steigen zu müssen. Vielleicht steckte aber auch mehr dahinter, denn irgendwann sagte er: «Dieses Kind bringt unsere Pläne ganz schön durcheinander. Kann gut sein, dass deine Geburtstagsfeier ausfällt und wir nach Berlin müssen. Das macht man ja auch gerne, vollkommen klar. Aber danach wollten wir ja mit dem Camper durch die USA touren. Ich hoffe, Nina macht uns mit dem Baby keinen Strich durch die Rechnung.»

Ich zog es vor, zu schweigen. Und zugleich wusste ich doch, dass ich ein paar wichtigen Fragen, unsere gemeinsame Zukunft betreffend, nicht für immer ausweichen konnte, denn er erzählte mir, dass seine Kollegen schon für sein Abschiedsgeschenk sammelten, und so kam unweigerlich die nächste Frage auf mich zu. Sie lautete: «Und, hast du inzwischen mit deinem Filialleiter besprochen, wann du aufhören wirst?»

Von nun an war die Ehekrise nicht mehr aufzuhalten.

«Nein, noch nicht.»

«Und wann hast du vor, das zu tun?»

Schweigen.

«Morgen?»

Schweigen.

«Übermorgen?»

«Weißt du, Horst, ich wollte schon mit dir darüber reden, bevor sich Nina angemeldet hat. Es gibt bei uns im Geschäft da demnächst einige Umstrukturierungen. Ich dachte immer, mein Chef will mich loswerden. Ich bin ja die Älteste. Aber dem ist gar nicht so. Im Gegenteil …»

«Ach so. Jetzt kapiere ich langsam, warum du deinen Pass noch nicht abgeholt hast. Du willst gar nicht mit mir in die USA!»

«Natürlich will ich mit dir in Urlaub fahren. Aber nicht so lange.»

«Was soll das denn nun heißen?»

«Ich meine, wir haben ja dann ein Enkelkind. Vielleicht braucht Nina uns.»

«Sie hat doch noch andere Großeltern. Diesen Arthur mit seiner Frau. Wir müssen nicht ständig in Berlin sein. Die anderen Großeltern sind doch sowieso vor Ort.»

Ich holte tief Luft. Einmal musste es raus! Dann sagte ich mit fester Stimme: «Ich würde aber eigentlich gerne noch weiter arbeiten. Ich fühle mich gerade so lebendig.»

Ich dachte an Pater Engelmar und meinen Ausflug an die Mosel.

Horst sagte verständnislos: «Du sollst auch lebendig sein. Ich will endlich das Leben mit dir genießen.»

«Wir können doch aber gar nicht das ganze Jahr unterwegs sein. Dafür haben wir nicht das Geld.»

«Das Haus ist abbezahlt. Nina ist versorgt, Kati ist bald mit dem Studium fertig und Maxi hoffentlich auch irgendwann. Also was soll das?»

«Du hast Jahrzehnte in der Schule gearbeitet. Ich war lange zu Hause. Ich weiß, wie das ist. Es ist langweilig. Und jetzt ist es noch viel leerer als damals.»

«Gabi, was willst du eigentlich? Jahrelang haben wir davon gesprochen, was wir tun wollen, wenn wir endlich mehr Zeit haben. Und jetzt machst du einen Rückzieher. Du erzählst mir von deinem Chef. Du erzählst mir von unserem Enkelkind. Du erzählst mir vom Geld. Du redest dich raus! WAS WILLST DU EIGENTLICH?»

Dann eskalierte die Sache unschön. Er warf mir vor, ihn hinters Licht geführt zu haben. Ich fauchte zurück, er hätte mich ja schon früher mal nach meiner Meinung fragen können. Er bellte, ich wüsste doch gar nicht, was ich wollte. Ich schnaubte, er hätte noch nicht einmal eine Ahnung, auf was für einer Fortbildung ich neulich gewesen sei. Er blaffte, dann arbeite doch weiter, ich finde schon jemand, der mit mir in die USA fährt. Wenn's eine mit dir aushält, giftete ich zurück. Dann packte er sein Bettzeug und schleifte es in sein Arbeitszimmer. Und zum Schluss schmiss ich ihm seine Schlaf-Boxershorts hinterher.

Gut, dass keines der Kinder im Haus war. Eine lösungsorientierte Debatte sah zweifellos anders aus.

Nachdem Horst ein paar Nächte auf der Couch campiert hatte und wir uns tagsüber aus dem Weg gegangen waren, sah ich ein, dass es so nicht weitergehen konnte. Ich beschloss, ihm ein Friedensangebot zu unterbreiten. Erster Teil meiner diplomatischen Initiative war es, ihm sein Lieblingsessen zu kochen. Das Rezept hatte ich von meiner Schwiegermutter, Gott hab sie selig, übernommen.

Es gab Schweinebraten mit Malzbiersoße, Sauerkraut und Hefekloß. Ein typisches Maien-Essen also.

Ich servierte es ihm auf der Terrasse, aber er blieb misstrauisch. Er kannte mich einfach schon zu lange, um meine Tricks nicht zu durchschauen. Er aß zwar zwei Scheiben Fleisch, das mir wirklich mürbe und dennoch saftig gelungen war, knurrte aber: «Ich weiß doch, dass du keinen Hefekloß magst, also was willst du von mir?»

«Ich möchte mit dir in Urlaub fahren, Horst. Mit dem Campingbus.»

Er schnaubte verächtlich durch die Nase und äußerte, das habe sich neulich aber ganz anders angehört. Ich erklärte ihm, dass wir erst mal einen Testurlaub absolvieren sollten. Nicht gleich nach Amerika und nicht gleich für Monate.

«Wir könnten in den Pfingstferien mit dem Camper wegfahren. Zwei Wochen, um zu sehen, wie es läuft. Wie wär's mit Italien?»

Er schnaubte.

«So schnell bekommen wir nie im Leben einen Camper her. Und hast du etwa vor, mit Kater und zwei Meerschweinchen loszufahren?»

Ich erwiderte: «Wozu hat man Kinder in die Welt gesetzt?»

Er knurrte: «Sollen wir die ganze Menagerie zu Kati fahren? Die dreht uns durch, wenn wir ihr diesmal auch noch die Meerschweine anschleppen.»

Ich entgegnete: «Wir haben ja auch noch einen Sohn vor Ort.»

Horst ätzte: «So wie diese Mona aussieht, hat sie bestimmt eine Katzenhaarallergie.»

Ich schlug vor: «Weißt du was? Du kümmerst dich um den Camper und ich mich um die Viecher.»

Horst unkte: «Das wird doch nie was.»

Aber ich wusste, dass ich fast gewonnen hatte.

In den nächsten Tagen grübelte ich darüber nach, wem ich Ninas altersschwache Meerschweinchen für zwei Wochen überlassen könnte. Ich rief ein paar alte Freundinnen an, aber die erklärten mir ziemlich unverblümt, Hamster, Meerschweinchen, Hauskarnickel et cetera – also diese Phase hätten sie endgültig hinter sich.

Aber dann kam alles ganz anders.

Eines Morgens, als ich den beiden in Ninas altem Kinderzimmer ihre tägliche Körnerration servieren wollte, lag Franz mal wieder mit ausgestreckten Pfoten auf der Seite. Ich hob den Käfig hoch.

«Franz, stell dich nicht so an. Mir machst du nichts mehr vor, ich kenne deine Tricks.»

Aber da rollte er mit ausgestreckten Pfoten steif durch den Käfig.

Mein Verhältnis zu Horst war immer noch etwas angespannt, und so begrub ich Franz ohne Horsts Hilfe neben dem Komposthaufen.

Am Abend rief ich Nina in Berlin an. Sie nahm die Todesnachricht gefasst auf, denn gerade hatte der kleine Arthur sie zum ersten Mal ganz zart in den Bauch geboxt.

Am nächsten Morgen war auch Fritz tot.

Oh, das gab mir wirklich zu denken. So sehr hatten die beiden also aneinander gehangen. Fritz war Franz in den Tod gefolgt. Einer konnte ohne den anderen nicht leben, auch wenn sie möglicherweise schwul gewesen waren.

Ich begrub auch Fritz, verschob den nächsten Anruf bei Nina und beschloss, angesichts des Liebestodes von Fritz, netter zu Horst zu sein und mich wirklich auf unsere gemeinsame Campingfahrt zu freuen.

Die Pfingstferien rückten näher, und wir hatten zwar zwei Meerschweinchen weniger, aber immer noch keinen Camper. Alle Leih-Wohnmobile waren offenbar seit Monaten vorgebucht.

Doch dann kam Horst aus der Schule nach Hause und erklärte mir, er habe gute Nachrichten. Einer seiner Kollegen sei Besitzer eines Renault-Kastenwagens. Der Kollege habe die Rücksitze ausgebaut und sie durch eine Schaumstoffmatratze ersetzt, weil er mit dem Wagen leidenschaftlich gerne übers Wochenende zum Angeln fahre. Das Auto könnten wir uns für zwei Wochen ausleihen.

Horst brachte die frohe Botschaft zusammen mit einem Foto aus der Schule mit. Darauf sah man Horsts Kollegen mit einem fetten Karpfen, der ihm quer über beide Unterarme lappte. Dahinter stand ein blauer Renault-Kastenwagen.

«Das ist er», sagte Horst. «Er hat sogar Vorhänge an den Seitenfenstern.»

Ich erkannte auf dem Dach des Wagens zwei Alukästen. Horst erklärte mir, der eine sei für Lebensmittelvorräte, Wäsche und die Angelgeräte, das andere sei für Frischwasser beziehungsweise für die Fische.

Ich dachte an Fritz und versuchte, Fassung zu bewahren. Ich tröstete mich mit dem Gedanken, dass mir ein alter Renault in meiner Jugend ja auch Raum für schöne Stunden geboten hatte und dass ich mich damals vermutlich sehr über eine Matratze im Fond gefreut hätte.

Aber diese Zeiten waren definitiv vorbei. Ich sah mich, von Rückenschmerzen geplagt, in meinem Nachthemd auf dem rechten Vordersitz kauern, hinter mir Horst, auf der Matratze schnarchend, über mir ein kalter Mond und die Fischkiste.

Aber auch dies Problem erledigte sich. Eine Woche vor Beginn der Ferien rief eine freundliche Dame des Camper-Verleihs an, mit der wir mehrfach telefoniert hatten, und teilte mit, sie könnten uns nun doch kurzfristig ein sehr schönes Wohnmobil anbieten. Das ältere Ehepaar, das den Wagen reserviert habe, habe sich überraschend getrennt. Sei das nicht wirklich ein glücklicher Zufall?

Das war es in der Tat. Horst lebte auf. Er hatte eigentlich vorgehabt, vor den Ferien noch die Englisch-Arbeit seiner Neunten zu korrigieren, aber das verschob er nun und beauftragte mich, ihm den ADAC-Campingführer / Südeuropa aus meinem Buchladen zu besorgen.

Dann begann er, sich systematisch in das Sanitär-Bewertungs-System des Campingführers einzuarbeiten. Es gab darin ein striktes Punktesystem. Fünf Sterne wurden für höchstmöglichen Campingluxus vergeben. Sie wurden beispielsweise verliehen für mietbare Sanitärkabinen, Warmduschen für Rollstuhlfahrer, Entleerstationen für Fäkaltanks sowie Hundeduschen. Ich hielt Letzteres zunächst für einen Witz, aber es war tatsächlich so.

Horst klebte eine große Italienkarte an die Tür seines Arbeitszimmers und markierte darauf mit grünen Stecknadeln die Fünf-Sterne-Campingplätze. Das waren Anlagen mit spektakulärem Blick auf eine Steilküste, Internetanschluss, Indoor-Spielplätzen, Massageangeboten, Ponyreitplätzen – oder Hundeduschen. Mit roten Stecknadeln markierte er die touristischen Höhepunkte auf einer Linie zwischen Alpenhauptkamm und Tiber: lombardische Kathedralen, palladianische Villen, etruskische Nekropolen, toskanische Palazzi.

Leider stellte sich an diesem Punkt der Reiseplanung heraus, dass es sehr viel mehr rote Stecknadeln als grüne gab und dass sie sich in keinem Punkt deckten. Er fragte mich, was mir lieber sei: Einzelwaschkabinen/heizbar an der Adria oder Gruppentoiletten/witterungsausgesetzt in unmittelbarer Nähe von Kathedralen, Museen und Nekropolen.

Ich erinnerte mich wieder an den armen Fritz, der ohne seinen Franz keine vierundzwanzig Stunden überlebt hatte, und antwortete, dass komfortable Duschkabinen beziehungsweise Hundeduschen bei meinen Lebensentscheidungen noch nie eine nennenswerte Rolle gespielt hätten. Er freute sich sichtlich darüber, gab mir einen Kuss und sagte: «Gabi, ich finde es toll, dass du noch so unkompliziert bist! Du darfst auch bestimmen, wo es hingeht. Was ist dir lieber: die Villen des Veneto, die florentinische Protorenaissance oder die umbrischen Bergstädte?»

Diese Frage brachte mich in einige Verlegenheit. Ich musste

eine Zeitlang nachdenken, aber dann wusste ich, was ich wollte: «Horst, ich möchte für mein Leben gerne noch einmal nach Venedig, und diesmal auf den Lido. Du weißt schon, Gustav Aschenbach im weißen Leinenanzug und dieser traumschöne, blutjunge Pole. Thomas Mann, ich meine, Aschenbach sitzt im Sand und verzehrt sich nach diesem ätherischen Knaben. Tod in Venedig, auf dem Lido, Horst! Wie findest du das?»

Horst deutete wortlos auf die Karte. Ich verstand sofort. Dort gab es weder grüne noch rote Stecknadeln. Thomas Manns ätherische Liebesstätte war eine campingfreie Zone.

Das machte mich ein wenig rat- und mutlos. Ich tigerte durch Horsts Arbeitszimmer, auf der Suche nach dem idealen italienischen Reiseziel. Bis mein Blick auf eines der aufgeschlagenen Bücher auf Horsts Schreibtisch fiel. Ich sah darin ein Gemälde mit zwei braungebrannten, unbekleideten und sehr muskulösen Ringkämpfern. Daneben die Abbildung eines unbekleidet tanzenden Liebespaares, er hatte die Oberschenkel eines Zehnkämpfers, sie einen weißen Lilienkörper. Und das dritte Bild zeigte einen Mann mit starkem Bizeps und spärlicher Bekleidung, der an einem Tisch lagerte und gerade ein Ei verspeiste.

Liebe, muskulöse Männer und gutes Essen – ich fand das sehr sympathisch und sagte: «Das hier sieht wirklich gut aus. Horst, was hältst du davon?»

«Du interessierst dich für die Etruskergräber von Tarquinia? Für etruskische Nekropolen, Gabi? Vetulonia! Populonia! Tarquinia! Gabi, ich finde das wunderbar! Mal abseits der üblichen Trampelpfade! Das wird ja fast ein kleines Abenteuer! Und auf der Rückreise sehen wir uns Florenz an.»

Er gab mir noch einen Kuss, und so war die Sache beschlossen.

Horst vernachlässigte weiter die Korrektur seiner Klassenarbeiten. Er kaufte eine Fliegenklatsche, ein tropentaugliches

Weltempfängerradio und einen Eimer, in dem ich das schmutzige Geschirr zum Waschplatz tragen würde, sowie mehrere Etruskerführer.

Ich dagegen rief Maxi an. Ich sagte: «Ich weiß definitiv, dass du in den Pfingstferien keine Exkursion hast. Also, damit das klar ist: Du kommst nach Hause und passt auf die Katze auf. Ihr könnt auch gerne beide hier wohnen, deine Mona und du – ich meine, so lange, bis wir zurück sind, und wenn ihr euch nicht in unserem Schlafzimmer breitmacht. Und sag Mona, sie darf meine Waschmaschine benutzen für deine Unterwäsche. Katzenfutter steht neben dem Kühlschrank. Und gieß den Garten bitte. Tschüs! Ach Maxi? Und pass gut auf dich auf! Bussi!»

Am Tag vor unserer Abreise holte Horst unseren Leih-Camper. Ich räumte Handtücher, Klopapierrollen, Tütensuppen und Dosenbier ein und stieß mir zweimal den Kopf an meinem aufgeklappten Wäschefach.

Der Camper hatte auch eine «Nasszelle». Ich verstand, dass der Ausdruck durchaus eine tiefere Bedeutung hatte. Das Räumchen war noch kleiner als eine Zelle, und wenn man die Dusche, die sich ziemlich genau über dem Chemieklosett befand, aufdrehte, dann war nicht nur das Klopapier nass, sondern auch meine gesamte Kosmetikausrüstung.

Ich beschloss, das Waschbecken zur Aufbewahrung der Dosenbiere zu nutzen, die Nasszelle ansonsten möglichst zu meiden und mir im Übrigen nicht vorzustellen, wie ich unter solchen Umständen Wochen oder gar Monate in den USA überstehen sollte.

Horst äußerte den Wunsch, das letzte Abendessen vor unserer Abfahrt probeweise schon einmal im Camper einzunehmen. Ich trug Wurstplatte, Brot und Gürkchen aus der Küche über den Garagenvorplatz und servierte sie am Klapptisch im Camper. Anschließend langte Horst in sein Wäschefach über dem Sitzplatz, in dem sich seine zusammengefalteten Unterhosen befanden, und holte einen Flachmann heraus. Er überredete mich dazu, aus der Flasche einen Schluck Grappa zu nehmen.

Die Nacht verbrachte er bereits im Camper, und ich genoss das eheliche Doppelbett noch einmal in aller Ruhe.

Um mir, wie er sagte, die Eingewöhnungsphase ins Camperleben zu erleichtern, hatte Horst für die erste Übernachtung einen «beliebten Urlauberplatz» am Gardasee ausgesucht.

Wir brachen im Morgengrauen auf, unsere Ankunft war für die Mittagszeit geplant, den Nachmittag wollten wir bereits den Grotten des Catull in Sirmione widmen.

Horst hatte nicht einberechnet, dass ein Campingbus kein Maserati ist und dass unser hochbeiniges Gefährt jedes Mal wie ein Bäumchen im Wind schwankte und nach links gesaugt wurde, wenn ein Sechsunddreißigtonner auf der Überholspur an uns vorbeidonnerte.

Aber schließlich kamen die ersten Zypressen in Sicht, und es war auch noch hell, als wir unseren Wagen in eine bescheidene Lücke zwischen zwei andere bundesdeutsche Camper auf dem beliebten Vier-Sterne-Urlauberplatz bugsierten.

Vom Gardasee sah man nichts, aber man hörte sehr gut den Begrüßungssong von der Vier-Sterne-Showbühne, wo gerade das Camping-Abendprogramm mit dem Lied «Wakkadi Wakkadu, Pizza, Amore, ich und du» startete. Ich legte die braunen Packpapierbeutel zur Seite, die man mir am Empfangstresen mitgegeben hatte und in denen wir unsere Gemüseabfälle entsorgen sollten. Wir schienen Deutschland noch nicht verlassen zu haben.

Während ich im Inneren damit beschäftigt war, die Küchen-utensilien vom Boden einzusammeln, die sich während der Fahrt verselbständigt hatten, weil ich sie nicht richtig festgezurrt hatte, saß Horst bereits im Klappstuhl vor dem Camper. Er hatte sich aus dem Waschbecken unserer Nasszelle eine Dose Bier genehmigt. Der Nachbar von links hatte sich schon mal bekannt gemacht, sich von Horst auch ein Bierchen geben lassen und es sich in Badehose und Adiletten auf dem staubigen Fleckchen vor meiner Eingangstür ebenfalls bequem gemacht.

Die Grotten des Catull fielen aus, die Nachbarin von rechts steu-erte mitgebrachte Aldi-Brezen bei, unser Grappa-Flachmann war schon am ersten Camping-Abend leer, und am nächsten Morgen sprang der Motor des Campmobils nicht an. Horst hatte näm-lich nach unserer Ankunft vergessen, den Kühlschrank von der Autobatterie zu nehmen und an den grünen Stromverteiler auf unserem schmalen, aber staubigen Vorplatz anzuschließen. Die Kühlung des Biernachschubs hatte unserer armen Autobatterie den letzten Lebenssaft ausgesaugt.

Glücklicherweise hatten wir inzwischen zur Rechten und zur Linken an einem langen Campingplatzabend Freunde gewon-nen. Sie alle waren froh, dass endlich etwas los war auf dem Platz, und halfen uns und unserer Autobatterie mit Starterkabel und kundigen Ratschlägen wieder auf die Sprünge. Ich über-ließ meiner Nachbarin zur Linken meine braunen, unbenutzten Komposttüten, wir winkten aus den Seitenfenstern, die anderen standen Spalier und winkten auch, und wir fuhren weiter Rich-tung Süden.

Die Sache hatte allerdings den Nachteil, dass ich meinen mor-gendlichen Nescafé auf keinem Rastplatzklo loswerden konnte. Horst weigerte sich anzuhalten. Er meinte, die Autobatterie müsse erst durch störungsfreies, zügiges Fahren mindestens bis Bologna wieder geladen werden.

Mir blieb nichts anderes übrig, als von meinem bequemen Beifahrersessel nach hinten zu klettern und nun doch unsere Nasszelle aufzusuchen. Die dezimierte Zahl der Bierdosen im Waschbecken klapperte rhythmisch, während ich versuchte, bei hundert Stundenkilometern auf der Autostrada das Camping-klo einzuweihen. Im entscheidenden Augenblick freilich zog ein italienischer Parmalat-LKW an uns vorbei, und der Camper schwankte heftig nach rechts und nach links.

Während ich anschließend versuchte, bei hundert Stundenkilo-metern auf der Autostrada mit Klopapier die Sauerei vom Boden zu wischen, fragte ich mich, warum Menschen am Ende eines harten Arbeitslebens nicht das Recht auf eine einfache, normale, feststehende und nicht schwankende Kloschüssel hatten.

Am dritten Tag unserer Reise erreichten wir Etruskerland. Ich registrierte mit Erleichterung, dass unsere Mit-Camper nun keine Adiletten mehr trugen, sondern dreiviertellange, schnell trocknende Hosen und Wandersandalen mit Klettverschluss. Angesichts der Alternativen erschien mir dies das geringere Übel.

Einige trugen auch nach Sonnenuntergang noch khakifar-bene Expeditionshüte mit über die Ohren herunterhängenden Seitenklappen. Man trank hier vor dem Wohnwagen auch kein Bier mehr, sondern eine schöne Flasche vom tagsüber in einer entlegenen Enoteca erstandenen Montepulciano. Dazu las man sich im DuMont und «Loneley Planet» in das Besichtigungspro-gramm des nächsten Tages ein und legte in handgeschriebenen Reisetagebüchlein Rechenschaft ab über die zurückgelegten Kilometer und die abgearbeiteten Etruskergräber.

Auch wir widmeten uns den Etruskern ausgiebig, besichtigten

abgelegene Nekropolen, bemalte Gräber, steinerne Sarkophage und verfallene Verhüttungsstätten.

Horst dozierte über die Bodenschätze Etruriens, insbesondere Kupfer und Eisenerz, aber auch silberhaltiges Blei und Zinn. Wir besichtigten mehrere etruskische Schachtanlagen und Schmelzöfen. Horst legte eine Fotodokumentation über die Förderstätten und Minenreste an und bedauerte, dass seine Schüler nun ja nicht mehr davon profitieren würden.

Ich fasste mich in Geduld und konzentrierte mich auf die Darstellungen in den Etruskergräbern. Dabei wurden mir die Etrusker, trotz ihres exzessiven Bergbaus, immer sympathischer. Es gab in ihren Gräbern Darstellungen von Liebesszenen, deren Umsetzung mich direkt in die Arme des nächsten Orthopäden getrieben hätte. Und sie schienen Bankette aller Art geliebt zu haben. Besonders gut gefiel mir ein Sarkophag, auf dem eine gut genährte Zweiundachtzigjährige lagerte, den linken Arm lässig aufgestützt, in der rechten Hand eine gefüllte Weinschale. Das Leben bot also noch Perspektiven.

So begann ich, mich immer wohler zu fühlen. Morgens klemmte ich mir meine Klopapierrolle unter den Arm und schlenderte ungeschminkt und mit Punkfrisur zu den Gemeinschaftsduschen. Allerdings weigerte ich mich kategorisch, die mitgebrachten Spaghetti auf dem Gaskocher im Camper zu kochen, und so futterten wir uns stattdessen zu zweit durch das Pastaangebot der mittelitalienischen Gastronomie: Strozzapreti, Maltagliate, Buccatini, Pici, Raviolone, dazu Wildschwein-, Hasen- und Steinpilzragout.

Ich schlug Horst vor, uns nicht nur systematisch durch die mittelitalienischen Ausgrabungen der Etruskerzeit, sondern auch durch das Alphabet der Weinkarten zu arbeiten.

Horst wies mich zwar auf die Bierdosenvorräte in unserem Waschbecken hin, dann tranken wir uns aber doch gemeinsam durch das Alphabet der italienischen Weine von Arneis über Barbera und Montepulciano zu Orvieto und Passito vor. Als wir allerdings eines Abends bei «T» wie Tignanello angekommen waren, schritt mein Tischnachbar ein, mit dem Hinweis, dass meine Weinbestellungen unser Urlaubsbudget ins Wanken brachten.

Ich verkniff mir die Frage, wie wir unter diesen Prämissen einen mehrwöchigen USA-Aufenthalt finanzieren sollten. Und so übersprangen wir den sündhaft teuren Tignanello und machten mit preiswerteren Gewächsen, wie Uberti, Vermentino und Vernaccia weiter.

Ich telefonierte jeden zweiten Tag mit meiner schwangeren Tochter in Berlin und sandte gegen meine Gewohnheit Urlaubsgrüße an unseren Filialleiter. Ich schickte ihm heimlich eine Postkarte mit einem Foto von der alten Etruskerin mit der Trinkschale und schrieb auf die Rückseite:

«Wie Sie sehen, bin ich dran am Thema. Herzliche Grüße von einer Arbeitsreise durch die italienischen Weinbaugebiete.»

Ich hatte fest vor, Horst endlich zu gestehen, dass meine letzte Fortbildung an der Mosel und nicht im Westfälischen stattgefunden hatte und dass mein Chef seine Hoffnungen bezüglich unserer neuen Weinabteilung in mich setzte. Aber ich verschob das Gespräch jeden Tag wieder, zumal sich unser Eheleben gerade ziemlich harmonisch gestaltete.

Es ist wohl wahr, dass Essen und Trinken der Sex des Alters sind. Aber sooo alt fühlte ich mich noch gar nicht. Und Horst sich offensichtlich auch nicht. Mir war zu Hause schon beim Einräumen der kleinen Schrankfächer die Tablettenpackung aufgefallen, die zwischen seinen Socken lag. Ich hatte natürlich hineingeschaut. Zwölf blaue Tabletten. Na, da hatten wir ja einiges vor.

Grundsätzlich begrüßte ich dieses Vorhaben. Alte Ehepaare

sollten öfter verreisen, um Sex zu haben. Man muss dafür ja nicht bis Amerika. Auf Sylt hatte das auch geklappt. Ich rechnete zurück. Sex im Februar auf Sylt und nun möglicherweise zu Pfingsten in Italien – ist das in meinem Alter eher zu viel oder zu wenig? Ich hätte zu gerne gewusst, wie es in den Betten unserer Freunde aussah, aber ich lebte ja nicht in einer Nachmittagstalkshow auf Pro 7.

Als Horst nach einem herrlichen Abendessen (Stringozzi mit Entenragout, Kaninchen in Weißweinsoße, Vino Nobile) aus dem Camper mit einer Flasche Spumante und unseren zwei Plastiktrinkbechern stieg und mir auf eine sehr vertraute Art mit einem warmen, weinseligen Atem einen Kuss auf den Hals gab, da ahnte ich: Er hatte unzweifelhaft vor, die erste blaue Tablette aus dem Blister zu drücken.

Ich gestehe, mein erster Gedanke war: Verdammt noch mal, ich habe keine Bettwäsche zum Wechseln eingepackt, und wir sind noch mindestens eine Woche unterwegs.

Laut sagte ich: «Ich glaube, ich gehe erst noch mal duschen, Schatz.»

Ich zog meine Badelatschen an, nahm den Plastikbeutel mit meinem Waschzeug (Tipp von einer campingerfahrenen Freundin: bloß kein Beautycase mitnehmen!), kramte aus der Bestteckschublade eine Münze für warmes Wasser und schlenderte zu den Zwei-Sterne-Sanitäranlagen hinüber.

Als Erstes warf ich in der Gemeinschaftsdusche meinen Slip auf den nassen Boden, dann stellte ich fest, dass ich das Duschgel im Camper vergessen hatte. Ich warf die Duschmünze ein, duschte ohne Seife und dafür so heiß wie möglich und trocknete mich mit meinem immer etwas feucht müffelnden Handtuch ab. Dann machte ich mich auf zu unserem Liebesnest.

Im Schein der Platzbeleuchtung sah ich, dass Horst den Spumante geöffnet hatte und gerade die blaue Tablette mit einem ordentlichen Schluck herunterspülte.

Auf dem Platz war es still. Die kulturbeflissenen Campingfreunde rechts und links schienen alle schon neuen Etrusker-Abenteuern in ihren Wohnmobilen entgegenzuschlummern.

Ich hängte mein nasses Handtuch auf die Wäscheleine, die Horst zwischen dem Toilettenfenster unseres Campers und einer beeindruckenden Pinie gespannt hatte, stieg in den Camper und versuchte, den leichten Moderton auf meiner Haut mit einer ordentlichen Ladung «Roma» von Laura Biagiotti zu übertönen. Das Parfüm hatte mir Horst vor Jahren auf einer sonnenverwöhnten Kurzreise nach Rom anlässlich meines Geburtstages geschenkt.

Ich warf den in der Zwei-Sterne-Dusche nass gewordenen Slip in mein Wäschefach und wühlte nach dem eigens für derartige Abende erworbenen oberschenkelkurzen Negligé. Ich streifte es mir über meine nackte, Roma-duftende Haut, trat schwung- und erwartungsvoll aus dem Wohnmobil und warf die Tür hinter mir zu, damit keine Stechmücken nachher unser Liebesglück stören würden.

Wir tranken und turtelten ein Viertelstündchen, um die pharmakologisch erforderliche Wartezeit sinnvoll zu nützen, schließlich griff er mit der Hand unter mein Negligé.

Ich sagte: «Nun komm schon.»

Er sagte: «Warte mal – wo hast du den Schlüssel?»

Ich sagte: «Wieso? Welchen Schlüssel?»

Er sagte: «Verdammt, na den Schlüssel!»

Ich sagte: «Na, dann schau mich gefälligst mal an. Wo soll ich bitte schön den Schlüssel haben? In meinem Negligé?»

Er sagte: «Verdammt, du weißt doch, wenn du die Tür so zuschmeißt, schnappt das Schloss ein. Was machen wir jetzt?»

Ich sagte: «Na, du hast doch wenigstens noch eine Hose an, warum hast du da den Schlüssel nicht reingesteckt?»

Wir sahen beide an ihm herunter, und ich dachte: Schade. Das wird wohl nichts.

Er sagte: «Soll ich so vielleicht zu den Nachbarn gehen und mir 'ne Brechstange holen?»

Ich sagte: «Warte mal, ich glaube, das hintere Fenster ist offen, wenn du mir hilfst, klettere ich rein.»

Er machte für mich eine Räuberleiter, ich stieg im Negligé und ohne Slip auf seine gefalteten Hände und angelte durch das geöffnete Rückfenster nach meiner Handtasche mit dem Schlüssel.

Daraus hätte sich eine erotisch durchaus ausbaufähige Situation ergeben können, aber irgendwie war der Dampf raus.

Alle weiteren Versuche litten unter diesem Trauma. Der Camper war vielleicht doch nicht der richtige Ort, unserem Liebesleben wieder jugendlichen Schwung zu verleihen. In der Toskana nicht und in den USA vermutlich auch nicht. Ich dachte mir, vielleicht heirate ich in meinem nächsten Leben einen italienischen Koch. Sex vergeht. Hunger bleibt.

Als wir nach vier weiteren Tagen alle irgendwie relevanten Etruskergräber und Verhüttungsanlagen abgeklappert und fotografiert hatten und auf der Weinkarte bei Vin Santo und Zibibbo angekommen waren, stellte sich die Frage, auf welchem Weg wir uns wieder nach Norden, Richtung Florenz durchschlagen wollten.

Wir brüteten über unserem Campingführer. Während es an der Adria nur so wimmelte vor Plätzen mit beheizten Babyschwimmbecken, Animationsprogrammen und Stellplätzen mit Satellitenanschluss, drohte man uns Kultururlaubern mit Ankündigungen wie: unzureichende Sanitärausstattung. Waschgelegenheiten nur in Rinnen. Keine Wendemöglichkeit auf dem Campingplatz. Durch Bahndamm geteiltes Gelände.

Aber dann schöpfte ich Hoffnung, denn eines Abends entdeckte Horst in unserem Führer in der Nähe von Siena den Campingplatz «Internationale Il Sole». Im Licht unserer Campinggaslampe las er mir vor.

«Hör mal zu, Gabi, ich hab's. Das ist unser Platz: leicht terrassiertes Gelände in einem Eichenhain. Nur 10 Kilometer nach Siena. Sportprogramm sowie Animation für Kinder (auch in deutscher Sprache). Kurse an der platzeigenen Kletterwand. Gepflegtes Selbstbedienungsrestaurant. Trotz gefälliger Sanitärausstattung keine bessere Platzeinstufung, da alle Duschen ohne Tür.»

Ich sagte: «Horst, ich hoffe, du hältst mich nicht für exaltiert. Aber ich hätte gerne eine Tür zwischen mir und der Außenwelt, wenn ich auf dem Campingplatz dusche. Vielleicht ist das eine Alterserscheinung, aber da bin ich nun mal eigen. Wie wär's, wenn wir die Sache abkürzen und direkt nach Florenz fahren?»

Und so brachen wir auf zur Wiege der italienischen Renaissance.

Der Platz in Florenz hatte im Prinzip keine schlechte Bewertung. «Zentrumsnaher, ausgesprochen junger Platz» versprach der ADAC-Campingführer. Da hatte er nicht unrecht. Beim morgendlichen Eincremen mit meiner Q10-Anti-Aging-Booster-Creme im Damenwaschraum schielte ich nach rechts und links. An den Waschbecken standen lauter fröhliche Zwanzigjährige, die auch ohne mein Equipment rosig-frisch aussahen und deren Out-of-Bed-Frisuren, anders als bei mir, irgendwie sexy wirkten. Ich fand es ein bisschen deprimierend und dachte mir, dass es nun langsam auch wieder genug sei und dass ich sehr gerne wieder eine Kloschüssel für mich und ein Waschbecken ohne Fremdhaare hätte.

Unser Camper stand unter alten, silbrigen Olivenbäumen. Wenn man sich neben dem Toilettenfenster auf die Zehenspitzen stellte, konnte man eine Ecke der Brunelleschi-Kuppel sehen.

«Siehst du», sagte Horst, «das kann dir kein Luxushotel bieten.»

Wir machten einen ersten Ausflug hinunter an den Arno. Es war der erste wirklich heiße Tag, der vermutlich einen langen, florentinischen Sommer einläutete. Die Sonne brannte auf den Fluss, auf die florentinische Protorenaissance und auf die Touristen, und wir aßen das teuerste, aber auch leckerste Eis unseres Lebens. Anschließend fuhren wir mit dem Bus wieder hinauf zum Campingplatz und setzten uns erschöpft und verschwitzt vor unseren Camper unter die Olivenbäume.

Ich sagte: «Was wohl meine Rosen machen? Um diese Zeit sind sie am schönsten.»

Horst stand auf und holte sich ein kaltes Bier. Der Kühlschrank war der einzige kühle Ort in unserem mobilen Zuhause. Ich dachte mir, nach Florida komme *ich* jedenfalls nicht mit.

Wir saßen schweigend im Schatten, Horst trank sein Bier, als ein neuer Camper an unserem Stellplatz vorbeituckerte und sich genau neben unserem zwischen zwei Olivenbäume schob. Auf der Längsseite standen in großen Lettern die Worte: «Magyar Kempingek Szakmai Szövetsége».

Ich schimpfte:

«Muss der Heini sich so nah an unseren Wagen stellen? Man hat hier ja gar keine Privatsphäre.»

Horst buchstabierte laut die seitliche Aufschrift und teilte mit: «Das ist Polnisch.»

Ich warf ihm einen Seitenblick zu und erwiderte: «Nein, Horst, das ist Rumänisch.»

«Polnisch», konterte Horst.

«Rumänisch», entgegnete ich.

«Polnisch.»

«Wetten, es ist Rumänisch?»

«Ich geh jetzt rüber und frag sie.»

«Du willst doch nur recht behalten. Typisch Lehrer.»

«Es geht nicht um recht behalten, es geht um recht *haben*.»

«Wahrscheinlich ist es Ungarisch.»

«Quatsch.»

«Ich glaube, ich hab so was Ähnliches schon mal auf einer Salami gelesen.»

«Auf einer Salami? Na dann ...»

Wir schwiegen die Ölbäume an und sahen zu, wie eine siebenköpfige Großfamilie dem Wagen entstieg. Die Letzte, die herauskam, war offensichtlich die Oma. Sie stellte sich als Erstes vor das Wohnmobil, schraubte eine Thermoskanne auf und goss sich Kaffee ein. Dann ließ sie sich mit breitem Lächeln vor dem Wagen fotografieren, warf der Ecke der Brunelleschi-Kuppel, die man von ihrem Standplatz hätte sehen können, nicht einen einzigen Blick zu, verschwand wieder im Wageninneren und ward nicht mehr gesehen.

Bei den anderen Mitfahrern schien es sich um ihre zahlreichen Enkel zu handeln. Sie trugen Muskel-Shirts beziehungsweise Lederminis und häuften innerhalb kürzester Zeit Unmengen an leeren PET-Flaschen im Gebüsch neben ihrem Wagen an.

Am Anfang hoffte ich, sie würden bald zu einer Besichtigungstour zu den Glanzpunkten der Medici-Zeit aufbrechen, aber diese Hoffnung trog. Sie hockten den ganzen Tag vor ihrem Camper und hörten wummernde Musik.

Horst unkte: «Das sind Polen. Die werden doch nicht unseren schönen Camper klauen, während wir das Baptisterium besichtigen?»

«Horst», rügte ich, «sei nicht rassistisch! Außerdem sind es Rumänen. Oder Ungarn. Auf gar keinen Fall Polen.»

Wir starrten die PET-Flaschen an, und ich dachte, ich krieg hier einen Koller in Florenz und in dieser Hitze. Ich will einfach mal wieder alleine sein. Ich will einfach mal wieder in meinem schönen Garten sitzen. Ohne Horst. Ohne PET-Flaschen. Und ohne Rumänen. Oder Ungarn. Polen sind es jedenfalls nicht.

Zwei Tage hielten wir noch durch. Horst bestand darauf, bei jedem Ausflug in die Stadt alle Wertsachen mitzunehmen, weil er fürchtete, wenn wir zurückkämen, hätten die Polen unseren Camper ausgeräumt. Ich erwiderte, es seien eben doch Rumänen, aber von mir aus könnten wir gerne fahren. Außerdem deprimierte mich der Anblick der frischen jungen Mädchen in den Waschräumen. Ich hatte langsam das Gefühl, sie warfen mir mitleidige Blicke zu, wenn ich morgens meine Faltencreme auftrug.

«Lass uns doch noch für ein paar Tage in Südtirol Station machen», schlug Horst vor. «Wein trinken.»

«Wir haben alles durch, Horst. Von A bis Z. Von Arneis über Barbera und Montepulciano bis Zibibbo. Ich will nach Hause.»

«Das waren jetzt gerade mal zehn Tage, Gabi. Das ist doch nicht die Welt.»

«Meine Leber braucht eine Pause. Außerdem habe ich bestimmt wieder zugenommen.»

Horst zog es vor, darüber nicht mit mir zu diskutieren.

An diesem Abend tranken wir die letzten der mitgeführten Biere leer, die immer noch im Waschbecken herumlagen. Sie waren so warm wie die florentinische Nacht. Anschließend schmissen wir die leeren Dosen zu den polnischen oder rumänischen oder ungarischen PET-Flaschen und brachen im Morgengrauen nach Norden auf.

Wir fuhren praktisch nonstop nach Hause. Nur an einem Rastplatz in Südtirol hielten wir, um einen letzten italienischen Cappuccino zu trinken und um zwei Brocken eingeschweißten Parmesankäse und Parmaschinken zu erstehen.

In Österreich machte Horst noch einmal einen letzten Anlauf und schlug mir einen Campingplatz mit Indianerdorf, platzeigener Sauna und heizbarem Skistadel vor, der am Weg lag. Aber ich sagte: «Ich wette, Maxi hat vergessen, unseren Garten zu gießen. Lass uns durchfahren nach Hause.»

«Hab ich mir schon gedacht, dass du das sagst», erwiderte Horst und gab Gas.

Noch 49 Tage
Ostfriesenwitze

Natürlich hatte Maxi den Garten nicht gegossen.

Mein Juni-Garten hatte Savannencharakter angenommen. Horst meinte zwar, Savannen gehörten mit zu den botanisch-geologisch interessantesten Zonen dieser Erde, auch wenn seine Schüler davon keine blasse Ahnung hätten. Mich tröstete das wenig. Ich hatte eigentlich nicht geplant, den Sommer zwischen Trockenstauden und Sandflöhen zu verbringen.

Doch trotz dieses ersten Wermutstropfens beim Blick nach draußen war ich erholt und voller Euphorie zu Hause angekommen. Ich hatte eine eigene Toilette, eine eigene Dusche, und ich gewöhnte mir wieder ab, mit der Klopapierrolle unter dem Arm herumzulaufen.

In besagtem Blister fehlte zwar nur eine vergeudete Tablette, aber ich dachte mir: Daheim, in einem richtigen bequemen Bett, neben einer richtigen Dusche mit richtigem Duschgel und einer richtigen Duschtür wäre doch ein phantastischer Ort, um die verbliebenen blauen Tabletten – tja, um den ganzen blauen Blister noch mal so richtig rocken zu lassen.

Aber. Aber.

Es scheint ein ehernes Natur- und Reisegesetz zu geben, das da lautet: Unmittelbar nach dem Urlaub ist die Vertreibung aus dem Paradies am grausamsten. Meine vollzog sich in vier Kaskaden.

Der erste Tiefschlag war der Gang in meine Küche und in meinen Waschkeller. In der Küche roch es nach Verwesungsstätte. Den Kater hatte ich noch nicht zu Gesicht bekommen. Ich rief angstvoll nach dem Tier. Nach einiger Zeit hörte ich Pfotentrappeln auf unserer hölzernen Treppe, die ins Obergeschoss führte. Er kam in die Küche getapst und strich mir einmal mäßig interessiert um die Beine. Er hatte gute zwei Kilo zugenommen.

Mein Blick fiel auf den Fußboden neben unserem Frühstückstischchen. Dort standen drei aufgerissene, halb leergefressene Kitekat-Dosen. Ich öffnete den Mülleimer unter der Spüle, darin waren etwa zwanzig weitere aufgerissene Dosen. Es stank wie am Ganges.

Ich machte einen Kontrollgang durchs Haus. Im ersten Stock stand mein Wäscheschrank offen, der Kater hatte alle meine Nylons herausgezerrt und sich daraus eine Schlafstatt gebaut. Dagegen nirgends Spuren von Maxi und dieser veganen Rotblonden.

Im Kellerabgang, wo das Katzenklo stand, roch es genauso schlimm wie in der Küche, nur anders. Ich sah, dass das Klo in den letzten zehn Tagen nicht ein einziges Mal entleert worden sein konnte.

Im Waschkeller fand ich endlich Spuren von Maxi. In einem Korb lag unsortiert ein Berg von Boxershorts, T-Shirts und Socken, die der Geruchsvielfalt in meinem Haus eine weitere Note hinzufügten.

Ich riss überall im Haus die Fenster auf, und dann rief ich Maxi auf seinem Handy an.

«Wo steckst du eigentlich, mein Sohn?»

«Hallo Mama. Ihr seid schon wieder da? Ich dachte, ihr kommt erst am Sonntag. Wenn ihr mir Bescheid gegeben hättet, dass ihr früher zurück seid, dann hätte ich ein bisschen aufgeräumt. Wie war der Urlaub?»

«Eigentlich sehr schön. Ich dachte, du kümmerst dich um das Haus und den Kater.»

Es stellte sich heraus, dass diese Mona tatsächlich eine Katzenhaarallergie hatte (Ich wusste es! Das sind keine Vorurteile, das ist Lebenserfahrung!) und dass sie außerdem, wie Maxi mir ungeniert mitteilte, «unser Haus nicht mochte».

So hatte unser Sohn es als ausreichend angesehen, alle zwei Tage kurz vorbeizuschauen und unserem armen hospitalisierten Kater ein paar aufgerissene Kitekat-Dosen in die Küche zu stellen.

Ich sagte mir, dass ich gut erholt und gelassen sei, dass diese Mona nur eine Episode in Maxis und unserem Leben sein würde und dass er schon sehr bald wieder sein bequemes Zimmer im Hotel Mama beziehen würde.

Da ich schon beim Telefonieren war, rief ich als Nächstes Nina an. Der kleine Arthur und Ninas Bauch wuchsen zuverlässig. Ich erzählte ihr von unserem Urlaub und von den Gewichtsproblemen unseres Katers. Sie fragte nicht ein einziges Mal nach dem verwitweten Fritz, und ich beschloss, ihr seinen plötzlichen Meerschweinchen-Liebestod gänzlich und für immer zu verschweigen.

Ich fragte: «Kind, sehen wir uns denn noch mal, solange du noch größere Strecken mit der Bahn fahren kannst?»

Aber sie sagte: «Nein, Mamutsch, das wird wohl nichts. Wir ziehen wahrscheinlich demnächst in das Haus von Philipps Eltern. Die haben uns angeboten, im Dachgeschoss für uns eine

Wohnung auszubauen. Das muss ja nun alles noch organisiert werden.»

Ich fragte: «Ninalein, willst du deinen alten Kinderwagen für Arthur haben? Er steht auf unserem Speicher und ist noch wunderbar in Schuss.»

«Lass mal, Mamutsch», sagte sie, «das haben wir hier alles im Griff.»

Tja. Dann rief ich auch noch Kati an, um mich aus dem Urlaub zurückzumelden. Sie wirkte abwesend.

«Ach was? Ihr wart in Urlaub? Freut mich für euch. Aber machen wir's kurz, Mama. Ich habe nächste Woche wieder Klausuren. Ich melde mich, sobald ich ein bisschen mehr Luft habe.»

Tja. Ich ging wieder hinauf in den ersten Stock und sammelte meine Nylons vom Fußboden. Sie waren alle voller Katzenhaare, und ich warf sie im Badezimmer in den Kosmetikeimer. Mein Blick fiel auf die Badezimmerwaage.

Dann erfolgte Tiefschlag Nummer zwei. Ich hatte 2,3 Kilo zugenommen! Mindestens so viel wie unser alter Kater! Ich besah mich im Spiegel. Mein Gesicht war leicht gebräunt und entspannt, die Fältchen um die Augen wirkten heller als sonst, das Veilchenaugenblau passte gut dazu. Aber wenn ich an mir herunterblickte, dann musste ich mich ziemlich weit vorbeugen, um meine Füße und die Anzeige auf der Waage zu sehen. Ich beschloss, sofort wieder mit meinen Besuchen im Fitnessstudio anzufangen.

Beim Abendessen saß ich Horst gegenüber. Es gab italienischen Wein, Parmaschinken und Parmesankäse, ich würde gleich morgen mit meiner Diät beginnen.

«Ich habe 2,3 Kilo zugenommen», jammerte ich.

Horst schob mir beruhigend die Schinkenplatte hin, aber ich lamentierte weiter: «Und unsere Kinder brauchen uns auch nicht mehr! Nina zieht bei den Schwiegereltern ein, Kati ist sowieso auf einem anderen Stern, und Maxi bleibt womöglich an dieser Mona hängen, die unser Haus und unsere Katze nicht leiden kann!»

«Das ist nun mal der Lauf der Welt.» Horst kaute. «Die Kinder sind flügge. Die brauchen uns nicht mehr. Wir sind wieder zu zweit, so wie damals. Ich finde, es war eine schöne Zeit mit dir in der Toskana. Prost, darauf trinken wir.»

«Ich fand das auch.»

Unsere Gläser klirrten aneinander, Horst nahm sich noch von dem Parmaschinken, und ich dachte: Das waren jetzt zehn Tage. Das war schön. Aber das reicht dann eigentlich auch.

«Auf die Zukunft, Gabi. Nur noch sieben Wochen.»

«Horst, gib mir Wein», sagte ich. «Schenk mir ruhig das Glas voll.»

Der dritte Tiefschlag kam an meinem ersten Arbeitstag nach dem Urlaub. Mein Filialleiter schien schon auf mich gewartet zu haben.

«Danke vielmals für die nette Karte aus Italien, Frau König. Freut mich, dass Sie so nah dran sind am Thema. Ich habe eine gute und eine schlechte Nachricht für Sie. Zuerst mal die gute, einverstanden? Also, die Konzernzentrale ist begeistert von meiner Idee, das Non-Book-Segment auszubauen. Die Idee mit dem Wein ist hervorragend angekommen. «Wein und fein» – wie finden Sie den Slogan? Allerdings gibt es auch eine schlechte Nachricht aus der Zentrale. Die wollen das Klassikersegment radikal verkleinern. Klassiker sind prinzipiell out, Frau König. Tot. Mausetot. Das wissen wir doch beide. Es sei denn, wir setzen besondere Anreize. Ich stelle mir das so vor: Wir präsentieren zu jedem Autor das passende Getränk und statt des Gesamtwerkes nur noch ein passendes Buch. Mehr nicht. Wir müssen Akzente setzen, Frau König! Signale! Wir müssen emotionale Storys erzählen! Also, Frau König, haben wir Alkoholiker unter unseren Klassikern? Gibt es in Ihren Büchern da oben im dritten Stock irgendwelche tragischen Exzesse, die man verwerten kann? Ich denke da beispielsweise an Hemingway! Hemingway war doch Alkoholiker, oder? Wir präsentieren einen guten Bourbon. Daneben steht *Der alte Mann und das Meer*. Basta.»

«Ich dachte, wir wollten Wein verkaufen?», wandte ich verwirrt ein.

«Das ist doch nur ein Beispiel, Frau König! Natürlich wollen wir keinen Whiskey verkaufen. Ich wollte Ihnen ja nur das Prinzip erklären. Also, pro Autor ein Buch und den dazu passenden Wein. Alles andere fliegt raus. Wir verkaufen keine Bücher, Frau König, wir verkaufen tragische Lebensgeschichten, wir verkaufen Nostalgie, wir verkaufen literarische Bohème, Frau König! So sieht das heute aus. Also, was fällt Ihnen ein zum Thema Klassiker und Alkohol?»

Ich war vollkommen überrumpelt und sagte instinktiv: «Na ja, Thomas Mann. Seine Buddenbrooks. Die trinken immer Lübecker Rotspon in dem Buch. Das ist eigentlich ein französischer Bordeaux, der in Fässern nach Lübeck geschippert und dort abgefüllt wurde.»

Mein Filialleiter nickte anerkennend.

«Rotspon und Thomas Mann? Ausgezeichnet. Die Story ist gekauft. Also Thomas Mann, die Buddenbrooks und Rotspon! Und weiter?»

«Goethe», überlegte ich. «Da gibt es mehrere Möglichkeiten.»

«Eine!», unterbrach mich mein Filialleiter. «Eine reicht!»

«Faust. Auerbachs Keller. Da trinken sie Tokajer.»

«Ungarischer Wein? Na ich weiß nicht, Frau König. Fällt Ihnen nichts Hochwertigeres ein?»

«Na ja, Goethe hatte einen Lieblingswein. Den Würzburger Stein aus Franken. Er hat jeden Tag zwei Liter getrunken.»

«Wow», sagte unser Filialleiter. «Was ist mit Schiller?»

«Ich weiß nicht. Hat der überhaupt Wein getrunken? Es würde mich nicht wundern, wenn er Antialkoholiker war.»

«Okay. Schiller fliegt raus. Was haben wir noch?»

«E. T. A. Hoffmann. Der konnte nur im Weinrausch schreiben. Und Baudelaire. Der brauchte Absinth.»

«Die grüne Fee? Na, da kriege ich Ärger mit der Zentrale. Aber immerhin. Die Marschrichtung ist klar. Sie liefern mir einfach eine Auswahl. Wein, passendes Buch und die Story dazu. Den Rest macht unser Marketing. Schaffen Sie das in zwei Wochen?»

Das war Tiefschlag Nummer drei. Erst das Verschwinden der Kinder aus meinem Leben. Dann zweieinhalb Kilo mehr auf der Waage. Und nun auch noch Kahlschlag in meiner Klassikerabteilung. Nur die Alkoholiker unter meinen Schriftstellern würden übrig bleiben.

Der vierte Tiefschlag ließ genau zwei Tage auf sich warten.

Das Telefon klingelte, als ich gerade den Gartenschlauch ausgerollt hatte, um meine verbliebenen Steppenpflanzen zu wässern. Ilse war in der Leitung.

«Na endlich. Ich dachte schon, ich erreiche euch nie. Wo steckt ihr denn die ganze Zeit?»

«Horst und ich waren in Urlaub. Italien.»

Ilse stieß ein bitteres Lachen aus.

«Wie schön für euch.»

«Ist alles in Ordnung bei euch, Ilse? Wie geht es Papa?»

«Ja siehst du, das ist ja das Problem. Ihr bekommt ja nichts davon mit.»

«Geht's ihm denn nicht gut? An Weihnachten war er doch vergnügt wie immer.»

«Tja, wenn ihr uns öfter besuchen würdet, dann wüsstet ihr, was ich mitmache. Aber ihr seid ja immer so beschäftigt.»

Ich wollte nicht sagen: Ihr doch auch.

Papa hatte Ilse vor fast zwanzig Jahren auf einer Reise mit Hurtigruten kennengelernt. Vermutlich hatte er sie damals mit seinen Ostfriesenwitzen und seinen guten Manieren gekapert. Es war seine erste Reise nach Mamas Tod gewesen. Ilse war damals frisch geschieden und auch alleine. Sie saßen sich beim Galadiner auf dem Schiff gegenüber. Papa versuchte an dem Abend, mit Wodka den russischen Kapitän unter den Tisch zu trinken, und Ilse hatte ihn (also Papa) danach in sein Zimmer gebracht. Ilse arbeitete damals noch als Zahnärztin in Wuppertal. So sah sie auch aus. Immer ein wenig zu schweres Gold an den Handgelenken und ein bisschen zu babyfarbene Seidenensembles. Aber für Papa war sie die Rettung. An Ilses Seite lebte er nach Mamas Tod endlich wieder auf.

Als Ilse ihre Praxis aufgegeben hatte, probierten sie so ziemlich alle Kreuzfahrtschiffe zwischen dem Nordkap und dem Amazonas aus. Ich weiß nicht, wie sie das finanzierten. Von Papas Ingenieurspension bestimmt nicht. Aber er war ein charmanter Begleiter, ein guter Unterhalter mit unglaublich blauen Augen. Wir sahen ihn selten. Unsere Kinder leider auch. Ich hätte ihnen sehr einen liebevollen, geduldigen Opa mit viel Zeit gewünscht.

Vor ein paar Jahren war Ilse mit Papa von Wuppertal in eine Seniorenresidenz direkt an den Tegernsee gezogen.

«Und ich sage dir, er kann hier unmöglich alleine bleiben. Du erinnerst dich ja vielleicht noch, meine ältere Schwester lebt auf Teneriffa. Sie wird nun auch schon fünfundsiebzig. Ich werde nächsten Donnerstag hinfliegen. Er will partout nicht mitkommen. Also, holt ihr ihn hier am Tegernsee ab, oder soll ich ihn euch schicken?»

«Weißt du, Ilse, unter der Woche ist es schwierig, mal eben zum Tegernsee zu fahren, um Papa zu holen. Wir sind beide berufstätig.»

Ich hörte, wie Ilse schnaubte.

«Na ja, das dachte ich mir schon. Also dann schicke ich ihn euch.»

Sie erklärte mir, dass sie Papa in Tegernsee in die Oberlandbahn setzen würde, dass die Leute von der Bahnhofsmission ihn in München zum richtigen ICE begleiten würden und wann ich ihn bei uns am Bahnhof abzuholen hätte. Sie gab mir für alle Fälle noch Papas Handynummer, und ich war mir sicher, sie übertrieb mit ihrem Organisationsfimmel mal wieder maßlos.

Den darauffolgenden Montagnachmittag nahm ich mir frei. Ich rief Maxi auf dem Handy an und teilte ihm mit, dass ich Opa in seinem Zimmer einquartieren würde und dass er sich als einziger Enkel vor Ort doch bitte in den nächsten Tagen einmal blicken lassen möge.

Ich fuhr mit dem Rad zum Metzger und kaufte Fleisch für Rinderrouladen, die Papa so gerne mochte. Dann rief ich die Handynummer an, die Ilse mir durchgegeben hatte. Er musste jetzt eigentlich schon im Zug nach München sitzen. Es klingelte endlos. Ich bestrich die Rouladen mit mittelscharfem Senf, legte eine Speckscheibe und ein Gürkchen drauf und versuchte es noch einmal.

Diesmal nahm Papa ab. Ich hörte im Hintergrund das Rattern des Zuges.

«Ilse?», rief er ins Telefon, «Ilse, wo steckst du denn?»

«Papa», antwortete ich. «Ich bin's! Gabi! Ich schätze, du bist jetzt bald in München. Da steigst du um, und ich hole dich nachher hier vom Zug ab, klar? Wir freuen uns schon. Es gibt Rouladen! Bis später!»

«Ilse?», tönte es zurück. «Ilse? Wo steckst du denn? Ich hab jetzt Hunger ...»

Dann kam nur noch Tuten. Ich versuchte es noch ein paar Mal, aber Papa ging nicht mehr an sein Handy.

Ich machte die Rouladen fertig und fuhr überpünktlich zum Bahnhof. Der ICE fuhr ein. Wer nicht ausstieg, war Papa. Ich lief am Zug entlang, aber durch die verspiegelten Fenster konnte ich nichts erkennen. Es piepte, die Türen schlossen sich säuselnd, der Zug setzte sich wieder in Bewegung und glitt aus dem Bahnhof. Der Bahnsteig leerte sich.

Ich ging in einer Bahnhofskneipe einen Kaffee trinken und wartete den nächsten ICE aus München ab. Aber auch in dem war er nicht.

Ich ließ mir im Info-Center die Rufnummer der Münchner Bahnhofsmission geben und fragte, ob sie einen alten Herrn betreut hätten, der zu seiner Tochter reisen wollte. Mein Name sei Gabi König. Man teilte mir mit, dass sie zwar einen netten alten Herrn dort sitzen hätten, aber der lasse mitteilen, er habe keine Tochter namens Gabi. Er sei gerade dabei, den zweiten Teller Gulaschsuppe zu essen und könne sehr schöne Ostfriesenwitze erzählen.

Ich sagte der Münchener Bahnhofsmission, das sei der Mann, den ich suche, ich sei sehr wohl seine Tochter und ob sie ihn in den nächsten ICE setzen könnten.

Zwei Stunden später war er endlich da. Ich umarmte ihn, er fragte ein bisschen unsicher: «Gabi, du bist's?» Er wollte wissen, ob ich Gulaschsuppe für ihn gekocht hätte. Dann fuhren wir heim.

Es war klar, dass Ilse nicht übertrieben hatte. Ich sah ja, dass man ihn nicht alleine lassen konnte, und so verbrachte ich eine schlaflose Nacht über der Frage, was ich mit Papa machen sollte, wenn ich morgen zur Arbeit musste. Ich verfluchte Horst, für den das alles mal wieder kein Problem darzustellen schien. Während ich mir im Bett den Kopf zermarterte, lieferte er mir eine kontinuierliche Schnarchkulisse für meine quälenden Fragen, die sich zu einem immer unüberwindlicheren Berg auftürmten und in meinem Kopf in einer nächtlichen Endlosschleife herumzogen: Wie-soll-ich-in-den-nächsten-Tagen-in-meinem-Buchladen-arbeiten-und-gleichzeitig-auf-Papa-aufpassen-warum-muss-Nina-mit-dem-Baby-ausgerechnet-in-Berlin-leben-und-ich-sehe-sie-nie-hat-Schiller-in-seinen-Dramen-irgendwelche-verkaufstechnisch-verwertbaren-Alkoholika-verwendet-was-mach-ich-bloß-mit-Papa-wenn-ich-morgen-zur-Arbeit-muss-hoffentlich-gibt-es-keine-Komplikationen-bei-der-Entbindung-was-machen-wir-wenn-diese-Mona-Maxi-ein-Kind-andreht-Horst-muss-unbedingt-mal-ein-ernstes-Wort-mit-ihm-reden-wie-lange-geht-das-mit-Papa-schon-und-warum-wusste-ich-nichts-davon …

Gegen halb fünf Uhr morgens war ich kurz davor, dem schnarchenden Horst mein Kopfkissen aufs Gesicht zu drücken, damit er endlich Ruhe gab, aber immerhin – ich hatte eine Lösung für das Problem mit Papa gefunden. Ich überlegte, ob ich Horst aus disziplinarischen Gründen sofort wecken sollte, um ihm meinen Entschluss mitzuteilen, aber ich war so müde, dass ich nun endlich doch noch in einen traumlosen Schlaf fiel.

Zwei Stunden später klingelte der Wecker. Ich taumelte aus dem Bett und ins Bad. Dort stand Horst im Schlafanzug. Er hatte sich gerade Zahnpasta auf seine Zahnbürste gedrückt und schrubbte mit halb geschlossenen Augen auf seinen Zähnen herum.

Ich sagte streng: «Horst! Hörst du mir zu?»

Er nickte und putzte unbeirrt weiter.

«Horst, ich finde, wir sind eine Familie und müssen zusammenhalten! Ich schaffe das mit Papa alleine nicht. Auch wenn's dir nicht passt, du musst mir helfen. Ich habe mir heute Nacht überlegt, dass ich Papa heute Morgen erst mal mit ins Geschäft nehme. Aber dort kann er ja nicht den ganzen Tag bleiben. Du musst ihn dann nach der Schule bei mir abholen und auf ihn aufpassen, bis ich von der Arbeit komme. Horst! Horst?»

Die Zahnpasta schäumte.

«Horst! Also, ich finde, das ist wirklich nicht zu viel verlangt! Horst!»

Aus Horsts Mund quoll Zahnpasta.

«Klar», brummte er. Ich verstand ihn kaum. «So habe ich mir das gestern Abend auch überlegt.»

«Und warum sagst du mir das nicht? Ich habe die ganze Nacht nicht geschlafen!»

Horst sah mich verständnislos an und legte den Kopf in den Nacken, um – was ich seit dreißig Jahren unausstehlich fand – mit seinem Zahnpastaschaum zu gurgeln. Ich knallte die Badezimmertür hinter mir zu und ging Kaffee kochen.

Also nahm ich Papa mit zur Arbeit. Er fand das toll. Wir fuhren gemeinsam mit der Straßenbahn in die Stadt, er erzählte mir auf der Fahrt einen Ostfriesenwitz, über den die zwei Mädchen mit Kopftuch neben uns auch lachten. Papa machte ihnen ein Kompliment über ihre schönen bunten Kopftücher und erzählte ihnen noch einen Witz. Er lachte mit den beiden und zeigte dabei zwei Reihen perlweißer, makelloser Zähne, zweifellos ein Werk Ilses aus ihrer aktiven Zeit.

In der Buchhandlung setzte ich ihn in meiner Klassikerabteilung in die Leseecke und sah gelegentlich nach ihm. Er schaute zu, wer die Rolltreppe hinauf- und herunterfuhr, zog das ein oder andere Buch aus dem Regal, fragte, ob er mir helfen könne und ob Ilse einkaufen sei. Und dann war er plötzlich weg.

Ich fand ihn im Erdgeschoss bei den Gute-Laune-Büchlein und der Trost-und-Dankeschön-Schokolade. Er hatte schon die Sorten Chili-Kardamom, Tonkabohne-Ingwer und Erdbeer-rosa-Pfeffer probiert. Das erinnerte mich daran, woher meine Leidenschaft fürs Essen stammte, aber so ging das nicht.

Ich rief Maxi an und teilte ihm mit, dass er ab morgen vormittags auf seinen Opa aufpassen müsste, während ich arbeitete. Maxi erklärte, sorry, er müsse wirklich lernen, schließlich würden *wir* ihm doch so einen Stress mit dem Studium machen.

Ich stieß ein unerbittlich-drohendes «Maximilian!!!» aus, und er rang sich durch zu einem: «Okay, also morgen pass ich auf Opa auf, aber um zwei Uhr muss ich weg, da bin ich mit Mona verabredet.»

So schien der nächste Tag gerettet. Erst würde Maxi da sein, dann würde Horst aus der Schule kommen und auf Papa aufpassen.

Ich war dabei, mich zu entspannen – bis Horst mir erklärte, dass er morgen Nachmittag Fachschaftssitzung hätte, aber das wüsste ich ja.

Ich verlor kurzzeitig die Contenance und schrie: «Und meine Arbeit? Ist die egal?»

Er warf ein, von ihm aus sollte ich lieber heute als morgen zu arbeiten aufhören, aber auch das wüsste ich ja. Und außerdem sei das schließlich und endlich mein Vater.

Ich verbrachte eine weitere schlaflose Nacht, kochte für Maxi und Papa Gulasch vor, wartete, bis Maxi endlich kam, hetzte in die Arbeit, täuschte mittags um halb zwei einen Migräneanfall vor und hetzte wieder nach Hause. In der Küche sah ich das unabgewaschene Mittagsgeschirr und den leeren Gulaschtopf stehen.

Maxi war schon im Begriff, das Haus zu verlassen. Papa saß vor dem Fernseher. Er hatte die Katze auf dem Schoß und sah sich eine alte Folge des «Traumschiffs» an. Die Schiffscrew trug gerade die obligate Eistorte mit funkensprühenden Wunderkerzen herein. Papa lächelte stillvergnügt und kraulte die Katze. Dann sagte er: «Ist Ilse einkaufen? Und wann gibt's Essen?»

Maxi raunte: «Krass, das ist echt krass mit Opa.»

Ich flüsterte: «Kannst du bitte morgen wieder auf ihn aufpassen?»

Maxi schüttelte den Kopf.

«Echt nicht, Mama. Und es ist ja auch *dein* Vater.»

Und dann war er weg. Ich sank neben Papa aufs Sofa. Die Chefstewardess küsste gerade den Kapitän des Traumschiffs. Papa klatschte in die Hände, wandte sich zu mir, gab mir einen Kuss auf die Wange und sagte: «Schön. Schön ist es bei euch.»

Da fasste ich einen Entschluss. Ich rief eine Kollegin an und fragte, ob sie mich für die restlichen Tage dieser Woche vertreten könne. Ich würde ihr dafür jeden Gefallen tun. Ich würde sogar für sie an Heiligabend einspringen, dem Horrortag für alle Buchhändlerinnen und Parfümverkäuferinnen. So bekam ich frei für den Rest der Woche.

Ich fragte: «Papa, was möchtest du machen? Ich habe die ganze Woche Zeit für dich.»

«Schön», sagte Papa. «Ich möchte einkaufen gehen. Ich brauche ein neues Tweedsakko. Kommt Ilse mit?»

Noch 47 Tage
Das englische Sakko

Am nächsten Morgen regnete es.

Wenn man mich dereinst nach dem Erfahrungsschatz meines Lebens fragen wird, so werde ich, neben vielen weiteren goldenen Altersweisheiten, auch antworten:

1. In der ersten Junihälfte regnet es garantiert.
2. Sollte es in der ersten Junihälfte einmal nicht regnen, so reicht es, dass ich mir einen freien Tag nehme, und es fängt mit Sicherheit zu regnen an.

Es regnete also sehr stark. Zumindest würde das meiner Gartensavanne guttun.

Ich fuhr mit Papa mit der Straßenbahn in die Stadt. Beim Aussteigen sah ich aus den Augenwinkeln zu ihm hinüber. Er trug den lodengrünen Trachtenmantel, den ich schon immer an ihm kannte. Ein grundsolides Stück. Unverwüstlich. Dazu einen Hut mit einer gerollten Kordel an Stelle des Hutbandes. Vermutlich hatte Ilse den am Tegernsee für ihn ausgesucht. In Papas Alter ging man bei diesem Wetter nicht mehr ohne Hut aus dem Haus.

Er lief neben mir mit kleinen tippelnden Schritten, als sei er eine Geisha, die, eingehüllt in ihre zeremoniellen Gewänder, nur zentimetergroße Schrittchen voreinandersetzen kann.

Die Fußgängerampel direkt an der Straßenbahnhaltestelle zeigte Rot. Er blieb abrupt stehen. Sein Oberkörper schwankte für einen Moment, als habe ihn die Nachricht vom abrupten Tempowechsel der Beine zu spät erreicht, und ich hätte ihn am liebsten am Arm gefasst, um seinem Oberkörper wieder Stabilität zu geben. Aber da stand er schon wieder ruhig, seine Augen fixierten das rote Ampellicht. Sein Mund stand ein wenig offen. Autos hupten, spritzten Regenwasser, dann sprang die Ampel wieder um.

Den Blick immer noch fest auf das Fußgängersignal gerichtet, machte er einen Schritt nach vorne über die Bordsteinkante hinunter auf die Straße, und einen Moment lang fürchtete ich, sein Körper würde dadurch in eine so starke Schräglage geraten, dass er wie ein Pfahl umstürzte.

Vielleicht lag es auch an seinen Schuhen. Alle trugen bei diesem Wetter feste Schuhe. Goretex. Gummi. Er aber hatte ein paar hellbraune, weichledrige Schuhe an, flach und breit. Sie sahen aus wie die zu hell geratenen Tatzen eines Braunbären und gaben seinem Gang etwas Platschendes, Rührendes. Ich gab mir selbst daran die Schuld. Ich hätte darauf achten müssen, was er anzog, bevor wir losgingen. Aber ich war es nicht gewohnt, auf meinen Vater aufzupassen wie auf ein Kind.

Er lief weiter, ohne mich zu beachten, den Oberkörper immer etwas zu weit nach vorne geneigt. Er sah nicht nach rechts und nicht nach links. An den nächsten Kreuzungen fasste ich ihn am Ärmel, hielt ihn bei Rot zurück und schob ihn bei Grün wieder weiter und versuchte gleichzeitig meinen Schirm über ihn zu halten.

Ich hatte das Gefühl, ein Kind zu begleiten, ein Kind, das zum ersten Mal seinen Schulweg übt und das man nicht aus den Augen lassen darf.

Als wir an dem großen Bekleidungshaus am Rathausplatz angekommen waren, blieb er abrupt stehen. Er fingerte in der Tasche seines Lodenmantels, zog ein zerknülltes Stofftaschentuch hervor und schnäuzte sich. Ich sah auf seinem Handrücken unter der pergamentenen Haut bläuliche Adern. Dann drehte er sich steif wie die Holzpuppen vor den kleinen Wetterhäuschen zu dem Wachmann, der im warmen Belüftungsstrahl des Eingangs stand, und sagte: «Sakkos.»

«Herren-Bekleidung? In der zweiten Etage, bitte sehr.»

«Sakkos?», wiederholte er und lächelte den Wachmann mit seinen Ilse-Zähnen an.

«Komm, Papa», sagte ich, «wir nehmen die Rolltreppe.»

Sein Oberkörper schwankte einen Moment vor und zurück, dann nickte er, ich ging voraus und hörte hinter mir das Platschen der Bärentatzen. Auf der Rolltreppe drehte ich mich um. Er lächelte wieder und sagte: «Schade, dass Ilse nicht dabei ist.»

Wir waren auf der Rolltreppe fast oben angekommen. Er fixierte die letzten, gerillten Stufen, seine Rechte spannte sich um den Handlauf. Er machte einen besonders großen Schritt von der Rolltreppe auf den beigefarbenen Teppichboden. Das Tempo der Rolltreppe schien sich noch einen Moment in seinem Körper fortsetzen zu wollen, aber der stumpfe Boden bremste seine vorgeneigten Schritte, und er stolperte, drohte nach vorne zu kippen, richtete sich dann aber wieder auf und blieb mit offenem Mund abrupt stehen.

Warum war mir gestern, als er mich in die Buchhandlung

begleitet hatte, gar nicht richtig aufgefallen, wie es um ihn stand? War es heute besonders schlimm, oder war ich nur zu sehr mit meinen eigenen Dingen beschäftigt gewesen?

Papa bemerkte nicht, dass eine Verkäuferin uns schon ins Visier genommen hatte. Sie fragte, was es sein dürfe, aber er erwiderte nichts, sondern wandte sich nach rechts, wo die Herrenhosen hingen. Sie folgte ihm und versuchte, von hinten seine Größe zu taxieren. Plötzlich blieb er stehen, sie reagierte nicht schnell genug und rempelte ihn ein wenig. Er drehte sich um und sah erst mich und dann die Verkäuferin völlig überrascht an.

«Hoppla, meine Damen», sagte er und da war wieder dies Lächeln, perlweiß, charmant und ein bisschen verständnislos.

Er knöpfte seinen Mantel auf, fuhr mit dem Daumen unter das Revers seines Sakkos und zog es ein Stück unter dem Mantel vor.

«Englischer Tweed, sehr gute Qualität», sagte er. «Genau so eins will ich wieder. Wo ist eigentlich Ilse?»

Ich kannte das Sakko gut. Das musste Mama noch mit ihm gekauft haben. Keine Ahnung, wie es Ilses modischer Qualitätskontrolle entgehen konnte. Wahrscheinlich hatte er es heimlich vor seiner Abreise in den Koffer geschmuggelt.

Als er noch im Beruf gewesen war, hatte er alle drei Monate seine Reisekostenabrechnung gemacht. Das Geld war für besondere Anschaffungen verwendet worden. Ein Schnellkochtopf für Mama, ein Sprachkurs in London für mich, ein neues Jackett für Papa. So wie dieses. Unverwüstlich und für eine Ewigkeit gemacht.

Auf einmal sah ich, dass sich sein stattlicher Papa-Körper in den letzten Jahren verändert hatte. Die Wirbel hatten sich ineinandergeschoben. Die Bauchdecke hatte sich vorgewölbt, die Muskelmasse war geschrumpft. Nur das englische Sakko war gleich geblieben.

«Ach so, Sie suchen gar keine Hose, sondern ein Jackett?»

Die Verkäuferin sah nicht Papa, sondern mich an. Sie deutete von der Hosenecke zur gegenüberliegenden Seite, und Papa folgte ihr gehorsam. Ich half ihm aus dem Mantel und nahm seinen Hut, der innen etwas glänzte.

Wir warteten, bis die Verkäuferin drei Sakkos ausgewählt hatte, die auf Holzbügeln hingen. Keines davon sah wie seines aus. Er besah und befühlte die drei Sakkos ausgiebig, schüttelte schließlich entschieden den Kopf und warf mir einen vorwurfsvollen Blick zu.

«Das würde Ilse nicht gefallen. Ich will das nicht haben.»

Das klang wie von einem bockigen Kind.

«Du könntest es ja mal versuchen, Papa.»

Die Verkäuferin nickte bekräftigend.

«Ist ja gut», sagte er, knöpfte sein Sakko auf und zog es aus.

Früher war er nie ohne Krawatte aus dem Haus gegangen. Heute sah ich mit Entsetzen, dass er nicht einmal einen Gürtel, dafür graue Hosenträger trug. Ich hatte ihn offenbar lange nicht mehr richtig angesehen, er war fast taillenlos, mit schmalen, nach vorne gekrümmten Schultern, das Gesäß ganz flach, dazu seine Bärentatzenschuhe an den Füßen.

«Sie können gerne auch in der Kabine probieren», warf die Verkäuferin ein, und er folgte ihr lächelnd.

Wir warteten zu zweit schweigend vor der Kabine. Ich spürte, dass ich unter meinem Regenmantel schweißnass war, meine Hände klebten. Ich ließ mich auf einen Stuhl neben den Umkleidekabinen fallen, zog meine Jacke aus und wartete mit geschlossenen Augen, bis Papa den Vorhang zurückzog.

Er hatte seine Schuhe ausgezogen, die hellen Bärentatzen standen quer vor dem Spiegel der Kabine. Er trug graue Nylonsocken, deren Spitzen etwas länger waren als seine Füße. Er ging an uns vorbei, ohne uns zu beachten, stellte sich vor einen Spiegel, besah sich, lächelte sein Ebenbild an und lief dann schnurstracks auf Strümpfen Richtung Rolltreppe.

Dort blieb er stehen, den Kopf zum Boden geneigt, und sah mit offenem Mund zu, wie eine der glänzenden hohen Stufen nach der anderen zu schrumpfen schien und unter dem beigen Teppichboden verschwand.

Ich lief ihm nach, mir war schwindelig, vor meinen Augen tanzten schwarze Ringe. Als ich ihn erreicht hatte, sah er hoch. Er wirkte verstört.

«Ich will zu Ilse, aber diese Rolltreppe ...» Er sah mich ängstlich an.

Dann verlor sich sein Blick wieder in der unaufhörlichen Bewegung der Stufen.

«Komm, Papa», sagte ich und fasste ihn am Arm, «du musst das Jackett ja nicht nehmen.»

Er sah mich verständnislos an.

«Das Sakko, meine ich.»

«Doch», erwiderte er trotzig, «ich will es aber. Es gefällt mir.»

Ich hakte ihn unter und führte ihn zurück zu der Verkäuferin.

«Ich würde Ihnen empfehlen, die Ärmel einen Zentimeter zu kürzen. Ich rufe gerne unsere Schneiderin», erwiderte die Verkäuferin.

Er nickte abwesend und knöpfte das Jackett auf.

«Auf welchen Namen geht die Änderung, Herr ...», die Verkäuferin setzte die Kulispitze auf den Änderungszettel auf.

Er sah sie verständnislos an, dann griff er in seine Gesäßtasche mit dem Portemonnaie und holte eine verdrückte Visitenkarte hervor. Er hielt das Kärtchen einen Moment nah an die Augen, um zu lesen, was darauf stand. Der Mund öffnete sich dabei einen Spalt, und ein Tropfen Speichel bildete sich auf der Unterlippe. Dann reichte er die Visitenkarte an die Verkäuferin weiter, drehte sich wortlos um und verschwand in der Umkleidekabine. Ich hörte ihn rumoren. Der Vorhang bewegte sich.

Ich sank wieder auf meinen Stuhl und fasste an meine Stirn. Sie war heiß und nass von Schweiß, obwohl ich meinen Regenmantel doch ausgezogen hatte. Ich bat die Verkäuferin um ein Glas Wasser. Sie sah mich besorgt an.

Ich blickte über die Kleiderständer hinweg. Die weißen Oberlichter schnitten Lichtgitter in die Luft. Das beige Muster des Teppichs verschwamm. Ich merkte, wie mir schwarz vor Augen wurde. Das Quietschen der Rolltreppe in meinen Ohren wurde unerträglich laut. Wohin lief sie, wenn sie unter dem Teppich verschwand? Stürzte sie hinunter über drei Etagen, schepperte sie abwärts bis in die Schwärze des Kellers, zerschlagen in Kaskaden von glänzendem Blech, das sich dort unten zu bizarren Hügeln türmte? Und wenn alle Treppen hinuntergestürzt waren, tat sich dann ein gähnendes Loch auf in der Mitte des Kaufhauses, an den Rändern bröckelnd, immer größer werdend, wie ein aufgerissener Raubtierrachen?

«Ist Ihnen nicht gut?», fragte die Verkäuferin. «Hier ist Ihr Wasser. Sie sehen auf einmal so müde aus.»

«Ich weiß nicht, mir ist plötzlich furchtbar heiß und schwindelig ...»

Wie durch einen Schleier sah ich, dass Papa den Vorhang seiner Umkleide aufzog. Er hatte sein altes Jackett an und seine Schuhe in der Hand.

«Ist Ilse da?», fragte er und lächelte.

«Papa», sagte ich. «Papa, komm, zieh deine Schuhe an, und lass uns gehen. Wir lassen uns ein Taxi kommen. Ich glaube, ich muss mich hinlegen.»

Noch 46 Tage
Fieber

Am nächsten Morgen hatte ich 39,2 Grad Fieber.

Das Nachthemd klebte mir am Körper. Ich versuchte aufzustehen, und Horst erwischte mich auf dem Weg zur Toilette gerade noch am Ellbogen, bevor ich gegen den Türstock taumeln und mit der Stirn gegen die Kante knallen konnte.

Horst begleitete mich zur Toilette und schaffte mich anschließend wieder in mein Bett.

«Kein Wunder, dass du krank geworden bist. Das ist eine Sommergrippe. In meiner Achten fehlt zurzeit die Hälfte der Klasse. Außerdem hast du dich viel zu sehr aufgeregt wegen Papa. Du bleibst heute im Bett.»

Ich rollte mich auf die Seite, zog meine Bettdecke bis zur Oberlippe und fühlte mich alleine durch diese übermenschliche Anstrengung zu schwach, um auch nur einmal noch die Hand zu heben oder die Augen offen zu halten. Ich sackte in einen großen schlammigen, dunklen Fiebertümpel und sah irgendwann Horst vor mir, der mir eine Tasse Kamillentee entgegenhielt. Ich winkte ab und flüsterte nur: «Was machen wir mit Papa?»

Ich hörte ihn von weit her sagen: «Jetzt mach dir mal nicht schon wieder Sorgen. Ich schiebe ihm eine Traumschiffkassette ein und rufe Maxi an.»

Dann versank ich in einem schweißüberströmten Traum. Rolltreppen wanden sich wie Schlangen, Papa lief barfuß durch mein Schlafzimmer, ich hörte Maxi lachen, und die Verkäuferin zwang mich, drei Tweedjacketts übereinander anzuziehen. Ich schwitzte wie verrückt und versuchte vor ihr wegzulaufen, aber sie verfolgte mich. Ich versteckte mich zwischen den Kleiderständern, aber sie schlug mit einem Holzbügel nach mir. Ich schaffte es bis zu den Rolltreppen, aber die waren aus Papier. Die Treppen rissen unter meinen Füßen auf, und ich stürzte, den Kopf zuerst, von der Herrenabteilung an der Kinder- und Damenabteilung vorbei bis in die Sportabteilung im Keller. Ich schlug zwischen den Skianoraks und der Thermounterwäsche auf, hörte meinen eigenen heiseren, bellenden Schrei – und sah in Horsts besorgtes Gesicht.

Ich bäumte mich in einem Hustenanfall auf, er wischte mir die schweißnasse Stirn mit seinem Stofftaschentuch ab und sagte: «Es ist Mittag, Gabi, ich bin früher aus der Schule gekommen. Soll ich den Arzt anrufen?»

Ich schüttelte kraftlos den Kopf. Mein Mund war so trocken, dass ich kaum die Lippen für ein paar Worte auseinanderbekam.

«Was ist mit Papa?»

«Maxi ist da. Mach dir keine Sorgen. Die beiden verstehen sich prächtig.»

Ich wollte noch etwas sagen, aber ich wusste nicht mehr, ob es mit Papa oder Maxi oder der kaputten Rolltreppe aus Papier im Kaufhaus zu tun hatte. Meine Augenlider wurden schwer. Ich hörte Horsts fast geräuschlose Schritte. Er ging zum Fenster und zog die Schlafzimmergardinen zu.

Dann war ich wieder mit der bösen Verkäuferin alleine. Sie hatte Friedrich Schiller als Verstärkung dabei. Er trug Papas Tweedjackett, war sturzbetrunken und randalierte in meiner Buchhandlung. Er bedrohte mich mit einem Messer und verlangte, dass ich die «Räuber» in einem großen Stapel neben der Kasse aufbaute. Ich tat ihm den Gefallen, er verlangte Schnaps von mir. Ich sagte ihm, dass wir nur Hemingways Whiskey dahätten oder den Frankenwein von Goethe. Er sagte «Fuck Goethe, Scheiß-Werther» und verlangte den Geschäftsführer. Ich drängte ihn zur Rolltreppe ab, und er stürzte sich in der Horror+Crime-Abteilung zu Tode.

Irgendwann saß Horst wieder an meinem Bett. Ich konnte nicht sagen, ob es morgens oder abends war. Durch die Schlafzimmergardinen kam nur schwaches Licht. Horst hatte einen Teller mit Suppe in der Hand.

«Setz dich auf, Gabi. Nur ein paar Löffel.»

Er pustete für mich, ich schlürfte. Es war eine Tütenhühnersuppe, aber sie schmeckte köstlich.

«Ich liebe dich», flüsterte ich, «gib mir noch ein paar Löffel. Ich glaube, es geht mir besser.»

Ich taumelte noch ein paar Stunden durch meine Fieberträume, hörte im Haus Türen schlagen und die Stimmen von Papa, Horst und Maxi, zwang mich irgendwann, aufzustehen und mich an der Wand entlang alleine bis zur Toilette zu tasten. Ich sah im Spiegel eine Frau mit klebrigen Haaren auf der Stirn und einem irren Blick unter geschwollenen Lidern und wankte wieder ins Bett.

Aber das Fieber sank. Langsam konnte ich das Geräuschkaleidoskop im Haus wieder zusammensetzen. Maxi rief etwas, die Flurtür klappte, Papa lachte und rief «Ilse, bist du's?», Maxi lachte wieder, eine Toilettenspülung rauschte, das Telefon klingelte, Horst kam die Treppe hoch …

Er hatte einen Teller mit geschälten Apfelschnitzen dabei. Ich sah sein Lächeln.

«Gott sei Dank. Ich sehe, es geht dir besser.»

Ich setzte mich auf, fuhr mir durch die klebrigen Haare und griff nach einem der Apfelschnitze, die er mir hinhielt.

«Ist mit Papa alles in Ordnung?»

«Gabi, zum dritten Mal: Ja, es ist alles in Ordnung. Maxi ist toll. Ich sag's ja immer: Im Notfall kann man sich auf unsere Kinder verlassen.»

«Und ich mich auf dich. Danke. Ich weiß nicht, was ich ohne dich gemacht hätte.»

Er wollte mir noch ein Stück Apfel reichen, aber das Kauen war unerwartet anstrengend gewesen. Ich ließ mich rückwärts wieder in mein Kissen fallen. Meine Augenlider waren schwer wie zwei Apfelsinen. Ich tastete nach seiner Hand und murmelte: «Danke, Horst. Und – Horst? Ich versprech's dir. Sobald ich wieder gesund bin, kündige ich in der Buchhandlung. Ganz bestimmt … Nur wir zwei … Ich bin so froh, dass ich dich habe.»

Ich hörte, dass Horst aufstand.

«Werd erst mal wieder gesund, Gabi», sagte er. Ich hörte, wie die Schlafzimmertür sich leise wieder schloss.

Am nächsten Tag war das Fieber auf 38,2 Grad gesunken. Horst servierte mir Wiener Würstchen mit Kartoffelsalat am Bett. Sie schmeckten hervorragend.

«Horst, was machen wir, wenn Ilse Papa nicht zurückhaben will?», fragte ich kauend. «Sie sind schließlich nicht verheiratet.

Ilse muss ihn nicht pflegen. Würdest du mich pflegen, wenn ich dement werde?»

«Ich pflege dich doch jetzt schon», grinste Horst.

Ich stippte das Würstchen in den Senf.

«Wenn wir ihn pflegen müssen, können wir unsere Amerikapläne vergessen.»

«Werde erst mal wieder gesund», sagte Horst wieder.

Am Freitag meldete sich Ilse aus Teneriffa zurück. Ich lag immer noch im Bett und hustete. Maxi hatte die letzten Tage auf seinen Opa aufgepasst. Sie waren gemeinsam im Zoo, im Eisenbahnmuseum und in vier verschiedenen Thai-Imbissen gewesen. Ich hatte die beiden von unten, aus dem Wohnzimmer, viel lachen gehört.

Nur einmal war nachts die Tür zum Schlafzimmer aufgegangen und Papa hatte im Schein des Flurlichtes gestanden und gefragt, wo Ilse sei.

Als sie anrief, brachte Maxi mir das Telefon ans Bett.

«Ich bin wieder aus Teneriffa zurück. Hat er euch Scherereien gemacht?»

«Ganz und gar nicht. Leider bin ich krank geworden.»

Ilse schnaubte, als habe sie das schon geahnt.

«Maxi hat auf ihn aufgepasst. Die beiden haben sich gut verstanden. Ich glaube, er hat sich gefreut, dass sein Opa da war.»

«Wann bringt ihr ihn mir zurück? Ich möchte ihn nicht noch einmal alleine mit dem Zug fahren lassen.»

«Sonntag. Ist dir Sonntag recht, Ilse?»

Ich wollte noch fragen, wie die Geburtstagsfeier auf Teneriffa gewesen war, aber der Rest des Gespräches ging in einer meiner Hustenattacken unter.

«Sie nimmt ihn tatsächlich zurück», sagte ich, als Horst mir später wieder einmal einen aufgeschnittenen Apfel ans Bett brachte. «Hoffentlich wird ihr das alles nicht irgendwann zu viel.»

Horst saß auf meiner Bettkante, und wir schauten beide schweigend den Apfel an.

Am Sonntag war das Fieber gewichen. Es ging mir besser, aber ich war immer noch zu wackelig auf den Beinen, um eine Autofahrt bis zum Tegernsee und zurück zu verkraften.

So stand ich und winkte Papa, als er mir, neben Horst im Auto sitzend, mit schneeweißen Zähnen noch einmal zulächelte.

«Grüß Ilse von mir!», rief ich. Ich sah seine veilchenblauen Augen, und dann fuhren sie.

Am Abend kam Horst vom Tegernsee zurück. Er fragte, ob ich nicht Lust hätte, meinen Sechzigsten da unten zu feiern. Ilse hätte das vorgeschlagen, und es sei eine tolle Gegend. Und Papa habe sich ganz normal verhalten. Das liege wohl an seiner gewohnten Umgebung.

Aber vielleicht wollte Horst mich auch nur beruhigen.

Noch 36 Tage
Die Kündigung

Zwei Tage blieb ich noch daheim. Ich lief in meiner alten Jogginghose durchs Haus. Ich zog Papas Bett ab. Ich brachte den Mülleimer mit den Würstchendosen, Tütensuppen und Apfelschalen hinaus. Ich leerte zwei Vasen mit süßlich riechenden, verwelkten Blumen. Ich blätterte durch die Tageszeitungen der letzten Woche. Ich fand in Horsts Arbeitszimmer einen großen Umzugskarton stehen. Ich klappte den Faltdeckel auf und sah, dass er schon halb voll war mit alten Unterrichtsvorbereitungen. Auf dem obersten Ordner stand:

«Erdkunde / 8. Klasse / Eurasischer Kontinent / Arbeitsblätter / Lernzielkontrollen.»

Er war also dabei, die letzten dreißig Jahre seines Lebens zu entsorgen. Nur noch ein paar Wochen. Verdammt, es war wirklich Zeit für eine Entscheidung.

Ich setzte mich an Horsts Schreibtisch und blätterte geistesabwesend in den Arbeiten, die dort zur Korrektur lagen, so wie sie hier all die Jahre auf seinem Schreibtisch gelegen hatten.

Neben der Schale mit seinem roten Füller, den Kugelschreibern und Textmarkern lag ein Kalender. Das heutige Datum war aufgeschlagen. Daneben hatte er mit seiner roten Lehrertinte geschrieben: noch 36 Tage. Dahinter war ein Ausrufezeichen. Ich blätterte weiter: noch 35 Tage, noch 34 Tage, noch 33 Tage ... Ich dachte an die letzte Woche, seine Sorge, die Apfelschnitze, die Suppe. Was hätte ich ohne ihn gemacht?

«Du hast immer nur an dich gedacht, Gabi König», sagte ich laut. «Nicht an ihn. Und nicht an uns beide.»

Entschlossen zog ich Horsts Schreibtischschublade auf, holte ein Blatt Papier heraus und setzte meine Kündigung auf. Als er aus der Schule kam, bat ich ihn, sie noch einmal durchzulesen. Er korrigierte ein fehlendes Komma in den Text und gab mir einen langen Kuss auf den Mund.

«Du wirst sehen, das wird schön mit uns beiden», sagte er, und dann tranken wir auf die neuen Zeiten die teuerste Flasche Chianti, die wir aus Italien mitgebracht hatten.

Am nächsten Morgen steckte ich die Kündigung in meine Handtasche und fuhr zur Arbeit. Die jungen Mädchen in der Straßenbahn hatten ärmellose T-Shirts an, schüttelten ihre frisch gewaschenen Haare und lachten. Bald würde auch ich frei sein.

Als mich die Rolltreppe gemächlich in den dritten Stock hinaufbeförderte, sah ich im Hochschauen als Erstes nur den Kopf unseres Filialleiters vor der Front meiner Lyrik-Gesamtausgaben. Während mich die Rolltreppe höhertrug und sein Oberkörper langsam sichtbar wurde, nahm ich wahr, dass er ungeduldig auf seine Armbanduhr schaute, sich dann in Bewegung setzte, und als ich ganz oben war, stand er genau am Ende der Rolltreppe und nahm mich in Empfang:

«Guten Morgen, Frau König. Da sind Sie ja endlich wieder. Ich muss mit Ihnen reden.»

«Ich auch», erwiderte ich und griff in meine Handtasche nach der Kündigung.

Er riss den Umschlag auf, las, gab mir das Schreiben zurück und schüttelte den Kopf.

«Kündigung? Wie kommen Sie denn auf die Idee, Frau König?»

«Na ja», sagte ich. «Mein Mann hört demnächst auf zu arbeiten. Ich habe mir die Entscheidung wirklich nicht leicht gemacht. Ich arbeite ja sehr gerne hier. Aber im Prinzip gibt es zwei Gründe für meine Kündigung: Wir hatten zwei Meerschweine, also eigentlich hatte meine Tochter zwei Meerschweine. Fritz und Franz. Erst starb Franz und am nächsten Tag starb Fritz. Verstehen Sie? Einer konnte ohne den anderen nicht leben. Es war ein plötzlicher Tod – aus Liebe. Die zwei brauchten einander, auch wenn sie schwul waren. Das hat mir sehr zu denken gegeben.» Ich sah den verständnislosen Blick des Filialleiters und setzte schnell hinzu: «Und zweitens hat mir Horst, also mein Mann, letzte Woche Würstchen warm gemacht und Apfelschnitze ans Bett gebracht. Deshalb.»

«Sie wollen hier aufhören zu arbeiten wegen zwei schwulen Meerschweinen und ein paar geschälten Äpfeln? Kommen Sie mal mit.»

Er machte eine gebieterische Geste und lief auf die gegenüberliegende Seite der Abteilung, wo unsere zweite Rolltreppe nach unten führte. Ich steckte vorläufig die Kündigung wieder in meine Handtasche und folgte ihm brav. Wir fuhren in den ersten Stock zu Erstes Lesen+Jugendbuch sowie Küche+Wein. Dort wartete er auf mich.

«Während Sie sich zu Hause mal eine ausgiebige Pause gegönnt haben, war ich in Westfalen bei unserer Konzernzentrale. Projektkommission. Das ganze Wochenende.»

Ich ersparte mir einen mitleidvollen Blick. Ich hatte ja bereits gekündigt.

«Schauen Sie mal her.»

Er lehnte sich an einen Aufsteller mit der Aufschrift «Lustvolle Sommerküche», ließ das Gummi von einem schmalen Ordner schnalzen, den er unter dem Arm getragen hatte, und zog ein Papier heraus.

Es war mehr ein Paper. In der Mitte standen, in feurigem Rot, die Worte: «Best Ager / Master-Consumer / Generation Gold / Silver-Ager».

«Was sagt Ihnen das?»

Ich verhielt mich abwartend.

«Na, das sind Sie!!!! Die Frau über sechzig!»

«Ich bin aber erst neunundfünfzig. Noch.»

«Wissen Sie, wie viele Lebensjahre Sie statistisch gesehen noch vor sich haben? Na?»

Ich zuckte die Achseln.

«24,6 Jahre haben Sie noch zu leben!»

Ich hatte keine Zeit, mir zu überlegen, ob ich das überhaupt wollte, denn er war dabei, sich in Rage zu reden:

«Sie sind die Master-Consumerin! Sie sitzen auf dem Geld!»

Ich machte den Mund auf, aber er redete weiter: «Zweitwohnsitze! Studienreisen! Kreuzfahrten! – Sie waren doch auch gerade erst zwei Wochen in der Toskana, Frau König!»

«Aber mit dem Camper, und es waren nur zehn Tage», warf ich ein. Der Einwand verhallte ungehört.

«Wir haben 31 Millionen Konsumenten über fünfzig, und es werden jeden Tag mehr! Jeder davon hat eine Kaufkraft von 21 244 Euro im Jahr!»

Er machte eine Pause und sah mich an. Der Aufsteller mit der lustvollen Sommerküche hinter ihm ächzte ein wenig.

Dann holte er tief Luft und rief mit Emphase, sodass sich ein paar Kunden verwirrt nach ihm umsahen: «Da müssen wir ran, Frau König! Klar?»

«Und ... und ... wie?», wagte ich mich endlich einzuschalten.

Er hielt mir wieder sein westfälisches Paper unter die Nase. Von den roten Worten «Best Ager / Master Consumer» und so weiter führten orange Pfeile zu weiteren Worten, die sich im Kreis um mich (denn um mich ging es ja offensichtlich) gruppierten.

«Was wollen Sie, Frau König???»

Mein Filialleiter nahm wieder Schwung auf. Er wartete gar nicht auf meine Antwort.

«Sie wollen Nachhaltigkeit, Frau König! Sie wollen Wertigkeit, Frau König! Sie wollen Qualität, Frau König! Sie wollen Kompetenz, Frau König! Sie wollen Bodenständigkeit, Frau König! Sie wollen Tradition, Frau König! Sie wollen Beratung, Frau König! Sie wollen Wertigkeit, Frau König – ach, das hatten wir ja schon. Und was wollen Sie nicht, Frau König? Reclamheftchen! Kommen Sie mal mit, Frau König.»

Er schob den Aufsteller mit der «Lustvollen Sommerküche» energisch nach links, nahm Kurs auf die Abteilung Erstes Lesen+Jugendbuch, schob einen Rollcontainer mit Bibi-Blocksberg-Kassetten, rosa Haargummis und Kindergeburtstagskram nach rechts und stellte sich in die Mitte des frei gewordenen Platzes.

«Sie ziehen um, Frau König! Vom dritten in den ersten Stock. Na, das ist doch mal was! Wir bauen Ihnen hier ein paar dicke Lederfauteuils auf, dazu einen Flatscreen mit Kaminfeuergeprassel. Wir präsentieren hier hochwertige Klassikerausgaben, Buchraritäten in Goldschnitt, Kunstbände in XXL-Format, Jubiläumsausgaben im Schuber. Schiller. Eichendorff. Rembrandt. Dürer. Literatur. Malerei. Kultur im weitesten Sinne. Da darf so ein Produkt auch ruhig mal hundert Euro kosten. Wertigkeit eben. Vielleicht sollten wir noch so einen Elektrosamowar aufstellen. Wegen der Nachhaltigkeit. Was meinen Sie?»

«Und was ist mit dem Wein?», wagte ich einzuwenden.

Er wedelte abschätzig mit der linken Hand.

«Das lassen wir mal auf uns zukommen. Vielleicht nehmen wir auch den ein oder anderen Wein ins Sortiment. Aber wir wollen unsere Klassiker ja auch nicht zu Alkoholikern stempeln, nicht wahr? Das ist ein völlig neues Konzept, verstehen Sie das, Frau König? Wir wenden uns an ein exklusives, zahlungskräftiges Publikum. Und dazu brauchen wir Sie, Frau König. Da kann ich keines von unseren Girlies hinstellen. Ich stelle mir vor, wie Sie hier im dunkelblauen Samtblazer in aller Ruhe unsere Kunden beraten. Ich sage immer: Die Klassiker sind ja nicht tot, Frau König, man muss sie nur richtig vermarkten!»

Sollte ich jetzt Beifall klatschen?

Mein Blick wanderte über die langen Regalreihen mit den Tausenden von Buchrücken, hinter denen sich Zauberwelten von Abenteuer, Märchen, Grausamkeit, Schönheit und Traum verbargen. Ich sah unsere Kunden, die mit gesenkten Köpfen in den Büchern blätterten, die sie vielleicht abends im Bett lesen würden, die sie einer Freundin zum Trost mit in die Klinik bringen würden, die sie ihren Kindern vorlesen würden. An die Geschichten, die in den Köpfen der Kinder eine Heimat finden würden und dort wohnen bleiben würden, bis die Kinder erwachsen waren und sie wieder ihren Kindern vorlasen: Pippi Langstrumpf und Aladin, die fünf Freunde und Robinson, die Häschenschule und Huckleberry Finn.

«Schade», sagte ich. «Ich liebe Bücher, und ich werde sie immer lieben. Aber jetzt ist es zu spät. Ich habe mich entschieden. Ich höre auf.»

Ich hatte mich oft gefragt, was unseren Filialleiter eigentlich auszeichnete. Für mich war er ein ferngesteuerter Zahlenfetischist, der in seiner Freizeit alles Mögliche machte, aber sicher keine Bücher las. In meinen Augen hätte er genauso gut Haarwaschmittel oder Hundefutter verkaufen können. Aber an diesem Vormittag lernte ich, warum er den Posten bekommen hatte. Er war wirklich gut. Denn er hatte noch einen Joker im Ärmel.

Er schnalzte noch einmal das Gummi um seinen schmalen Ordner auf, holte einen Schnellhefter heraus und hielt ihn triumphierend in die Höhe.

«Ich habe mir in der Zeit, in der Sie zu Hause waren, auch Gedanken über unser Herbstprogramm gemacht. Lesungen, Events – Sie wissen, wir müssen immer im Gespräch bleiben. Ich habe bei Pater Engelmar angefragt, ob er demnächst ein neues Buch fertig hat, das er bei uns präsentieren möchte. Er hat mir postwendend geantwortet und mir sein Manuskript geschickt. Er schreibt, es sei im Prinzip fertig, es fehlten nur noch die Foto-Illustrationen und die Bildtexte. Der Verlag drängt ihn wohl schon, sie wollen das Buch unbedingt im Herbst publizieren und das Weihnachtsgeschäft mitnehmen.»

Er streckte mir das leicht verknickte Manuskript mit Triumph im Blick entgegen.

Ich las «Gesegnete Mahlzeit. Himmlisches aus der Klosterküche».

Ich blätterte. Ich erfuhr, dass der Leib das Gefäß der Seele und eine mit Liebe gekochte Mahlzeit ein Dienst an der Schöpfung sei. Ich erfuhr von Pater Engelmars uraltem Mönchswissen und der heilenden Wirkung von Kräutlein und Gewürzen. Dann folgten Pater Engelmars Rezepte. Siebenkräutleinsuppe. Osterbrot. Zicklein mit Pastinakenmus. Haustäubchen im Teigmantel. Ich dachte an die Taube des Heiligen Geistes, und sie tat mir ein bisschen leid, zumal es auch Täubchenessenz gab. Aber die Kartäuserklöße und die Bierspätzle ließen mich das wieder vergessen.

«Und? Was sagen Sie?!»

Mit diesen Worten unterbrach unser Filialleiter meine Lektüre.

«Ich wusste gar nicht, dass Pater Engelmar auch kochen kann.»

«Keine Ahnung.» Mein Filialleiter winkte ab. «Wie gesagt, die Bilder zu den Rezepten fehlen noch. Ich habe mir das Manuskript angesehen, mich direkt ans Telefon gehängt und habe unseren Pater angerufen. Ich habe ihn an unser Kundenmagazin erinnert – seinerzeit hatte ich es ihm natürlich zugeschickt. Sie wissen schon, das Bild von der Lesung. Sie und er. Er konnte sich noch gut an den Abend erinnern. Ich soll Ihnen gesegnete Grüße bestellen. Ich habe ihm erzählt, dass Sie eine begeisterte Köchin sind. Ich meine, das sieht man ja auch. Ich habe ihm vorgeschlagen, die Fotostrecke samt den Bildtexten für das neue Buch mit Ihnen gemeinsam zu gestalten. Sie wären die richtige Frau dafür. Sie und er vor einem großen Klosterkochtopf. Er war begeistert. Er sagte mir, diese Idee sei ein Segen des Himmels. Na?! Wie finden Sie das?!»

Ich war so platt, ich stammelte nur: «Na dann, gesegnete Mahlzeit.»

«Ist das ein Ja? Stellen Sie sich mal vor: die nächste Lesung hier im Hause! Er auf dem Podium und Sie als Co-Autorin daneben! Das ist unbezahlbar!»

Mein Blick fiel wieder auf die langen Buchreihen. Ich stammelte: «Mein eigenes Kochbuch ... Das wäre der Wahnsinn ...»

«Hildegard von Bingen ist leider tot. Also müssen *Sie* mit dem Pater kochen», scherzte mein Filialleiter. «Das wird ein Renner. Also, einverstanden? Sie bleiben uns erhalten, Frau König. Freut mich, und grüßen Sie Ihren Mann.»

Zu Hause legte ich den Umschlag mit der Kündigung auf den Abendbrottisch.

«Es geht nicht, Horst», sagte ich. «Ehrlich nicht. Ich wollte es. Aber es geht nicht. Die Klassiker ziehen in die erste Etage, und ich schreibe mit Pater Engelmar ein Buch. Gib mir wenigstens ein paar Wochen. Sagen wir, bis Weihnachten, okay? Dann kündige ich.»

Er antwortete nicht einmal. Er stand wortlos auf und warf die Tür hinter sich zu.

Noch 17 Tage
Die Cordhose

Er sprach nicht mehr mit mir. Wenn ich im Morgenmantel zum Frühstück herunterkam, war er joggen.

Wenn ich meine Kaffeetasse in die Spülmaschine räumte, schmiss er seine Sportsachen die Kellertreppe hinunter, ging nach oben, drehte den Riegel an der Badezimmertür zu und duschte.

Wenn ich von der Arbeit kam, saß er über seinen Zeugnisnoten.

Wenn ich ihn zum Abendessen rief, nahm er seinen Teller und ging wortlos wieder in sein Arbeitszimmer.

Als ich am Freitag fragte, ob wir nicht am Sonntag bei dem herrlichen Wetter gemeinsam etwas unternehmen wollten, lachte er nur höhnisch.

Als ich am Samstagabend müde aus der Buchhandlung kam, lag ein Zettel auf dem Fußboden im Flur, auf dem stand: «Bis morgen Abend. Tschüs. Horst.»

Ich hatte nicht die leiseste Ahnung, wo er stecken konnte. Ich sah, dass das Auto in der Garage stand. Es schien nichts zu fehlen, nur sein Anorak.

Sonntagabend war er wieder da. Er hatte sein Jeanshemd und eine alte Cordhose an und verschwand sofort nach oben, um zu duschen. Es war mir ein Rätsel.

In der darauffolgenden Woche legte sich die erste Hitzewelle über die Stadt. Ich fragte mich, ob die Idee mit dem Samowar und dem brennenden Flatscreen-Kaminfeuer für meine neue Abteilung so verkaufsfördernd sein würde.

Horst war kaum zu Hause. Ich wusste, er hatte nachmittags Zeugniskonferenzen, aber die dauerten ungewöhnlich lange, und er roch nach Alkohol. Ich telefonierte fast täglich mit Nina in Berlin. Doch ihr gegenüber verlor ich kein Wort über unsere Konflikte.

Arthur wuchs in ihrem Bauch. Sie schickte mir per E-Mail ein Ultraschall-Bild von ihm. Man erkannte Arthurs zehn Finger darauf. Ich legte es Horst neben seine Kaffeetasse, aber es kam keine Reaktion.

Als das nächste Wochenende näher rückte, sagte ich: «Ich muss am kommenden Samstag nicht arbeiten. Bist du wieder weg?»

Er antwortete zum ersten Mal wieder in einem vollständigen Satz. Er sagte: «Aber sicher bin ich weg – oder meinst du, dass ich in Zukunft daheim sitzen werde und darauf warten werde, dass du gnädigerweise Zeit für mich hast?»

Als ich Samstagmorgen aufwachte, war er schon fort. Ich hatte immer noch keine Ahnung, wo er steckte. Ich begann, systematisch zu untersuchen, was er mitgenommen hatte. Wieder die alte Cordhose und das Jeanshemd. Regenjacke, Zahnbürste, ein Handtuch und kein Auto. Sehr merkwürdig. Aber dann fand ich das entscheidende Indiz: Seine Gartengummistiefel waren verschwunden. Das beruhigte mich sehr. Das sprach weder für Spielkasinobesuche noch für Orgien in Hotelzimmern. Das sah ganz danach aus, als ob er mit seinem Kollegen im Kastenwagen beim Fliegenfischen war.

Ich beschloss daher, mich fürs Erste nicht weiter aufzuregen und das freie Wochenende zu genießen, denn das jährliche Städtische Literaturfestival, auf das unser Kulturreferent so stolz war, stand an.

Das bedeutet nicht, dass sich unsere Stadt im intellektuellen Zentrum der literarischen Wirbelstürme der Republik befunden hätte. Vielleicht war es eher so: So wie jedes Jahr um diese Zeit die ersten Kläräpfel von den Bäumen plumpsten, so plumpsten jedes Jahr schon im Juli die ersten Vorboten des Bücherherbstes auf die Schreibtische der Feuilletonisten. Sie türmten sich dort zu immer höheren Stapeln, und bevor sie dort verschimmelten, musste jemand die Neuerscheinungen in den Feuilletons hochjubeln und zum Kauf anbieten, so wie irgendjemand all die Kläräpfel zu Kompott verarbeiten musste.

Unser Filialleiter ignorierte das Festival seit Jahren mit einer unglaublichen Sturheit. Solange Bücher noch nicht auf der Shortlist für irgendeinen Renommierpreis standen oder auf den ersten zehn Plätzen der Spiegelbestsellerliste, existierten sie nicht für ihn. Und Autoren musste man nicht kennen, dafür gab es ja Fotos und Kurzbiographien auf den Buchrückseiten.

Ein Feuilletonist unserer Lokalzeitung hatte sich vor Jahren zu der Aussage verstiegen, unser kleines Lesefestival sei das Woodstock der Literatur. Du lieber Himmel! Wenn ich mich recht erinnerte, lag dies legendäre Ereignis mittlerweile mehr als vierzig Jahre zurück. Wenn ich mich recht erinnerte, endete es damit, dass es in Strömen goss und sich die Musenjüngerinnen die Kleider vom Leib rissen und nackt durch den Schlamm sprangen. Vierzig Jahre später mochte ich mir die gleiche Szene mit den gleichen Komparsinnen nicht vorstellen. Da war es schon besser, die Strohhüte blieben auf den grau gelockten, etwas ausgeschossenen Frisuren und die gefilzten Jacken über den von der Schwerkraft ergriffenen Busen.

Vor Jahren hatte ich Horst überredet, mich zu begleiten. Vielleicht hätte ich damals nicht ausgerechnet einen Lyrik-Abend auswählen sollen. Der sehr begabte junge Autor hatte gerade sein erstes «schmales, aber gewichtiges» Lyrikbändchen auf der Leipziger Buchmesse präsentiert und wollte uns an jenem Abend ausführlich teilhaben lassen an den lebensweltlichen Beschädigungen seiner jungen Seele und an dem leidenschaftlichen «Dennoch!», das er uns mit seiner kryptischen Lyrik entgegenschleuderte.

Na ja, *ich* hatte schon meine Schwierigkeiten mit dem jungen Dichter, der irgendwie etwas Deprimierendes an sich hatte – von Horst gar nicht zu reden. Ihm zuliebe schlichen wir uns nach einer Stunde durch die spärlich besetzten Reihen davon und gingen ein Bier trinken. Aber irgendwie hing der traurige schwarze Schatten des jungen Lyrikers den ganzen Abend über uns.

Nun, dieses Jahr stellte sich eine solche Frage ja nicht. Horst war verschwunden, und ich konnte nur hoffen, dass er nicht doch in Gummistiefeln an einer Hotelorgie teilnahm. So rief ich Silke an. Ich hatte sie seit unserem winterlichen Kaffeetrinken nicht mehr gesehen.

Silke ist vielleicht auch nicht gerade die ideale Begleitung für literarische Weihestunden. In ihrer Freizeit liest sie – wenn sie liest – historische Frauenromane, die vorwiegend im Mittelalter spielen. Die Heldinnen verlieben sich darin in herumvagabundierende Spielleute mit muskulösen Oberkörpern und schwarzen Locken, fliehen auf gestohlenen Pferden und landen am Schluss auf dem Schafott. Vielleicht brauchte Silke das als Ausgleich zu ihrer Tätigkeit bei der AOK.

Silke, die seit ihrer letzten Trennung vor vier Jahren wieder «auf dem Markt war», wie sie das nannte, war sofort bereit, mich zu begleiten. Die Lesungen, die ich ausgesucht hatte, fanden im Stadtpark statt. Das Wetter war hochsommerlich. Wir schlenderten an den Biertischen entlang, auf denen die letzte kleine Konkurrenzbuchhandlung, die unsere Buchhandelskette noch übrig gelassen hatte, die Neuerscheinungen präsentierte. Wir blieben stehen und blätterten ein bisschen, bis Silke mich mäßig interessiert fragte: «Sag mal, Gabüü, wie viele Tage hast du jetzt eigentlich noch, bis dein Horst im Ruhestand ist?»

«Erstens: Nenn mich bitte nicht mehr Gabüüü, die Zeiten sind vorbei. Und zweitens: Ich habe jetzt noch genau siebzehn Tage. Dann fangen die großen Ferien an, und dann ist Schluss ...»

«... und ihr fahrt erst mit dem Wohnmobil durch Amerika, dann renoviert dein Horst vermutlich den Keller, und dann tut sich das große schwarze Müller-Loch vor euch beiden auf. Habe ich dir ja vor Monaten schon prophezeit», unkte Silke.

«Nein, Silke, gar nichts wird sich vor uns auftun. Ganz einfach, weil ich nun vorläufig doch noch nicht aufhöre zu arbeiten.»

«Oh», machte Silke und ließ eine Neuerscheinung mit dem Titel «Hexenkuss» auf den Büchertisch fallen.

«Das hörte sich vor ein paar Monaten aber noch ganz anders an. Was ist passiert? Habt ihr euch getrennt?»

«Quatsch», erwiderte ich, «mein Chef hat mir ein Angebot gemacht, das ich nicht ablehnen konnte.»

Ich zog es vor, Silke keine Einzelheiten darüber zu verraten, dass ich nun bald unter die Kochbuchautorinnen gehen würde.

Ich wollte nicht, dass es morgen die AOK und übermorgen die gesetzlich Versicherten wussten.

«Und was sagt dein Horst dazu?»

Ich zuckte die Achseln und bemühte mich, möglichst leichthin zu antworten: «Er ist übers Wochenende weggefahren.»

«Und wohin??»

«Ich vermute, er ist mit einem Kollegen Fliegenfischen.»

In Silkes Kopf schrillten die Alarmglocken so laut, dass man sie eigentlich über das ganze Festivalgelände hören musste.

«Du vermutest????? ... Fliegenfischen????!!!!!!»

All die mittelalten Literaturjüngerinnen, die an den Büchertischen standen und in den Neuerscheinungen blätterten, drehten sich nach uns um.

«Sag mal, wie naiv bist du eigentlich???!!!!!»

Die Zuhörerinnen um uns herum wichen ein wenig zurück, einige zeigten Anzeichen von schmerzlichem Verständnis.

Und Silke? Klar, in diesen Dingen kannte sie sich durch ihre literarischen Studien aus. In ihren Büchern durchbohren in ihrer Ehre verletzte Helden mit einem Säbel das Herz der Treulosen. Und das war noch das Mindeste.

«Ich sag dir, was er tut: Er treibt's schon alleine aus Rache mit einer anderen!!»

Die Lesejüngerinnen um uns nickten interessiert, aber ergriffen.

«Silke, können wir das nicht unter uns besprechen?»

Ich zog sie von den Büchertischen weg, die Lesejüngerinnen sahen uns anteilnehmend nach. Ich dirigierte Silke zu einer Eiche, wo wir alleine waren.

«Also, ich glaube nicht, dass er mich betrügt.»

Silke lachte trocken auf.

«Na, du bist vielleicht naiv.»

Ich dachte an den fast vollen blauen Blister.

Silke sah mich scharf an.

«Ach sooo. Du denkst, nur weil bei euch beiden der Dampf so ziemlich raus ist, kannst du dir sicher sein? Na, wenn du dich da mal nicht täuschst. Ich habe in den letzten vier Jahren festgestellt, dass unter der Asche noch so manches Feuer lodert. Und zwar ziemlich heftig. Oder hat dein Horst was an der Prostata?»

Die Tätigkeit bei der AOK und Silkes buntes Sexualleben ließen sie mit heiklen Themen sehr offen umgehen.

Ich war sicher, sie würde sich dem Sexualleben von Horst und mir gleich ausgiebig und lautstark widmen, wenn ich ihr nicht angemessenen Ersatz bot.

Ich sah mich um. Weit und breit nur Frauen in unserem Alter. Männliche Besucher werden auf Literaturfestivals demnächst unter Artenschutz gestellt werden, so rar sind sie.

Aber dann half mir das Schicksal und bewahrte mich vor weiteren heiklen Fragen. Ein Mann kam an unserer Eiche vorbei. Er war alleine. Ich nickte Silke zu, und sie nahm sofort Witterung auf. Wir folgten ihm. Ich konnte förmlich sehen, wie in Silkes Kopf Horst von ihrem Radarschirm verschwand und wie sie ihr neues Ziel anpeilte. Der Mann spazierte zu den Stuhlreihen vor dem großen Lesepodium und setzte sich in eine der hinteren Reihen.

Silke blieb ihm auf den Fersen. Sie hatte schon immer einen sechsten Sinn für geschicktes Placement, obgleich ein Literaturfestival eigentlich nicht gerade der ideale Ort ist, um Männerbekanntschaften zu machen. Silke behauptet aber, sie hätte in den letzten Jahren nur gute Erfahrungen gemacht. Die männlichen Literaturgenießer seien zwar weit weniger muskulös als die Helden in ihren Mittelalterromanen, aber sie hätten ein sensibles Händchen. Man müsse nur aufpassen, denn leider seien auch viele Weicheier unter den Literaturfreunden unterwegs.

Sie setzte sich neben den Unbekannten, schlug die Beine übereinander, schob sich die Sonnenbrille von den Augen hoch ins Haar und bat ihren Nachbarn mit strahlendem Lächeln, ob sie einen Blick in sein Programmheft werfen dürfe. Für mich hatte sie keinen Blick mehr. Ich setzte mich in die Reihe hinter Silke, denn ab jetzt konnte ich nur noch stören.

Auf dem Podium hatte gerade die diesjährige Klagenfurtpreisträgerin Platz genommen. Sie war erschreckend jung und schien noch nicht viel Erfahrung mit Literaturfestivals zu haben. Ich hatte Mitleid mit ihr. Das lag möglicherweise auch daran, dass ich mir seit kurzem vorstellen konnte, wie man sich so fühlen mochte als Debütantin auf dem Lesemarkt.

Sie trug einen strumpffarbenen Wollpullover, und das Erste, was man von ihr hörte, war ein donnerndes Krachen. Sie hatte mit ihrem preisgekrönten, kiloschweren Erstlingsroman das Mikrophon umgeworfen.

Dann begann sie ohne Vorwarnung und ohne Begrüßung zu lesen. Und zwar in einem dumpfen, umheilschwangeren Singsang. Es ging um einen Schweizer Bergbauernbuben, der in einer mondlosen Nacht seitenweise mit der Herstellung von Käse beschäftigt war.

Ich sah, wie Silke vor mir sich derweil die Sonnenbrille höher ins Haar schob, und hörte, dass sie ihren Nachbarn um Nachsicht bat, weil sie ihn mit ihrem unbestrumpften Bein gestreift hatte.

Inzwischen mischte sich auf dem Podium das Lab mit der Milch und der Bergbauernbub rührte weiter. Ich überlegte, ob ich mir inzwischen, bis der Käse fertig war, am Imbissstand ein Bratwurstbrötchen holen sollte.

Der Literaturfreund neben Silke schien ein bisschen naiv zu

sein. Er entschuldigte sich offenbar gerade flüsternd bei Silke, dass die Stühle so eng gestellt seien.

Auf dem Podium trat langsam aus dem Käsebruch die Molke aus. Die Sonne lastete schwer auf den Köpfen der Zuhörer.

Rechts an der Seite tauchte neben den Stuhlreihen eine Dame im Kostüm auf. Sie gestikulierte ein bisschen Richtung Podium, zeigte immer wieder demonstrativ auf ihre Uhr und hielt schließlich einen Zettel hoch, auf dem stand: «Bitte zu Ende kommen.»

Da die Preisträgerin mit gesenktem Kopf las, ohne auch nur einen Blick ins Publikum zu werfen, entging ihr der Hinweis. Die Dame im Kostüm gestikulierte stärker, Silke wilderte mit ihrem nackten Unterschenkel schon wieder am Hosenbein des Herrn.

Die Dame im Kostüm räusperte sich hörbar und hüstelte, das Publikum wurde unruhig. Und schließlich sah die Preisträgerin tatsächlich zum ersten Mal von ihrem schwerleibigen Opus auf. Ihre Augen hatten etwas von einer blinden Maus, und es dauerte eine Zeitlang, bis sie die Dame und den hochgereckten Zettel ausgemacht hatte. Aber dann schlug sie mit einem Knall, der fast so laut war wie der, mit dem sie ihren Auftritt begonnen hatte, ihr Erstlingswerk zu und verließ grußlos und fluchtartig das Podium.

Silke lächelte milde, aber wissend, beugte sich zu dem Herrn, und ich hörte nur, wie sie raunte: «Kommen Sie, helfen Sie mir. Ich würde das Buch gerne meiner Freundin zum Geburtstag schenken. Wenn *Sie* die Autorin um ein Autogramm bitten, signiert sie es uns bestimmt.»

Ich konnte nur hoffen, dass das nur eine Finte war, mit der Silke den Literaturfreund aus dieser drögen Veranstaltung herauseisen wollte. Das war ihre Sache. Aber wenn ich ihre durchsichtigen Tricks an meinem Geburtstag in Form von literarischer Käseherstellung büßen sollte, dann ging das zu weit.

Inzwischen kletterte die Dame mit dem Kostüm auf die Bühne.

Sie schien etwas gutmachen zu wollen an der Klagenfurtpreisträgerin und sprach von engagierter, verstörender Literatur.

Silke erhob sich, den Literaturfreund im Schlepptau. Sie warf mir einen kurzen, triumphalen Blick zu. Ich war mir sicher, sie würde mich über den weiteren Verlauf des Nachmittags unterrichten.

Authentische, ja kafkaeske Literatur sei sowieso das Gebot der Stunde in der Literatur, fuhr die Dame im Kostüm fort und kündigte den nächsten Dichter an.

Es war eines der alten Schlachtrösser des deutschen Literaturbetriebs, die es längst auf die Bücherstapel unseres Hauses geschafft hatten.

Er enterte schnaufend die Bühne. Ja, tatsächlich, er trug eine schlammfarbene, ausgebeulte und abgewetzte Cordhose! Mit genau so einer Hose am Leib hatte Horst heute Morgen unser Haus mit unbekanntem Ziel verlassen.

Das literarische Schlachtross sah aus, als habe die Welt jede Seite seines kostbaren Schaffens einer schönen Flasche Rotwein zu verdanken. Er strich sich über sein Markenzeichen, einen imposanten grauen Vollbart, und begann zu lesen. Seine Stimme war so füllig und sonor, dass das Mikrophon eigentlich überflüssig war. Sie rollte über die Sitzreihen und plusterte sich zu einer großen Dampfwolke über den Köpfen auf.

Er malte prachtvolle barocke Bilder aus eindrucksvollen Worten wie «Apfelfrische» und «Abenddämmer». Aber dann kam es, wie es kommen musste. Die Geschichte kippte in den weinerlichen Ton eines ältlichen Poeten, der noch einmal auf dem Rosenpfad der Liebe wandelte. In seinem letzten Buch hatte er sich schon diesem Thema verschrieben, in seinem vorletzten auch.

Es ging mal wieder um diverse Probleme des alternden Mannes einerseits und den Zugriff auf knospende Busen andererseits. Da schoss mir durch den Kopf: War das am Ende gar kein neues Buch? Las er aus dem letzten oder vorletzten vor, und niemand merkte es? Ich sah mich um. Schläfrige Gesichter.

Aber der altgediente Poet schaffte es dann doch noch, mich zu überraschen. Er hatte noch keine zwanzig Minuten gelesen, da schaute er auf seine Uhr, klappte mitten im Satz sein Buch zu und donnerte mit tanningesättigter Rotweinstimme: «So. Das war's für diesmal. Ich beantworte keine dämlichen Zuhörerfragen wie ‹Muss ein Autor auf ein Familienleben verzichten?› oder ‹Was sind Ihre literarischen Vorbilder?›. Im Übrigen möchte ich mein Honorar sofort und in bar haben. Ich bin nicht mehr bereit, mich von einem schwachsinnigen Kulturbeamten in Geiselhaft nehmen zu lassen, mit irgendwelchen Nachwuchsschreibern auf dem Podium herumzudiskutieren und mich anschließend zu einem kollegialen Umtrunk zu treffen. Die Calamares bei diesem Griechen letztes Jahr hier waren schändlich! Schmählich! Ich nehme den nächsten Zug nach Frankfurt! Guten Tag.»

Weg war er. Alle Achtung, dachte ich. Ein starker Auftritt. Das sind die Vorteile des Alters. So eine Vorstellung kannst du dir erst in reifen Jahren leisten. Ich bin mir sicher, nächstes Jahr wird er wieder eingeladen.

Mein Handy blinkte. Drei Smileys. Das war Silke. Es schien gut zu laufen. Hoffentlich kam sie mit ihrem Literaturfreund nicht auf die falschen Buchthemen zu sprechen. Nicht immer eignet sich «Die Wanderhure» als Einstiegsthema.

Ich beschloss, nach Hause zu fahren. Ich schaute noch einmal in Horsts Kleiderschrank, ob ich dort nicht doch seine alte Cordhose finden würde. Nein, er hatte sie an. Ich konnte nur hoffen, dass er sich nicht zu ähnlichen virilen Imponiergesten hinreißen ließ wie unser Poet und wie es Silke mir prophezeit hatte.

Obwohl – dagegen sprachen die Gummistiefel. Zur Sicherheit zog ich noch seine Nachttischschublade auf. Darin lag der blaue Blister. Es fehlte nur eine einzige Tablette. Das war die, die wir in der Toskana versemmelt hatten.

Ich fühlte mich einigermaßen beruhigt, machte mir eine schöne Flasche Wein auf und holte mir Pater Engelmars Manuskript, um seine Rezepte endlich in Ruhe zu studieren.

Sonntagabend war Horst wieder da. Ich hörte, wie er die Haustür aufschloss, ging ihm entgegen und versuchte es mit einem Überraschungsangriff: «Na, habt ihr was gefangen?», fragte ich so selbstverständlich wie möglich. Er war zu überrumpelt, um meiner Frage auszuweichen.

«Zwei Eschen. Aber die waren zu klein. Wir haben sie wieder reingeworfen. Woher weißt du, was ich gemacht habe?»

Ich verkniff mir ein triumphierendes Lächeln.

Es war noch nicht alles verloren mit uns beiden.

Noch 10 Tage
Das Huhn vom Niederrhein

Ich konnte mich nur wundern. Horst ging also tatsächlich angeln. Kaum vorstellbar, wie er einem nach Luft schnappenden Fisch mit einem Stein auf den Kopf schlug. Zu Hause schafft er es nicht einmal, mit der Katze zum Tierarzt zu gehen. Offenbar hatte er im Moment ein gewisses Aggressionspotenzial in sich.

Mittlerweile waren es nur noch zwei Wochen bis zu seinem letzten Schultag, und wir hatten noch kein Wort darüber gewechselt, wie es danach weitergehen sollte.

Ich fand, es war an der Zeit, unseren Ehekrieg zu beenden. Ich versuchte es auf meine Art. Ich fragte ihn beim Frühstück, ob ich ihm für den letzten Schultag und für seinen Ausstand bei den Kollegen ein paar schöne Platten vorbereiten könnte. Ich dachte an Piroggen, Datteln im Speckmantel, kleine Kalbsinvoltini, Hähnchenschenkel, Thunfischtramezzini und zwei Schokoladentorten. Er antwortete mir barsch, er habe beim Metzger schon drei Wurstplatten bestellt, und ich sei ja sowieso mit meinen beruflichen Projekten ausgelastet.

Das hörte sich nicht nach einem Waffenstillstand an.

Drei Tage später klingelte in meiner Klassikerabteilung das Telefon. Am Apparat war eine Dame, die sich als Lektorin von Pater Engelmar zu erkennen gab. Ob es denn bei meiner Zusage für das Buchprojekt bleibe? Sehr schön. Das Fotoshooting sei für morgen angesetzt. Ich möge mich doch bitte morgen um zehn Uhr am Kloster einfinden. Belege für die Anreise bitte aufheben, wegen der Buchhaltung. Man hoffe auf schönes Wetter und welche Kleidergröße ich denn habe?

Ich antwortete fast wahrheitsgemäß, dass es im Moment eher in Richtung einer guten 42 tendiere, aber das sei sicherlich nicht das letzte Wort.

Dies Stichwort der freundlichen Dame gab mir den Rest des Tages zu denken. Was zieht man für ein Koch-Shooting mit einem Mönch an?

Meiner Ansicht nach waren hierzu vor allem zwei Kriterien zu erfüllen: Erstens sollte es irgendwie frisch und optimistisch aussehen, und zweitens sollte es die Dellen an meinen Oberarmen nicht zeigen.

Ich wählte also eine hellblaue Bluse mit dreiviertellangen Ärmeln, auch wenn es dafür eigentlich zu heiß war, einen knapp kniebedeckenden Rock und Schuhe mit Absatz, aber nicht zu viel. Das Manuskript packte ich auch ein, entschloss mich aber dann doch für Schuhe mit höherem Absatz, weil ich damit mehr Richtung Größe 40 aussah.

Dann blieb mir noch das Problem, dass ich wohl oder übel Horst über meinen Ausflug in die stille Welt von Pater Engelmars Kloster informieren musste.

Ich hielt es für taktisch klug, einen ruhigen Augenblick am

Abend abzuwarten, und stellte schon mal einen Flasche Rosé kalt, um ihn für meine Mitteilung milde zu stimmen. Aber auch an diesem Abend ging er mir aus dem Weg. So blieb mir nichts anderes übrig, als es ihm am nächsten Morgen ins Gesicht zu sagen. Ich stöckelte in meinem Rock gerade die Treppe herunter, als er aus dem Badezimmer kam und mir einen durchdringenden Blick zuwarf.

«Na, du legst dich ja ganz schön ins Zeug für deine Kunden.»

«Ich muss heute früher los, Horst. Und es kann spät werden. Ich habe das Fotoshooting für das Kochbuch mit Pater Engelmar. Du erinnerst dich?»

«Ach so, stimmt ja. Du bist ja unter die Autorinnen gegangen. Deshalb wird auch aus unserer Amerikareise nichts.»

«Horst, an unseren Plänen hat sich doch nichts geändert.»

«So. Findest du?»

«Gib mir ein paar Monate Zeit. Dann ist das Buch erschienen, und meine Abteilung ist in den ersten Stock umgezogen.»

«Ja genau! Wir können ja im Januar nach Amerika fahren. Erinnere mich, dass ich den Schneeschieber mitnehme.»

«Horst, versteh doch, das ist für mich eine einmalige Chance.»

«Klar. Ich verstehe. Ich kann ja warten. Ich bin ja nur der Horst. Na dann, viel Spaß beim Modeln mit deinem Pater.»

So machte ich mich ohne Horsts Segen auf den Weg zum Kloster. Und der führte mich weit hinaus in Gottes freie Natur. Für das letzte Wegstück von der nächstgelegenen kleinen Bahnstation musste ich mir ein Taxi nehmen.

Der Fahrer schien mir irritiert. Er erwähnte mehrfach, dass es sich um ein Männerkloster handle und ob er nicht mit dem Wagen auf mich warten solle.

Ich dachte an die Höhe der Reisekostenabrechnung, sagte nein und stöckelte auf die Klosterpforte zu. Sie war verschlossen, wie sich das ja auch gehörte. Ich läutete, ein faltiger Mönchskopf erschien in einer Holzluke und gab mir mit ernster Miene zu verstehen, der Pater sei leider nicht zu sprechen, er habe heute einen Außentermin. Dann aber huschte ein sanftes Lächeln über sein Gesicht, und er fragte, ob ich die Köchin sei. In diesem Falle möge ich immer an der Klostermauer entlanggehen, bis zu der Holztür am allerhintersten Ende. Die führe direkt in den Klostergarten. Und ich möge mich bitte beeilen, die anderen seien alle schon längst da.

Meine Schuhe verhakten sich mehrfach unglücklich in fetten Löwenzahnrosetten, Spitzwegerichbeständen und Mäuselöchern. Die Sonne schien. Ich stützte mich mit der rechten Hand an der steinernen Klostermauer ab und stöckelte weiter.

Am Ende meines staubigen Weges sah ich einen Geländewagen mit aufgeklappter Hecktür stehen, aber ich konnte niemanden entdecken. Erst als ich fast an dem Jeep angekommen war, sah ich, dass die Steinmauer auf meiner rechten Seite in einen von Ackerwinden umrankten Staketenzaun überging und dass eine niedrige Holztür in den Klostergarten führte.

Mitten zwischen Lauchzwiebeln, Karottengrün und Schnittlauchdolden war in der Morgensonne ein gewaltiger grobhölzerner Tisch aufgebaut, davor posierte Pater Engelmar in der Kutte und mit einem Salatkopf in der Hand. Ein Mädchen mit Lippenpiercing hielt einen silbrigen Reflektor über ihn, und ein dünner Mann schoss gerade eine Salve von Fotos und rief «schönschönschön!» und «jajaja!».

Als Pater Engelmar meiner gewahr wurde, ließ er den Salatkopf auf den Holztisch fallen und kam mir mit ausgebreiteten Armen entgegen.

«Sie schickt der Himmel!», rief er und umarmte mich. Ich

spürte, wie mein Busen in heiligem Entzücken gegen seine Kutte gedrückt wurde.

Die beiden anderen musterten mich schweigend. Dann sagte der dünne Mann zu mir: «Sie sollen also mit dem Pater auf die Fotos? Na, mir isses egal.»

Und zu der Gepiercten sagte er: «Mandyschätzchen, hol mal die Schürze.»

Das gepiercte Mädchen lief in ihren flachen Turnschuhen zum Jeep, wühlte im Kofferraum und kam mit einer weißen, gestärkten Schürze wieder, die seitlich am Oberteil Rüschen mit Lochstickerei hatte. Sie machte Anstalten, mir diese umzubinden, aber ich rief: «Halt! Wir sollten vielleicht erst mal über das Manuskript reden, bevor wir zu kochen anfangen. Mir ist leider aufgefallen, dass da massenhaft Fehler drin sind.»

Ich wühlte in meiner Handtasche und blätterte mein gelb gemarkertes Manuskript auf.

Aber der dünne Mann winkte ab.

«Lassen Sie mal, um die Rezepte kümmert sich das Lektorat. Die haben den Murks geschrieben, die sollen das jetzt auch ausbügeln.»

Mandyschätzchen band mir die Schürze um, und ich wurde das Gefühl nicht los, dass mich die weiße Rüschen ungünstig breit aussehen ließen.

Der Fotograf dirigierte uns beide hinter den Holztisch, zündete sich eine Zigarette an, lief vor uns auf und ab, musterte uns, ging ein paar Male in die Knie, um uns aus einer anderen Perspektive zu sehen, und ließ Rauchkringel aus seinem Mund aufsteigen. Schließlich nickte er, warf seine Zigarette zwischen die sprießenden Karotten und befahl der Gepiercten: «Mandyschätzchen, geh mal und hol die Kochutensilien!»

Sie sah ihn verständnislos an.

«Na, den Topf und den Löffel!»

Sie hüpfte zwischen Karottenreihen und Petersilienbüscheln zum Jeep.

Pater Engelmar beugte sich in seiner Kutte zu mir und sagte: «Gabi, ich wollte Ihnen nur noch einmal sagen, wie schön es ist, dass wir uns hier wiedersehen. Ich war sehr angetan von der Idee, dass Sie mir heute beim Kochen zur Seite stehen. Ich erinnere mich noch gerne an die Lesung in Ihrer Buchhandlung. Ein gesegneter Abend war das, fürwahr.»

Er nahm meine Linke und legte sie auf den braunen Stoff seiner Kutte, etwa dort, wo sich sein Herz befinden musste. Ich nahm meine Hand von seiner Kutte und wich ein wenig zurück in Richtung Lauchanpflanzungen.

«Und nun mit Ihnen gemeinsam die guten Gaben unseres Schöpfers zuzubereiten, das ist wie ein Geschenk, liebe Gabriele.»

Er griff wieder nach meiner Hand.

«Gabriele ist doch Ihr richtiger Name, oder irre ich mich?»

Ich nahm meine Linke wieder von der Kutte und zupfte die Rüschen meiner Schürze zurecht.

«Ja, tut mir leid. Es ist ein blöder Name. Ich habe ihn nie wirklich gemocht. Aber damals hieß man so.»

«Neinneinnein, liebe Gabriele ...», versetzte er, «das ist ein sehr schöner Name. Schade nur, dass es meines Wissens keine Heilige gibt, die so heißt. Aber wissen Sie, Engelmar ist ja auch nicht mein richtiger Name. Ich habe ihn mir selbst gewählt, als ich damals meine Gelübde abgelegt habe. Ich finde, noch besser als Gabriele würde allerdings Eva zu Ihnen passen ... Eva ... nein, Eva-Maria! Sünderin und Heilige! Welch ein Name!»

«Eva-Maria König?», paffte der Fotograf. «Find ich auch besser als Gabriele. Nehmen Sie's doch als Pseudonym.»

«Jeder Schriftsteller hat ein Pseudonym», nickte Pater Engelmar. «Kommen Sie näher, Eva-Maria.» Er zog mich wieder auf Tuchfühlung mit seiner Kutte.

Inzwischen nahte die Gepiercte mit einem gewaltigen Kochtopf aus Messing. Ein wunderschöner Kochtopf. Vielleicht sollte ich mir so einen von meiner Familie zum Sechzigsten wünschen.

Sie stellte ihn vor uns auf den Holztisch, drückte mir einen Rührlöffel in die Hand, tupfte mir ein wenig Puder auf die Nase, zupfte an meinen Haaren und sagte: «Fertig.»

Ich schaute in den leeren, wunderschönen Kochtopf.

«Und rühren, bitte», kommandierte der Fotograf, «und sie beide schauen jetzt mal gemeinsam in den Kochtopf und weiterrühren, bitte schön!»

Also rührte ich, der Pater schaute mit mir in den großen leeren Kochtopf, der Fotograf ging in die Knie zwischen die Karotten, hob die Kamera und rief immerzu «jajaja» und «schönschönschön».

Mit einem Mal wich die Euphorie wieder aus seiner Stimme. Er sagte «okay, die Nächste» und zündete sich wieder eine Zigarette an.

Die Gepiercte nahm uns den Kochtopf weg und trottete damit wieder zum Jeep.

«Wir brauchen noch Bildunterschriften», paffte unser Fotograf, «irgendwas Griffiges. Die im Lektorat sind ja doch zu blöd für so was.»

Mir schien, Pater Engelmar griff mühelos in die große Schatzkiste seiner religiösen Weisheiten, denn er sagte wie aus der Pistole geschossen: «Kommet, es ist alles bereit. Schmecket und sehet, wie freundlich der Herr ist.»

Inzwischen war das Mädchen wieder zurück. Es schleifte eine Kühltasche durch die Karotten und ließ sie lustlos neben unserem großen Klosterholztisch fallen. Sie kramte zwischen ein paar

Kühlelementen und förderte ein eingeschweißtes Huhn zutage. Auf dem Etikett, das das Huhn auf der Brust trug, stand:

«Geflügelhof Hummelmann/Nordrhein-Westfalen. Masthuhn vom Niederrhein. Premiumqualität.»

Die Gepiercte begann mit angewidertem Blick, das Huhn vom Niederrhein aus der Folie zu pulen und legte es mit spitzen Fingern auf unseren Klostertisch.

Langsam brannte die Julisonne ordentlich auf meinen Kopf und auf meine dreiviertellange Bluse unter der Spitzenschürze. Die Anordnung des Fotografen war: Ich sollte mich liebevoll über das Huhn beugen, und Pater Engelmar neben mir sollte die Arme ausbreiten und einen versonnenen Blick zum Himmel werfen.

Ich fand das ein bisschen pathetisch, dachte mir aber: Eva-Maria, halt die Klappe. Das ist nicht das erste Buch, das diese Profis machen.

Die Gepiercte tupfte mir wieder mit Puder über die Nase, Pater Engelmar wandte den Kopf gegen den Sommerhimmel und rezitierte mühelos die nächste Bildunterschrift: «Alle guten Gaben, alles, was wir haben, kommt, oh Gott, von dir. Dank sei dir dafür.»

Dann war auch dieses Motiv im Kasten.

Die Gepiercte beförderte angeekelt das Huhn wieder in die Kühltasche und nickte mir zu, ich solle ihr zum Jeep folgen. Ich war froh, denn der Wagen stand im Schatten. Der Pater und der Fotograf sahen uns nach, wie wir uns auf Turnschuhen beziehungsweise auf deutlich zu hohen Pumps zwischen Frühlingszwiebelbeeten und Rosmarinstauden entfernten.

Das Mädchen ließ ihre Kühltasche achtlos neben dem Auto auf die Erde plumpsen und befahl: «Drehen Sie sich mal um.»

Ich tat wie geheißen, sie löste die weiße Schleife auf meinem Rücken und nahm mir die gestärkte Küchenschürze ab. Ich schnaufte erleichtert auf. Mir war wirklich heiß. Aber dann setzte sie hinzu: «Ziehen Sie sich mal aus.»

Ich drehte mich ruckartig zu ihr um, aber ihr Blick war genauso verschleiert wie zuvor. Sie deutete in den geöffneten Fond des Jeeps. Dort lag neben dem Kupfertopf und dem Löffel ein himmelblaues Dirndl in einer durchsichtigen Plastikfolie.

«Größe 42. Ich hoffe mal, Sie haben nicht geschwindelt, Eva-Maria.»

«Nein! Nein! Nein und nochmals nein! Ich habe noch nie ein Dirndl angehabt. Ich bin nicht der Typ dafür!»

«Natürlich sind Sie der Typ dafür. Bei den Formen.»

«Nein! Ich will nicht, dass man auf den Fotos die Dellen an meinen Oberarmen sieht.»

«Das fotoshoppen wir weg, da machen Sie sich mal keine Sorgen.»

«Nein. Ich zieh das nicht an.»

Das Problem war, dass ich ein bisschen geschummelt hatte. Größe 42 passte an guten Tagen so gerade. Aber nach dem Toskana-Urlaub eher nicht mehr.

Das Dirndl saß also ausgesprochen körpernah. Ich trug eine weit ausgeschnittene Dirndlbluse mit Ärmelchen, ein hellblaues Dirndl und eine meergrüne Schürze dazu, als ich wieder Richtung Klostergarten und Pater Engelmar stolzierte.

Er starrte mich an, und sogar der Fotograf inhalierte heftig.

Es war Pater Engelmar, der das nächste Fotomotiv vorschlug. Er meinte, es sei doch ein sehr passendes Motiv, wenn ich mich in diesem herrlichen Dirndl zwischen die Karotten knien würde, und während ich eine Karotte aus Gottes Erdreich zöge, würde er mir zusehen. Der Fotograf hatte nichts dagegen. Ich bückte mich, die Nähte des himmelblauen Dirndls krachten, die Sonne schien, uraltes Mönchswissen lag in der Luft, das Mädchen hielt den Reflektor, und als ich hochsah, bemerkte ich, dass Pater Engelmars Blick über seine Kutte an den Karottenstauden vorbei segnend genau in meinem tiefen himmelblauen Dirndlausschnitt lag. Dazu rezitierte er mit seiner schönen, sonoren Mönchsstimme: «Aller Augen warten auf dich, Herr, und du gibst ihnen Speise zu seiner Zeit, du tuest deine milde Hand auf und sättigest alles, was da lebt ...»

Der Fotograf rief wieder enthusiastisch «Jajajaschönschönschön», um dann abrupt die Tonlage zu wechseln: «Okay, ihr beiden. Finito. Feierabend. Den Rest der Fotos kriegen wir ohne euch im Studio hin.»

Ich rappelte mich aus den Karottenanpflanzungen hoch und gab zu bedenken, dass wir ja noch gar nichts gekocht hätten, aber der Fotograf und Mandyschätzchen schienen jedes Interesse an uns verloren zu haben. Nur das Interesse von Pater Engelmar war mir weiter gewiss.

«Seien Sie unbesorgt, liebe Gabriele-Eva-Maria, ich arbeite seit Jahren mit dem Verlag zusammen, darum müssen wir zwei uns nicht kümmern. Das sind Profis. Das gebratene Huhn wird auf Hochglanz ganz wunderbar aussehen. Und Sie erst in diesem Kleid, in diesem göttlichen Stück Natur ...»

Er zeigte auf die Karottenanpflanzungen, die allerdings durch mein erdnahes Posing ein wenig gelitten hatten.

«Ich denke, wir sollten dieses letzte Fotomotiv für den Einband auswählen, darüber den Titel: ‹Himmlisches aus der Klosterküche. Zubereitet von Pater Engelmar und Eva-Maria König›.»

Und dann raunte er: «Ach, Eva-Maria, soll ich Ihnen anvertrauen, wie mein weltlicher Name lautete?»

Ich war mir nicht sicher, ob das für einen Mönch erlaubt war, oder ob ich ihn dadurch in geistliche Nöte stürzen würde. Aber da bemerkte ich, dass er sich mit dem Gesicht schon meinem rechten Ohr näherte.

«Ursprünglich hieß ich Karl-Heinz. Ach, Eva-Maria, ich wollte, ich könnte für eine Stunde noch einmal Karl-Heinz sein.»

Ich behielt die Nerven.

Statt «Um Himmels willen!» sagte ich: «Ich glaube, ich muss los, Pater Engelmar. Vielleicht können mich die beiden im Jeep bis zum nächsten Bahnhof mitnehmen. Wegen der Reisekosten. Vielleicht sehen wir uns ja im Herbst, bei einer Lesung.»

«Gott segne Sie, Eva-Maria», rief er mir noch nach, während ich auf meinem Stöckelschuhen im Dirndl durch die Karotten das Weite suchte.

Als mich der Zug am späten Nachmittag wieder nach Hause gebracht hatte, trug ich immer noch das Dirndl. Die Gepiercte hatte mir meine eigenen Sachen in eine Plastiktüte gestopft und gesagt, ich könne das Dirndl als Souvenir behalten. Größe 42 bräuchten sie sonst nie bei den Shootings.

Ich beschloss, einen wichtigen Einkauf zu erledigen, bevor ich zu Horst nach Hause fuhr. Ich ging in das Geschäft mit der Baby-Boutique, in dem ich vor einigen Wochen mit Nina war. Ich kaufte den sündhaft teuren weißen Strampelanzug Größe 50 für Arthur. Schließlich würde ich demnächst mein erstes Autorenhonorar kassieren. Das musste gefeiert werden.

Gar kein Tag mehr, null.
Wassertiere

Wie war's im Kloster beim Koch-Shooting?»

Unser Filialleiter fing mich direkt an der Rolltreppe ab.

«Oh», sagte ich, «der Klostergarten ist himmlisch. Es gibt dort sehr viele Karotten.»

«Glauben Sie denn, wir haben eine Chance, dass der Pater im Herbst hier im Hause gemeinsam mit Ihnen sein neues Buch präsentiert? ‹Himmlisches aus der Klosterküche› – das wird ein Renner. Davon haben Sie doch sicher gestern auch kulinarisch profitiert.»

«Ja, einiges war neu für mich», erwiderte ich diplomatisch. Und weg war er, denn er erwartete einen Fachmann für Ladenbau aus unserer Zentrale wegen unserer Umbaupläne.

Im Gegensatz zu meinem Filialleiter zeigte Horst ein ostentatives Desinteresse an meinem Ausflug in die Welt der Buchautoren.

Auch das letzte Wochenende seiner aktiven Zeit als Staatsdiener und Pädagoge verbrachte er wieder ohne mich, wieder mit seinem Kollegen, wieder mit dem Kastenwagen und wieder mit den Fischen.

Allmählich machte ich mir ernste Sorgen um den Fortbestand unserer Ehe. Vielleicht konnte ich ihn mit einer Überraschung an seinem letzten Schultag milde stimmen. Und so rief ich nacheinander unsere drei Kinder an.

Nina war schon nach dem ersten Klingelton am Apparat. Sie war die Einzige von ihnen, bei der ich schon am Tonfall, in dem sie sich meldete, wusste, wie es ihr ging. Es ging ihr offensichtlich nicht gut. Sie bedankte sich zwar betont fröhlich für den weißen Luxusstrampler, den ich ihr nach Berlin geschickt hatte, aber dann kippte ihre Stimme. Es stellte sich heraus, dass sie die letzten sechs Tage wegen vorzeitiger Wehen in der Klinik verbracht hatte und nun die meiste Zeit lag, aus Angst, der kleine Arthur könne vier Wochen zu früh an die Berliner Luft drängen. So sparte ich mir die Frage, ob sie zu Horsts letztem Schultag zu uns kommen wolle, und beschränkte mich aufs Trösten und Mutmachen. Hätte ich's gewusst, wäre ich lieber zu ihr nach Berlin gefahren, anstatt im Dirndl mit einem Pater vor einem Karottenbeet zu posieren.

Als Nächstes rief ich unsere Zweitgeborene an. Auch dieser Anruf war nicht geeignet, meine Stimmung zu heben. Warum war dieses Kind nur so überehrgeizig? Reichte es nicht, einfach ein gutes Examen zu machen? Hatten wir sie je auf Höchstleistungen dressiert? Sie hatte fast alle Semesterprüfungen glänzend bestanden, und trotzdem war auch die letzte Klausur, die jetzt noch ausstand, eine nervenzerfetzende Hürde. Jetzt ihren Lernmarathon zu unterbrechen, hätte bedeutet, den Erfolg ihres Studiums aufs Spiel zu setzen. Ein Wochenende zu Hause? Vielleicht in knapp drei Wochen zu deinem Geburtstag, Mama. Aber jetzt? Nur wegen Papas Pensionierung? Wo denkst du hin???

Blieb Maximilian, unser Dritter. Bei ihm hatte ich nie die Sorge gehabt, er könne von seinem Ehrgeiz zerfressen werden. Die sparsamen Bulletins, die er zum Fortschritt seines Studiums abgab, bezogen sich eher auf Semestergrillfeiern und Kommilitonengeburtstage. Dafür hatte er mehr Zeit, sich meine Sorgen anzuhören.

«Es läuft gerade nicht so rund zwischen deinem Vater und mir, Maximilian. Er hätte gerne gehabt, dass ich aufhöre zu arbeiten, wenn er jetzt in Ruhestand geht. Ich will aber im Moment noch nicht.»

Von meinem Sohn Verständnis für nicht zwingend erforderliche Arbeit zu erwarten, war psychologisch vielleicht etwas viel verlangt.

«Ich dachte, wir als Familie sollten ihm trotzdem das Gefühl geben, wir freuen uns mit ihm, dass er's bald geschafft hat. Ich wollte für ihn eine Familien-Überraschungsparty an seinem letzten Arbeitstag vorbereiten. Nur leider sind deine Schwestern beide unabkömmlich. Du bist meine letzte Rettung, Maxi!»

Er war ein lieber Kerl. Vielleicht nicht der Fleißigste, aber mit einem großen Herzen. Er versprach, die geplante Geographen-Party zum Semesterende im Institut zu schwänzen und Horst und mich beim ersten Schritt ins Pensionärsleben zu begleiten. Auf die Frage, ob Mona denn mitkommen würde, antwortete er in schöner Unverblümtheit: «Also, ich kann mir echt nicht vorstellen, dass sie noch einmal zu euch kommt, Mama.»

So würden wir also zu dritt sein. Das sah nicht gerade nach einer Riesenparty aus, aber wenigstens würde Maxi verhindern, dass wir diesen schwierigen Tag schweigend oder im Nahkampf verbrachten.

Ich kann nicht anders. Andere denken darüber nach, was sie anziehen könnten. Ich denke meistens darüber nach, was ich kochen könnte. Essen nährt und tröstet und heilt. Und vielleicht würde es mich ja auch bald berühmt machen.

Ich stöberte unentschlossen in meinen Rezeptbüchern, bis ich die einzig richtige Idee hatte.

«Eva-Maria König», sagte ich zu mir, «wozu steht dein Name demnächst auf einem Kochbuch, wenn du noch nie etwas daraus gekocht hast? Vertraue dich dem uralten Mönchswissen an, vielleicht stimmt es auch deinen Horst milder.»

Ich holte mir das Manuskript von Pater Engelmar, auch wenn mir inzwischen schwante, dass er vom Umgang mit den heilenden Gaben Gottes in der Klosterküche keinen blassen Schimmer hatte und dass seine geistig-sinnlichen Erlebnisse nicht unbedingt mit Kartäuserklößen zu tun hatten.

Ich dachte an das nackte Masthuhn vom Niederrhein, das die Gepiercte mit spitzen Fingern vor uns auf den Klostertisch gelegt hatte, und machte mich auf die Suche nach dem Rezept, zu dem das Foto passen konnte.

«Landgockel mit Zitronen-Kräuter-Füllung», las ich in unserem Kochbuch. Und weiter: «Schon unser Mönchsvater Benedikt von Nursia sagte: Alles, was Flügel hat, ist gut für unsere Seele. Unsere Vorfahren wussten um die nährende Kraft einer Hühnerbrühe in Krankheitstagen und die festliche, gemeinschaftsstiftende Wirkung eines Gänsebratens zur Weihnachtszeit. Wählen Sie also für dieses Gericht einen prachtvollen Freilandgockel oder ein bäuerliches Schwarzfederhuhn ...»

Ich hoffte, dass unser Fotograf die Perspektive so gewählt hatte, dass das niederrheinische Masthuhn wenigstens auf die Ferne wie ein glücklicher Freilandgockel aussah. Dass unser Pater, wie er in dem Rezept beschrieb, in der Lage war, eine

Mischung aus Zitronenbutter und feingewiegten Gartenkräutern Zentimeter für Zentimeter unter die pergamentdünne Haut des Freilandgockels zu applizieren, bevor der dann ins Rohr geschoben wurde – na, das wagte ich doch zu bezweifeln. Aber sein Verlag hatte offenbar gute Lektoren, und das Rezept war schön.

Zum Nachtisch dachte ich an etwas Sommerlich-Leichtes. In unserem Rezeptbuch entdeckte ich ein Sorbet aus Klosterlikör. Ich beschloss, es ein bisschen zu variieren und statt eines Kräuterlikörs weißen Rum zu verwenden. Die beschriebene Wirkung (ein Labsal des Himmels und beflügelnd für den Geist) würde sich hoffentlich dennoch einstellen.

Ich fragte Horst, wann er denn an seinem letzten Schultag nach Hause kommen werde. Er brummte etwas von einem Umtrunk mit den Kollegen, und ich schloss daraus, dass er kaum vor dem Nachmittag daheim sein würde.

Und dann war sein letzter Arbeitstag gekommen. Er begann wie immer. Ein wenig hektisch, mit Kaffee im Stehen. Aber es würde das letzte Mal sein. Horst war schon mit seiner Aktenmappe an der Tür. Ich beschloss einen spontanen Überraschungsangriff, umarmte ihn und versuchte, ihm einen Kuss auf die Wange zu drücken. Er wich mir mit einer Drehung aus.

«Der letzte Tag, Horst. Ich wünsch dir einen schönen letzten Schultag. Ich habe mir heute frei genommen. Maxi kommt später vorbei, ich finde wir sollten dich heute feiern!»

Er lachte kurz und trocken auf und ging. Die Tür fiel hinter ihm ins Schloss. Ich starrte aus dem Küchenfenster hinter ihm her. Bald würde er alle Tage frei haben. Und ich?

Ich riss mich zusammen und machte mich an die Arbeit.

Maximilian tauchte am späten Nachmittag auf. Der Freilandgockel duftete schon verführerisch im Rohr. Durch seine dünne, knusprige Haut schimmerten die Kräuter. Wir warteten eine Stunde, bis der Freilandgockel aussah, als drohe ihm das Fegefeuer, und machten uns zu zweit ans Essen. Donnerwetter, die Mönche verstanden wirklich etwas von Flügelwesen. Wir aßen zu zweit den ganzen Vogel auf, denn von Horst fehlte jede Spur.

Ich schob gerade die abgenagten Röhrenknochen auf unseren Tellern zusammen, da hörte ich im Flur ein Poltern. Die Tür ging auf, und Horst stand darin. Seit Wochen lächelte er mich zum ersten Mal wieder an. Und dann geschah das Wunder. Ja. Er kam auf mich zu und gab mir einen geräuschvollen Kuss.

Er roch süßlich nach Bier. Da wusste ich Bescheid. Die Abschiedsfeier war ein voller Erfolg gewesen. Sie hatte ihn, zumindest für heute, milde gestimmt.

«Hallo, ihr beiden! Na, was sagt ihr? Ich hab's geschafft! Ich bin ein freier Mann!»

Er gab auch Maxi einen Kuss.

Dann legte er tatsächlich den Arm um mich und sagte: «Gabi, da hättest du dabei sein sollen! Eine tolle Feier!»

Er ließ sich auf einen Stuhl fallen und fügte mit ungewöhnlicher Euphorie hinzu: «Ich finde, darauf sollten wir anstoßen.»

Ich sah ihn an. Die Haare ein bisschen wirr, die Ohrläppchen gerötet, die Stirn ohne die tiefe Falte, die beim Korrigieren wie ein anklagendes Ausrufezeichen über seiner Nase stand, die Stimme eine Terz heller als sonst. Vielleicht kamen wirklich gute Zeiten auf uns zu.

Ich schickte Maxi in den Keller, um die letzte Flasche Chianti von unserem Toskana-Urlaub zu holen, und wir stießen an.

«Auf deine Freiheit, Papa!»

«Auf deine Freiheit, Horst!»

«Ach Kinder, wenn ich früher schon mal gemerkt hätte, dass mich alle so gut leiden können, wäre das Leben leichter gewesen.»

Horst nuschelte ein bisschen.

«So viel Lob und so schöne Abschiedsgeschenke! Kommt mal mit, das muss ich euch zeigen!»

Maxi und ich beeilten uns, aufzustehen und ihm ein Gefühl unserer Euphorie, der Erwartung und Neugierde zu vermitteln.

Horst führte uns hinaus zum Wagen. Er schwankte ein wenig, und ich dachte mit Schrecken daran, dass er tatsächlich noch selbst mit dem Auto nach Hause gefahren war.

Er machte den Kofferraum auf. Im Fond lag eine komplette Angelausrüstung. Sogar ein klappbarer Angelstuhl, eine Gummihose und Gummistiefel waren dabei.

«Schaut mal, mein Abschiedsgeschenk vom Kollegium! Sie müssen Wind von meinem neuen Hobby gekriegt haben. Toll, was?»

Maxi und ich nickten heftig.

«Und das hier, also das müsst ihr euch ansehen! Das Abschiedsgeschenk von den Schülern. Die haben's tatsächlich fertiggekriegt, sich nach dem Unterricht alle auf dem Schulhof zu versammeln. Komplett! Alle Klassen! Die Schulband hat für mich gespielt. Erst mal ‹He's a jolly good fellow› und dann – na, wegen meines neuen Hobbys! – ‹Schau hi da liegt a toter Fisch im Wasser›.»

Horsts Lachen war geradezu ansteckend.

«Und dann musste ich unter allgemeinem Gejohle meine Geschenke entgegennehmen.»

Er ging mit uns um das Auto herum und machte die linke Hintertür auf.

Hinter dem Fahrersitz klemmte ein aufgeblasenes Kinderschwimmbecken, dessen Außenhaut mit hüpfenden blauen Delfinen bedruckt war. Horst zerrte daran. Die Gummihaut quietschte an dem Lederbezug des Vordersitzes entlang, und er hatte Mühe, das Planschbecken aus dem Auto zu ziehen.

«Maxi, nimm mal das Schwimmbecken. Das ist nämlich noch nicht alles.»

Er dirigierte uns wieder zum Fond. Erst jetzt nahm ich wahr, dass neben der Anglerausrüstung ein grüner Bottich mit einem Deckel darauf stand. Horst musste sich weit vorbeugen, um einen Griff des Bottichs zu fassen zu bekommen. Er zerrte den Bottich nach vorne und wies mich an, den zweiten Griff zu packen. Der Bottich war schwer. Wir hievten ihn gemeinsam aus dem Wagen und ließen ihn auf den Asphalt klatschen. Innen schwappte etwas. Horst nahm den Deckel ab.

Aus dem Dunkel des Bottichs glotzten mich vier Spiegelkarpfen an. Sie peitschten aufgeregt mit den Schwänzen, denn es war eng in dem Bottich.

Ich sah Horst entgeistert an, aber der lachte schon wieder.

«Tja, so sind sie, die Kids. Ist schon toll, auf was für Ideen die kommen. Ich soll das Planschbecken im Garten aufstellen und die Karpfen reintun. Angelausrüstung hätte ich ja jetzt. Und vielleicht würde es dann endlich klappen, dass ich mal einen Fisch fange!»

Er wollte sich ausschütten vor Lachen.

Maxi und ich sahen uns an.

«Geil», sagte Maxi schließlich. «Ein eigener Fischteich im Garten. Und wer macht die dann tot?»

Wir ignorierten diese Frage, nahmen Plastikbecken und Fischbottich und schleppten alles in den Garten. Horst rollte eigenhändig den Gartenschlauch aus und drehte das Wasser auf. Die aufblasbaren Wände ächzten ein wenig, während das Becken sich füllte, die Delfine streckten sich, frische Wasserbläschen tanzten auf der Oberfläche. Horst zog Schuhe und Strümpfe aus, platschte einmal durchs Wasser, ohne Rücksicht auf seine gute dunkle Hose und schließlich entließen wir die Karpfen aus ihrem engen dunklen Gefängnis ins Freie. Sie schienen erleichtert zu sein und schwammen sofort im Viererpulk eine Runde durch das Becken. Das Schwimmbecken war allerdings nicht besonders hoch, es schien eher ein Babybecken zu sein. Deshalb stand das Wasser darin so niedrig, dass die Schwanzflossen unserer vier Karpfen über dem Wasserspiegel sichtbar blieben. Im Halbdunkel dieses Sommerabends sah es aus der Ferne so aus, als zögen vier Haie in dem Becken ihre Bahnen.

Horst ließ sich zufrieden und erschöpft in einen Gartenstuhl fallen und beobachtete das Fischtreiben im Dämmer, Maxi setzte sich zu ihm, und ich ging in die Küche, um unseren Nachtisch zu holen.

Ob Horst es fertigbringen würde, dem Viererrupp mit einem Stein den Garaus zu machen? Und wo? Auf meiner Terrasse?

Ich schabte Sorbet aus der Tiefkühlbox in drei hohe Gläser, garnierte sie mit ein paar Pfefferminzblättern und trug sie auf einem kleinen Tablett ins Freie.

Das Sorbet schmeckte himmlisch. Uns ging es gut und unseren vier Karpfen auch.

Dann klingelte es. Maxi schleckte seinen Eislöffel ab, sah auf seine Uhr und sagte: «Ach, schon so spät? Dann wird das Mona sein. Sie wollte mich abholen. Wir wollten doch noch auf die Semesterabschlussfete. Ist das okay?»

Horst und ich nickten einträchtig.

«Meinst du, wir können sie für einen Moment hereinbitten?», fragte ich vorsichtig.

«Glaub ich nicht, aber ich frag mal.»

«Ich hab noch ein Sorbet für sie. Sag ihr, es schmeckt himmlisch!»

Maxi trottete zur Tür.

Ich hörte, wie er öffnete, hörte erst Monas Stimmchen und dann Maxis kräftige Jungmännerstimme: «Mama, ist da Milch drin?»

«Nein!», rief ich zurück. «Sag ihr, es ist ungefährlich. Absolut vegan. Sie kann es essen!»

Und so kam es, dass Maxis rötlichblonde vegane antialkoholische Katzenallergikerin uns doch noch eine zweite Chance gab. Sie nahm auf einem unserer Plastikgartenstühle, den Horst ihr hinschob, Platz und sah indigniert auf seine nackten Füße und die durchweichte dunkle Hose.

Ich eilte in die Küche, um ihr ein schönes, großes, minzdekoriertes Sorbet zu holen. Ich servierte es ihr auf dem kleinen Tablett und, um Eindruck zu schinden, fügte ich hinzu: «Das ist ein uraltes Klosterrezept. Es stammt aus einem Kochbuch, das ich gerade mit einem sehr weisen Pater verfasse.»

Zum ersten Mal hatte ich das Gefühl, dass sie mich nicht für eine fleischfressende Vollidiotin hielt.

Wir sahen sie alle erwartungsvoll und besorgt an. Sie aß schweigend, aber offensichtlich genussvoll. Als sie fertig war, fragte ich, ob ich ihr noch etwas nachreichen dürfe. Sie sprach zwar nicht mit mir, aber sie hob die Hand und nickte wohlwollend. Im Hinausgehen bemerkte ich rote Flecken an ihrem Hals. Die Flecken wurden mehr, als sie die zweite Portion gegessen hatte. Da fiel mir der weiße Rum ein.

Sie saß etwas schief auf ihrem Stuhl. Ihr Blick hatte etwas Verhangenes. Plötzlich stand sie auf. Sie nahm Kurs auf den dunklen Garten. Sie schwankte ein wenig. Sie lief bis zu dem Kinderplanschbecken, ging in die Knie und platschte mit der Hand im Wasser herum.

Das Nächste, was wir von ihr hörten, war ein Schrei. Lauter, als ich es ihr zugetraut hatte.

Sie schrie: «Da ist ein Hai drin! Maxiiiiiiiii! Bring mich hier weg!»

Und dann waren sie fort. Mona torkelte ein wenig, als Maxi sie zur Haustür führte.

Ich glaube, Pater Engelmar war schuld. Sein Sorbet bestand ja nur aus Wasser, Zucker, Zitronensaft und Minze. Und Klosterlikör. Gut, den hatte ich durch weißen Rum ersetzt. Möglicherweise war der weiße Rum deutlich hochprozentiger als Pater Engelmars Klosterlikör. Aber das tat nichts zur Sache. Mona vertrug offensichtlich nicht einmal ein veganes Sorbet.

Doch noch 15 Tage
Richard und die Ratten

Ich war abscheulich zeitig wach an diesem ersten Ferientag. Die Vögel draußen sangen mit penetranter Fröhlichkeit diesem Sommertag entgegen, und Horst schnarchte neben mir mit bewundernswürdiger Konsequenz in sein neues Pensionärsleben hinein. Alkohol hatte auf ihn merkwürdigerweise eine eindeutig schlaffördernde Wirkung. Ich wälzte mich auf die rechte Seite und packte mir mein Kopfkissen aufs Ohr. Es nutzte natürlich nichts. Meine Gedanken surrten wieder einmal in einer großen Achterschleife durch meinen Kopf.

Ich habe es nie geschafft, einen Marathon zu laufen, obwohl so ein Manko heutzutage schwer in einer Biographie wiegt. Aber ich konnte es mir dennoch vorstellen. Durch die Gleichförmigkeit der Kilometer, durch die Erschöpfungstiefpunkte und durch die Endorphinschübe hindurch sieht man die ganze Zeit nur eines: die Ziellinie.

Auch wir hatten in den letzten Monaten nur eine Deadline gesehen: Horsts letzten Schul- und Arbeitstag. Dabei lag vor mir doch auch noch eine Ziellinie. In zwei Wochen würde ich sechzig werden. Ich warf mich im Bett auf die andere Seite, boxte in mein Kopfkissen. Ich versuchte mir das vorzustellen: Gabi König mit sechzig. Gabi König mit Ehemann am Morgen, unterwegs ins gemeinsame Fitnessstudio. Gabi König und ihr Mann nebeneinander auf einem Standfahrrad tretend. Schweißbänder auf der Stirn, beide radeln im Spar-Senioren-Modus. Anschließend Gabi König mit ihrem Mann einkaufend, sie vergleichen die Sonderangebote. Gegen Mittag: Gabi König in der Küche stehend, ihr Mann schnippelt das Gemüse. Sie kommen überein, es nur mit wenig Salz zu blanchieren, wegen des Blutdrucks. Gabi König ruhig im Garten sitzend, ein Enkelkind auf dem Schoß. Samstags ein gemeinsamer Wochenendeinkauf, man schaut im Buchladen vorbei. Gabi König sagt, ich könnte das nicht mehr, schau dir das an Schatz, dieser ganze Stress.

Ich fuhr im Bett hoch und fauchte: «Ich werde noch wahnsinnig. Kannst du nicht mal aufhören mit dieser Schnarcherei?»

Horst zeigte keine Reaktion. Ich sah zu ihm hinüber, wie er so im Bett neben mir lag. Sein Haar war verstrubbelt. Die grauen Strähnen waren in den letzten Monaten mehr geworden. Aber die steile Falte über der Nase war nicht so tief wie sonst. Von seinen geschlossenen Lidern zogen sich feine Fältchen zur Schläfe. Er grunzte und langte zu mir hinüber. Ich griff nach seiner Hand. Sie war haarig und breit. Ich habe seine Hände immer gemocht. Sie haben so etwas Zupackendes, Beruhigendes. Ich legte mein müdes Gesicht auf seine Hand, schloss die Augen und hörte den Vögeln draußen zu, wie sie singend ihre Reviere absteckten, ihre Brut beruhigten und ihre Vogelpartner lockten. Im Moment war eigentlich nur eines wichtig: Horsts Hochstimmung von gestern Abend am Leben zu halten. So zu tun, als sei alles wieder normal zwischen uns.

Ich hatte gestern Abend ziemlich viel von dem weißen Rum erwischt und von dem Wein, den wir, nachdem Mona abtransportiert worden war, zu zweit noch im Kerzenlicht auf der Terrasse getrunken hatten. Horst war, euphorisiert von seiner Abschiedsfeier, so umgänglich gewesen wie schon lange nicht mehr. Gegen ein Uhr morgens hatte er mir zugeprostet und mir mit schwerer Zunge zugeraunt: «Danke für den schönen Abend. Du hast dir viel Mühe gegeben.»

Er war aufgestanden, ein wenig schwankend, hatte einen Kuss neben meinem Mundwinkel platziert und mir sein Glas entgegengestreckt.

«Auf diesen Wahnsinns-Tag. Auf mein neues Leben, Gabi. Prost.»

«Lass uns endlich wieder Frieden schließen, Horst.»

Er hatte die Augen etwas zusammengekniffen, hatte sich mehrfach geräuspert, sich am Tisch festgehalten und schließlich langsam und mühsam, aber dann doch sehr artikuliert gesagt: «Frieden? Na ja, sagen wir: Waffen- äh Waffenstillstand, Gabi.»

«Auf die großen Ferien, Horst. Stell dir einfach vor, sie sind diesmal eben etwas länger als sonst.»

Wir tranken noch ein bisschen weiter, und Horst sagte noch ein paar Mal «Waffenstillstand». Da klang es aber schon eher wie «Waffelstillstand».

Horst tat, was er immer am ersten Ferientag tat: Er schlief sich aus.

Ich hingegen kann nicht schlafen, wenn ich verkatert bin. Ich versuchte mich zu erinnern, was ich da gestern alles getrunken hatte, angefangen mit dem ersten Glas Wein am Spätnachmittag zum prächtigen Freilandgockel.

Ich beschloss, dieser Frage besser an der frischen Luft nachzugehen. Ich zog mir meinen Morgenrock über, lief barfuß die

Holztreppe hinunter und machte die Terrassentür auf. An meinen nackten Beinen vorbei schoss der Kater. Er fauchte böse.

Wie es schien, hatten wir ihn gestern Nacht vergessen zu rufen, bevor wir die Tür zugemacht hatten. Er hatte die Nacht im Freien verbringen müssen. Das sollte für einen ausgewachsenen Kater kein Problem sein, zumal in einer lauen Sommernacht. Aber – vielleicht gibt es da Parallelen über die Tierwelt hinaus – er schätzte mit zunehmendem Alter die Vorteile eines bequemen, aufregungsfreien Nachtlagers.

Mein Blick fiel auf das aufgeblasene Planschbecken auf dem Rasen. Das Wasser glitzerte in der Morgensonne. Die Karpfen zogen ihre Bahnen. Ich sah, dass sie versuchten, in Schräglage zu schwimmen. Das Wasser war einfach zu flach.

Die helle Morgensonne tat mir gar nicht gut. Ich lief an dem Terrassentisch vorbei, auf dem unsere leere Weinflasche, ein Windlicht und zwei fast leere Gläser standen, auf deren Grund ein paar ertrunkene Motten schwammen. Ich tappte barfuß über den gelb verbrannten Rasen, der sich nach unserem Pfingsturlaub einfach nicht mehr erholen wollte, und begab mich in den Schatten meines Sommerfliederbusches.

Ich stand eine Zeitlang da, bis mir bewusst wurde, dass ich etwas Glitschiges unter meinem Vorderfuß fühlte. Ich sah an mir hinunter. Unter dem Hallux valgus meines linken Fußes lag ein Karpfen. Meine große Zehe befand sich quasi in seiner rechten Kieme. Der Fisch blutete aus der Seite. Die Schwanzflosse zuckte matt. Ich krallte unwillkürlich meine Zehen zusammen, woraufhin er nur noch mehr zuckte. Ich machte vor Schreck einen Schritt zur Seite und beugte mich hinunter. In meinem Kopf klopfte es wie ein Fleischhammer. Ich glaube, der Karpfen war schon tot. Diese Zuckungen kannte ich von meinen Fischkäufen in der *Nordsee*. Sie zucken immer noch eine Weile.

Zugegeben, meine Reaktionen waren verlangsamt an diesem Morgen. Der Anblick des toten Karpfens war auch für meinen Magen gar nicht gut. Überhaupt schien mein Organsystem an diesem strahlenden Sommermorgen überlastet zu sein.

Ich hatte es ja gesehen. Aber die Botschaft hatte auf dem Weg von meiner Netzhaut zum Hirn einen unguten Umweg über meine Leber genommen und war dort hängen geblieben.

Ich trat aus dem Schatten meines Fliederbusches in die Sonne und näherte mich dem Planschbecken, um zu zählen. Nein. Nein. Auch bei längerer Betrachtung waren das keine vier Karpfen. Ganz eindeutig, es waren nur zwei. Nummer eins und zwei schwammen im Becken. Nummer drei lag zu meinen Füßen. Und Nummer vier? Ich versuchte mich zu konzentrieren. Also im Becken war er nicht. Unter dem Fliederbusch auch nicht. Mir fiel der Kater ein. Aber der war verschwunden. Ich fand ihn schwer atmend in Horsts Fernsehsessel.

Ich dachte mir, dass wir Nummer drei und Nummer vier (sollten seine sterblichen Überreste je wieder auftauchen) später neben Fritz und Franz beim Kompost bestatten könnten und dass Horst dafür jetzt eigentlich genug Zeit hatte. Schließlich war es ja auch sein Abschiedsgeschenk. Andererseits wollte ich ihn im Moment auch nicht unnötig provozieren. Ich beschloss, das Begräbnisproblem erst einmal zu verschieben, ging die Zeitung aus dem Briefkasten holen und machte mir einen starken Kaffee.

Samstags fange ich immer mit dem Lokalteil an. Ich bin noch nicht in dem Alter, in dem ich die Todesanzeigen als Erstes lese und Beerdigungen neben den Fußpflegeterminen zu den Höhepunkten meines Wochenablaufes gehören, aber mir ging es an diesem Morgen, wie gesagt, einfach nicht gut. Und so begann ich meine Lektüre genau dort.

Zwischen die Todesanzeigen war eine andere Familienanzeige gerutscht. Ich sah zwei sich überkreuzende Sektgläser und las:

«Guten Morgen, lieber Heinzi! Trotz deiner 60 Jahre bist du noch immer ein ganz flotter Käfer. Alles Liebe zum Sechzigsten wünschen Dir Elfriede und Anhang.»

Ich knallte die Tasse auf die aufgeschlagene Zeitung. Ich musste unbedingt mit Horst und den Kindern reden. Ich hatte nicht die geringste Lust, vor der ganzen Stadt als noch halbwegs flotter Käfer durch die Zeitung zu krabbeln. Aber bisher schien sich sowieso noch keiner für meinen bevorstehenden runden Geburtstag zu interessieren. Noch zwei Wochen. Ach, mein Kopf tat einfach zu weh.

Ich trank meinen Kaffee aus und ging barfuß hoch ins Badezimmer. Über dem Wannenrand hing Horsts gute Hose. Auch wenn wir Waffenstillstand geschlossen hatten, war ich der Meinung, dass er die in Zukunft selbst wegräumen konnte. Ich fasste an die Hosenbeine. Die waren immer noch feucht. Ich würde die Hose in die Reinigung bringen müssen. *Horst* würde sie in die Reinigung bringen müssen.

Ich sammelte die Hose ein und griff in die Taschen, um Horsts Stofftaschentuch zu suchen.

In der Gesäßtasche steckte ein Briefumschlag. Ich zog ihn heraus. Er war aufgerissen. Es sprach also nichts dagegen, hineinzuschauen.

Die Karte darin war verknickt. Horst hatte vermutlich seine ganze lange Abschiedsfeier darauf gesessen. Ich las sie. Der gesamte Elternbeirat bedankte sich bei einem ungewöhnlich engagierten Pädagogen, wünschte viele glückliche Jahre im verdienten Ruhestand und einen inspirierenden Abend in Bayreuth. Mit einer Büroklammer daran geklemmt waren zwei Karten für Lohengrin, Galerie rechts, dritte Reihe, Nummer 15 und 16.

Ich warf den Umschlag auf die Ablage neben dem Waschbecken und hastete ins Schlafzimmer. Die Rollos waren noch heruntergelassen. Aber die Julisonne warf Streifen auf Horsts Zudecke.

«Du bekommst Karten für Bayreuth geschenkt und sagst mir kein Sterbenswörtchen?»

Horst fuhr im Bett hoch und machte «häh??». Ich durchquerte das Schlafzimmer und ratschte das Rollo hoch. Er blinzelte mich an, fuhr sich durch die verstrubbelten Haare und brummte: «Ach die. Jaaa. Ich hätte auch lieber was anderes bekommen. Aber unsere Elternbeiratsvorsitzende ist Wagnerianerin. Die hat Beziehungen. Karten für ein Johnny-Cash-Konzert wären mir lieber gewesen.»

«Aber Johnny Cash ist doch schon längst tot!», gab ich zu bedenken.

«Na, das ist Richard Wagner doch auch», kam es aus dem Bett.

Ich war noch zu angeschlagen, um dem etwas entgegenzusetzen. Ich legte mich erschöpft neben Horst, wir dösten noch etwas, bis er in meinen Dämmer hinein sagte: «Wer weiß, ob wir überhaupt nach Bayreuth fahren können. Das ist ein Samstag. Wahrscheinlich musst *du* ja wieder mal arbeiten.»

«Horst», sagte ich streng, «erinnerst du dich? Wir haben gestern Waffenstillstand geschlossen. Du hast's mir versprochen. Natürlich habe ich frei. Wir fahren gemeinsam. Ist doch toll. Vielleicht wird Wagner unser neues gemeinsames Hobby?»

«Das glaube ich kaum. Ich finde, wir sollten die Karten auf dem Schwarzmarkt verkaufen. Wir könnten vom Erlös eine Kurzreise zu deinem Sechzigsten machen.»

«Horst», erwiderte ich streng, «das ist das Abschiedsgeschenk an einen verdienten Pädagogen, das verkauft man nicht auf dem Schwarzmarkt! Und außerdem möchte ich an meinem Geburtstag zu Hause sein. Die Kinder sollen kommen. Ich will sie alle um mich haben!»

So war die Sache beschlossen. Wir würden nach Bayreuth fahren. Horst hatte freilich wieder einmal recht gehabt. Ich hatte tatsächlich an dem Wagner-Samstag Dienst. Ich suchte verzweifelt nach einer Kollegin, die bereit war, mit mir zu tauschen. Schließlich hatte ich eine unserer aufstrebenden Nachwuchskräfte gefunden. Die allerdings erkannte scharfsichtig, dass ich mich in einer ehelichen Zwangssituation befand. So kam es, dass ich zähneknirschend einen flauen Augustsamstag gegen zwei Horror-Adventssamstage eintauschte. Aber ich sagte mir: Gabi König, gib Horst in dieser sensiblen Phase keinen Anlass zu glauben, du hättest keine Zeit für ihn. Vielleicht hast du bis zum Advent sowieso schon alles hingeschmissen. Das würde dieser erpresserischen Schnepfe ganz recht geschehen.

So machten wir uns auf nach Bayreuth.

Ich musste fast sechzig Jahre alt werden, um meine erste Wallfahrt auf den Grünen Hügel zu unternehmen. Ich wählte ein kardinalrotes Kleid mit fulminantem Ausschnitt, das ich zusammen mit dem roten Divahandtuch damals während des legendären New-York-Aufenthalts erstanden hatte. Beim Anziehen stellte sich heraus, dass New York nun auch schon wieder geschätzte vier Kilo zurücklag, aber Horst meinte, es hätte was. Und eine Alternative gab es sowieso nicht. Schließlich wollte ich mein neues veilchenblaues Amalfi-Kleid als Ass im Ärmel für meinen runden Geburtstag bewahren. Horst trug seinen schwarzen Anzug, den er sonst nur für Beerdigungen anzog.

Mir war durchaus klar, dass Bayreuth-Inszenierungen auch nicht mehr das waren, was sie in Zeiten der Begum, des Aga Khan und von Margot Werner gewesen waren. Also keine schimmernden Brünnen, keine klirrenden Schwerter, keine altdeutschen Fachwerkkulissen, keine übergewichtigen Soprane, keine Tenöre in Strumpfhosen und keine ausgestopften Schwäne. Stattdessen lernte ich und all die anderen schwitzenden Wagner-Pilger im Festspielhaus, was eine Horde Ratten mit dem Schwanenritter Lohengrin zu tun haben.

Bis zu diesem Tag hätte ich geantwortet: gar nichts. Lohengrin? Das ist eine Liebesgeschichte. Erst kommt der Hochzeitsmarsch, Sie wissen schon. Treulich geführt. Taaa-ta-ta-taaa—taaa-ta-ta-taaa. Und dann, noch in der Hochzeitsnacht, geht der Streit los. Sie fragt sich, was das eigentlich für ein Typ ist und warum er den Mund nicht aufkriegt. Nach gut dreißig Jahren Ehe könnte ich es dieser Elsa erklären, aber jeder muss seine Erfahrungen selbst machen.

Ich hatte ein bisschen im Internet recherchiert und herausgefunden, dass das Regietheater inzwischen auch im beschaulichen Franken angekommen war. Man hatte den Großmeister der Opernprovokation eingeladen, und der hatte Ratten angekündigt.

Ich hatte es vorgezogen, Horst nichts von dem zu erzählen, was uns erwartete. Schließlich war ich es gewesen, die durchgesetzt hatte, dass wir tatsächlich nach Bayreuth fuhren. Und ich wollte Horst nicht schon im Vorfeld mit Rezensionen über Ratten in der Hochzeitsnacht vergraulen. Er wäre sonst imstande gewesen und hätte die Gelegenheit genutzt, unsere Karten aus der vorletzten Reihe noch auf dem Parkplatz hinter dem Festspielhaus zu einem horrenden Preis weiterzuverkaufen. Ich hätte zwar erwidern können, das sei das Abschiedsgeschenk an einen hochverdienten Pädagogen, das man nicht einfach so auf einem staubigen Parkplatz in der Provinz verditschte, aber umgestimmt hätte ihn das nicht.

Die Ratten enterten den Hügel schon in der ersten Szene. Sie waren riesig. Ihre nackten, rosigen Schwänze schlurrten in s-förmigen Linien über den Boden. Ansonsten bewegten sie sich lautlos auf ihren Krallenfüßen vorwärts, dicht an dicht gedrängt. Manchmal hielten sie auch inne, richteten sich zu voller Höhe auf, schlugen mit den nackten Vorderpfoten aneinander und sangen.

Ich sah zu Horst hinüber. Ich sah ihm an, dass er sich jetzt schon in ein Johnny-Cash-Konzert wünschte. Sein Blick war ausdruckslos und glasig.

Die Ratten machten Männchen. Die vordersten trippelten vor und zurück, die Schnauzen fuhren nach rechts und nach links, in ihren Augen, die weit außen am Kopf saßen, war ein rotes Glühen.

Von nebenan hörte ich ein mattes Seufzen.

Die Ratten schienen auf etwas zu warten. Wie auf Kommando ließen sie sich geschmeidig wieder auf alle viere herab, auf ihren gebogenen Rücken verlief ein weißer, glänzender Strich vom Nacken bis zum Schwanzansatz.

Unter dem Mann, der Johnny Cash so liebt, knarzte etwas. Ich hoffte, dass es der harte Holzstuhl war.

Die roten Rattenaugen funkelten, das Scheinwerferlicht verlosch, dann ratschte ein weißer Lichtstrahl über die Zuschauerreihen hinweg, und da war er endlich! Lohengrin! Ich war erleichtert, dass er zumindest kein Rattenkostüm anhatte.

«Ein Wunder! Ein Wunder!», sang der hundertstimmige Rattenchor mit der ganzen Wucht seines Bayreuth-Pathos, und zwar sechsstimmig. Sopran, Alt, geteilte Tenöre und geteilte Bässe. Wow, das drückte mich tatsächlich in meinen alten Holzklappstuhl, und ich bekam trotz der Schwüle im Raum eine Gänsehaut.

Wagner war zweiunddreißig, als er den Lohengrin schrieb. Mit zweiunddreißig glaubt man möglicherwiese noch an Wunder, an strahlende Schwanenritter, an Helden und an die ewige Liebe.

Die blonde Festspielchefin hatte im Vorfeld mit dem ganzen schnoddrigen Selbstbewusstsein ihrer Jugend mitteilen lassen, der Grüne Hügel sei ein Laboratorium. Lohengrin, der Gralsritter und große Erlöser, und alle anderen auf der Bühne agierten in einem Versuchslabor. Haben Sie es jetzt endlich kapiert? Labor – Ratten. Laborratten!!!! Das würden ja sogar wir Festspielbanausen kapieren. Sie war schon ein Luder, die Blonde!

Und so war es vollkommen logisch, dass der Herzog von Brabant ein Rattenheer kommandierte. Horst hatte das mit dem Labor offenbar noch nicht verstanden, denn er beugte sich von seinem knarzenden Holzstuhl zu mir herüber und flüsterte:

«Ich hab's dir ja gleich gesagt, Gabi, wir hätten die Karten verhökern sollen. Oder ist das die Rache des Kultusministeriums, dass ich aufgehört habe zu arbeiten?»

Hinter uns, in der letzten Reihe, zischte es.

Auch ich begann mich zu fragen, ob wir nicht doch unsere beiden Karten vor dem Festspielhaus zu einem Mondpreis an zwei klavierspielende, extra aus Fernost angereiste Koreanerinnen hätten verditschen sollen. Vom Erlös hätte ich mir endlich einmal handgefertigte Highheels gönnen können, die nicht auf meinen Ballen drücken. Zu spät.

Während der Schwanenritter auf der Bühne für Elsa focht und der Rattenchor ihn in Habachtstellung umstand, warf Horst mir einen anklagenden Blick zu und versuchte, seine Beine übereinanderzuschlagen.

Er tat das sonst nie. Ein Mann mit übereinandergeschlagenen Beinen ist für ihn stockschwul. Horst entstammt einer Generation, in der selbst eine rosafarbene Krawatte als verdächtig gilt. Erst seit einer unserer verflossenen Verteidigungsminister mit gegeltem Haar, markigem Blick und einer rosa gemusterten Krawatte den Großen Zapfenstreich abgenommen hat, beobachte ich an Horst einen gewissen Umdenkungsprozess.

Ich vermutete, er versuchte nur deshalb, seine Beine übereinanderzuschlagen, um mir zu zeigen, wie sehr er litt. Der Abstand zur Vorderreihe war so kurz, dass es gar nicht gelingen konnte. Er schnaufte schwer.

Während Lohengrin seinen Gegner mit einem Schwerthieb niederstreckte, legte ich begütigend meine Hand auf Horsts Knie.

Die Geschichte mit den Ratten und dem Schwanenritter nahm ihren langwierigen Verlauf. Horst sah im Halbdunkel immer wieder auf die Uhr, und ich streichelte beruhigend sein Knie. Im fulminanten Ausschnitt meines kardinalroten Kleides rannen Schweißtropfen zwischen meine Brüste. Das Kleid war so eng, dass ich bemüht war, möglichst flach zu atmen. Es stand zu befürchten, dass sich unter meinen Achseln dunkle Schweißflecken auf dem Purpur meines Kleides abzeichneten. Egal, *mich* fotografierte hier ja keiner.

Dann kam die große Festspielpause, die zu Bayreuth gehört wie der Ring zu den Nibelungen.

Als generationenübergreifend konnte man das nicht bezeichnen, was sich vor dem Festspielhaus in der Abendsonne präsentierte. Es sah eher so aus, als wären die Eintrittskarten für Stäbe von Regierungsräten, Ingenieuren, Pädagogen und Oberstaatsanwälten das Abschiedsgeschenk für den wohlverdienten Ruhestand. Gelegentlich fanden sich ein paar nachgeschröderte ältere Herren mit durchgängig sattbraunem Haar und in Begleitung großbusiger Blondinen, die ihre Begleiter um Haupteslänge überragten. Aber ich fand, es waren erschreckend viele Herren in tannengrünen und rostroten Jacketts vor dem Festspielhaus versammelt. Ich war mehr auf Saris, Kimonos und dezent unter dem Hosenbein vorlugende Cowboystiefel gefasst gewesen. Stattdessen hatte ich in den steil aufsteigenden Sitzreihen schon zwei Bekannte aus meiner Klassikerabteilung entdeckt. Vielleicht war der Mythos vom Stelldichein der Welt in Oberfranken auch nur so ein Gerücht, und in Wirklichkeit befand ich mich in einer fränkischen Gewerkschaftsveranstaltung?

Wir liefen ein bisschen in der Abendsonne vor dem Festspielhaus auf und ab, und Horst teilte mir mit, dass er Wagneropern gewiss nicht als Gegenstand eines neuen Pensionistenhobbys ins Auge fasste. Er setzte hinzu, und ich sei ja sowieso zu beschäftigt für neue Hobbys. Ich erinnerte ihn daran, dass wir einen Waffenstillstand geschlossen hatten, und fragte ihn, ob wir nicht die Pause nutzen wollten, um uns im Festspielrestaurant einen Festspielteller zu gönnen.

Er bestand aus Mozzarellakügelchen, Geflügelspießchen (vielleicht als Referenz an den Schwan) und fränkischem Aufschnitt. Wir genehmigten uns zu zweit eine 0,375-Liter-Flasche fränkischen Silvaner zum Preis einer Magnumflasche und beschlossen dann, das festliche Treiben vor der ziegelroten Wagnerscheune noch ein wenig zu genießen, wenn wir nun schon mal da waren. Und zwar zum ersten und letzten Mal, wie Horst mehrfach betonte.

Ich erklärte Horst, ich müsse noch schnell mal auf die Festspieltoilette. Erstens wegen des Silvaners, und zweitens weil ich hoffte, eine Volumenverringerung würde dem Sitz meines Kleides zugutekommen.

Horst erklärte, er hoffe, die zweite Halbzeit sei kürzer, und er wolle draußen vor dem Balkon auf mich warten. Von dort würde ein Bläserquartett den nächsten Akt mit einem dreimaligen Signal ankündigen – auch so eine Bayreuth-Tradition wie die harten Holzstühle und der fränkische Festspielteller.

Ich eilte also zu den Waschräumen, die mich mit ihren Standklosetts und Plüschsesselchen im Vorraum an alte Sissi-Filme erinnerten. Ich zog mir die Lippen nach und krümmte mich mit erhobenen Armen so unter den elektrischen Händetrockner, dass meine Schweißflecken unter den Achseln fortgeblasen wurden. So hoffte ich wenigstens. Dann stöckelte ich aus der Damentoilette, auf der Suche nach Horst.

Ich prallte mit meinem Busen genau auf eine weiße Smokingbrust. Die Nähte meines Kleides ächzten.

Ich murmelte «'tschuldigung, ich bin in Eile», aber die Smokingbrust rührte sich nicht von der Stelle.

Ich sagte: «'tschuldigung, können Sie mich mal durchlassen, ich muss meinen Mann suchen, der ist schon draußen.»

«Gabi Ludwig» tönte es da über mir. «Ich hab dich sofort erkannt, als ich dich drüben mit deinem Mann beim Essen gesehen habe. Gut siehst du aus.»

Ich sah nach oben. Linien, Falten und Schatten hatten sich auf das Gesicht gelegt. Ein fremdes Gesicht, hinter dem ein anderes auftauchte, glatter und heller, an das ich mich gut erinnern konnte.

«Peter? Peter Donat?»

Er grinste und nickte.

«Gabi», erwiderte er, «Gabi Ludwig.»

«König», entgegnete ich. «Gabi König. Ich bin seit über dreißig Jahren verheiratet. Woran hast du mich erkannt?»

«Wie du lachst und wie du isst.»

«Wie esse ich denn um Gottes willen?»

Er grinste.

«Und außerdem hast du immer noch Lippenstift auf den Zähnen.»

«Toll», erwiderte ich, «tolles Erkennungszeichen», und begann fieberhaft in meinem Abendtäschchen nach einem Tempo zu kramen.

Er hielt mir ein weißes Stofftaschentuch hin, und ich wischte die Lippenstiftfarbe von meinen Zähnen in sein weißes Taschentuch.

«Steht dir, das rote Kleid», sagte er beiläufig und ließ das Taschentuch in seiner Smokinghose verschwinden.

«Rot hat dir immer gut gestanden.»

Ich bekam einen Schweißausbruch und versuchte mit beiden Händen, mein Kardinalskleid über den Hüften etwas nach oben zu schieben, um das Dekolleté kleiner wirken zu lassen. Der Versuch war chancenlos. Ich beschloss, die Flucht zu ergreifen, und sagte: «Schön, dich mal wiedergesehen zu haben, Peter. Ich muss los. Horst wartet auf mich.»

Er fasste mich am nackten Oberarm und hielt mich zurück.

«Ein paar Minuten kannst du mir schon opfern, nach fast vierzig Jahren, oder?»

Ich war froh, dass ich zumindest die Schweißflecken unter meinen Achseln weggeblasen hatte. Denn Peter Donat hatte zu meiner Schulzeit einen legendären Ruf. Er war damals einen Jahrgang über mir, in der Abiturklasse. Wie man weiß, erreicht das Geschlechtshormon Testosteron beim Manne im Alter von etwa zwanzig Jahren die höchste Sättigung im Körper. In dem von Peter Donat muss es besonders gesättigt gewesen sein.

Er pflegte seinen eigenen Stil. Während die anderen Jungs in Cordschlaghosen herumschlumpften, trug er hellblaue, gebügelte Button-down-Hemden, in deren Brusttasche eine verdrückte Packung mit filterlosen Gauloises steckte. In den Pausen auf dem Raucherhof stand er und blies philosophische Kringel in die Luft. Donnerstags lief er, die druckfrische «Zeit» unter den Arm geklemmt, über den Pausenhof.

Bei den Damen kam das gut an. Er konnte es sich aussuchen. Es hieß, nach einer Liebesstunde decke er seine Eroberungen mit dem Feuilletonteil der «Zeit» zu. Ich überlegte mir damals ernsthaft, ob ich die «Zeit» abonnieren und ihm meine Unschuld zum Geschenk machen sollte. Aber MM kam mir zuvor. Sie berichtete danach, die Sache mit der «Zeit» sei tatsächlich wahr und der Rest, den man sich so erzählte, auch.

Nach seinem Abitur verschwand er aus meinem Gesichtskreis. Wir trafen uns etwa ein Jahr später wieder. Ich absolvierte gerade mein erstes und einziges Germanistiksemester. Wir saßen gemeinsam in einem Seminar über Hölderlins Metapher der exzentrischen Bahn in seinem Briefroman «Hyperion». Das war kurze Zeit später der Grund dafür, dass ich das Studium abbrach und meine Buchhändlerinnenlehre begann. Ich mochte Bücher einfach zu gerne.

Er dachte offensichtlich auch an die alten Zeiten:

Erinnerst du dich noch, Gabi? *«Meine Seele ist voll von Tatenlust und voll von Liebe, Diotima, und in die griechischen Täler blickt mein Auge hinaus, als sollt es magisch gebieten: steigt wieder empor, ihr Städte der Götter.»* Peter Donat machte eine gefühlvolle Pause.

«Hyperion an Diotima.»

Er sah mich mit Emphase an. Draußen hörte ich das Bläserquartett einen schönen Akkord spielen.

«Tut mir leid, Peter, ich erinnere mich nicht. Und ich muss dann mal los …»

«Hast du deinen Abschluss gemacht, Gabi?»

Ich schüttelte den Kopf.

«Ich bin Buchhändlerin geworden. Und du?»

Er grinste und machte eine Handbewegung, als wische er ein Blatt Papier vom Tisch.

«Abgebrochen. Hab mich dem Journalismus verschrieben.»

«Bei der ‹Zeit›?»

Er schüttelte den Kopf.

«Ich bin ein Unruhegeist. Bin freier Journalist. Ich mache alles. Skandalöse Praktiken bei Brustimplantaten. Pfarrer mit Burnout. Hochzeitszeremonien in Burma. Austernkulturen in der Bretagne.»

«Austern? Das interessiert mich.»

«Na ja, so spannend ist das auch wieder nicht. Mir wäre es lieber, ich könnte mich endlich zur Ruhe setzen. Ich würde lieber heute als morgen aufhören. Rotwein trinken, segeln.»

«Ehrlich?»

«Aber dafür muss ich noch ein paar Jahre ackern. Im Grunde ist das verlorene Lebenszeit.»

Ich schwieg.

Er fasste mich elegant unter dem Ellenbogen, und wir gingen nebeneinander mit langsamen Schritten durch das Festspielrestaurant.

«Kann es sein, dass ich dein Bild neulich in irgendeiner Zeitung gesehen habe, Gabi? Ich habe eigentlich ein gutes Gesichter-Gedächtnis.»

«Hm», machte ich.

«Ich bin mir sicher», sagte er und schützte mich mit dem Arm vor einer Vierergruppe, die es eilig hatte, mit ihren Digicams hinaus zu den Bläsern zu kommen. Die setzten draußen zum zweiten Signal an.

«Also, wo habe ich dich gesehen?»

«Nichts Besonderes. Wahrscheinlich meinst du das Foto in unserem Kundenmagazin. Ich war im Frühjahr Mitarbeiterin des Quartals.»

Er lachte auf, und ich war mir nicht sicher, ob das Lachen ironisch klang.

Wir waren im Freien angekommen. Nach der klimatisierten Luft im Restaurant traf mich die Hitze wie eine heiße Welle. Ich kniff die Augen zusammen und hielt nach Horst Ausschau.

Peter Donat legte seinen rechten Arm auf meine Hüfte. Ich atmete tief ein und versuchte einen langen Hals zu machen. Ich habe gehört, das streckt die ganze Silhouette.

Peter Donat machte eine ausladende Geste über das Gewoge der Festspielgäste, die Richtung Balkon, zum dritten und letzten Tusch strebten, und sagte: «Ist das nicht großartig hier? Einmalig auf der Welt! Ein Mal im Jahr gönne ich mir Bayreuth. Ich liebe den Lohengrin. Weißt du, Gabi, dieses schmerzliche Leitmotiv: ‹Schon sendet nach dem Säumigen der Gral.› Und dann dieses letzte Adieu, der Abschied, die klagenden Hörner, der Fortissimo-Ausbruch des Orchesters:

‹Leb wohl! Leb wohl! Leb wohl, mein süßes Weib!›

Leb wohl! Mir zürnt der Gral, wenn ich noch bleib!›»

«Peter, da vorne steht Horst, mein Mann. Ich fürchte, er wird richtig sauer, wenn ich nicht endlich wieder auftauche», unterbrach ich ihn.

Peter Donat nahm die Hand von meiner Hüfte, legte sie stattdessen zwischen meine Schulterblätter und sagte galant: «Ich geleite ich.»

«Ich glaube nicht, dass das eine gute Idee ist. War nett, dich getroffen zu haben.»

Aber Peter Donat sorgte mit ausladender Handbewegung dafür, dass sich eine Gasse zwischen den Festspielgästen bildete und wir ungehindert zu Horst gelangen konnten, der direkt unterhalb des Balkons stand.

Er war sichtlich ungehalten.

«Wo steckst du denn so lange, Gabi, wir müssen gleich wieder rein.»

Er starrte Peter Donat an, der ihm seine Rechte, die gerade noch auf meiner Hüfte und zwischen meinen Schulterblättern gelegen hatte, entgegenstreckte.

«Das ist Peter Donat. Und das ist mein Mann Horst», sagte ich.

In diesem Moment traten die Bläser auf den Balkon, um mit ihrem letzten Signal den Beginn des dritten Aktes anzukündigen. Wir sahen nach oben.

Als das Quartett seine Instrumente wieder senkte, war Peter Donat verschwunden.

«Wer war das denn?», knurrte Horst.

«Wie gesagt. Peter Donat.»

Was ritt mich? Ich sagte: «Niemand Besonderes. Nur ein alter Kunde aus meinem Buchgeschäft.»

Während Horst und ich die knarrenden Holztreppen zu unseren Galerieplätzen hinaufstiegen, sah ich mich um.

Peter Donat saß ein paar Reihen weiter vorne, schräg links von uns. Er sah mich neben Horst die Stufen hinaufgehen, neigte den Kopf und lächelte, ich zog den Bauch ein und tat, als sehe ich ihn nicht.

Horst und ich begaben uns also auf unsere hölzernen Klappstühle und Elsa und der Schwanenritter in ihr Hochzeitsgemach.

Der Rattenchor intonierte:

«Treulich geführt ziehet dahin, wo euch der Segen der Liebe bewahr!
Siegreicher Mut, Minnegewinn, eint euch in Treue zum seligsten
Paar.»

Natürlich kannte ich das Stück. Jeder kennt es. Sie hatten es zu unserer Hochzeit auch gespielt. Wie man sah, funktionierte es nicht einmal auf der Bühne. Elsa quälte Lohengrin so lange mit ihrer Neugier, bis der noch in der Hochzeitsnacht unverrichteter Dinge die Flucht ergriff – um ihr schließlich die Wahrheit ins Gesicht zu sagen. Der Rattenchor wich ins Dunkel des Bühnenraums zurück, und erst leise, dann immer machtvoller begann der Schwanenritter mit der Gralserzählung:

> «*In fernem Land, unnahbar euren Schritten,*
> *liegt eine Burg, die Monsalvat genannt.*»

Horst versuchte, die Beine übereinanderzuschlagen, Lohengrin sang:

> «*Ein lichter Tempel stehet dort inmitten,*
> *so kostbar, als auf Erden nichts bekannt.*»

Da vorne, im Scheinwerferkegel, stand Lohengrin, groß, in weißem Gewand und mit emporgehobenen Armen, und ich schwebte auf strahlenden Tönen, auf einem gewaltigen Crescendo hoch und immer höher, bis es heraus war:

> «*Sein Ritter ich – bin Lohengrin genannt!*»

Und dann kam der Schwan. Ich hätte den Regisseur küssen können dafür. Nein, es war keine Monsterratte, auf der sich Lohengrin entfernte, es war ein schöner respektabler Plastikschwan. Und Lohengrin sang:

> «*Leb wohl! Leb wohl! Leb wohl, mein süßes Weib!*
> *Leb wohl! Mir zürnt der Gral, wenn ich noch bleib!*»

Ich nahm im Halbdunkel des Zuschauerraumes wahr, dass Peter Donat sich umdrehte und zu mir heraufsah.

Was hätte ich damals darum gegeben, wenn er sich für mich interessiert hätte? Obwohl – jetzt fühlte es sich auch nicht schlecht an ...

Dann fiel der Vorhang. Die Bayreuth-Chronik vermerkte 32 Minuten stehenden Applaus.

Auch ich klatschte frenetisch. Dass auch Horst freiwillig zu diesem Applaus-Rekord beigetrug, das glaubte ich freilich nicht. Aber wir waren auf unseren Klappsitzen Nummer fünfzehn und sechzehn eingekeilt und so blieb ihm nichts anderes übrig.

Ich klatschte und klatschte, bis mir die Hände weh taten. Ich beklatschte nicht die Laborratten. Ich beklatschte nicht das Regie-Enfant-terrible. Ich beklatschte nur einen! Den Tenor! Lohengrin! Denn jeder konnte es sehen: Er sang nicht nur göttlich, ihm fehlte auch eindeutig das typische Tenor-Hormon! Was das ist? Das typische Tenor-Hormon ist normalerweise baugleich mit dem weiblichen Östrogen. Es lässt ohne eigenes Zutun den Hintern breit werden und den Bauch anschwellen. In Verbindung mit lodernden Liebesduetten oder todesmutigen Kampfesschwüren jenseits des hohen D wirkt das auf der Bühne wenig glaubwürdig.

Dieser Bayreuth-Tenor-Lohengrin aber verfügte augenscheinlich über eine branchenuntypische, überdurchschnittliche Testosteron-Ausstattung.

Und so klatschte und klatschte ich, versuchte nicht auf Peter Donat zu schauen und war mir dabei sicher: All die anwesenden jubelnden Damen beklatschten nicht diese berserkermäßig-geniale Rattenidee, sondern sie allesamt stellten sich klatschend vor, wie sie diesen gut gebauten Schwanenritter in den Orchestergraben zerrten und dort unten vernaschten.

Und so verstand ich endlich, warum der schlaue alte Richard den Orchestergraben in Bayreuth weitsichtigerweise den Blicken der Zuschauer entzogen hat.

Und ich verstand, warum Horst einfach nicht mit dieser Inszenierung warm wurde.

Doch noch 13 Tage
Sahne

Wir hätten die Karten doch auf dem Schwarzmarkt verhökern sollen. Ich hab mal gelesen, manche zahlen jeden Preis, nur um einmal im Leben nach Bayreuth zu kommen. Versteh ich nicht. Ratten!!! Und dafür schlagen wir uns den ganzen Samstag um die Ohren.»

Horst gab Gas und überholte einen LKW. Ein milder Augustmond hing über der Autobahn.

«Aber Zeit hast du doch jetzt eigentlich genug.»

«Darum geht es gar nicht. Wir hätten sie verkaufen und eine Kurzreise zu deinem Geburtstag machen sollen.»

«Fahr doch bitte ein bisschen langsamer. Ist doch egal, wann wir daheim sind. Morgen ist Sonntag. Wir können ausschlafen. Und du weißt ja, ich will an meinem Geburtstag einfach zu Hause sein. Nur wir und die Kinder.»

«Du musst mir nicht erklären, dass Fernreisen nicht deine Spezialität sind.»

Ich legte meine Hand auf Horsts Knie und erinnerte ihn daran, dass wir einen Waffenstillstand geschlossen hatten. Er fuhr weiterhin schneller, als mir lieb war, durch die Nacht. Ich ermahnte ihn nicht mehr, langsam zu fahren, und brachte stattdessen das Gespräch auf unseren Fischteich. Ich bat ihn eindringlich, die verbliebenen zwei Karpfen samt dem Babyschwimmbecken bis zu meinem Geburtstag aus dem Garten verschwinden zu lassen.

Die beiden Fische taten mir sowieso leid. Sie wirkten hospitalisiert. Ihre einzige Ansprache waren die blauen, aufgedruckten Delfine auf den aufgeblasenen Seitenwülsten des Beckens und der Kater, dessen Pfote ab und zu durchs Wasser peitschte. Sie schwammen immerzu im Kreis, in immer schlimmerer Schräglage.

Ich teilte Horst mit, dass ich gerne bereit sei, den Karpfen einen ehrenvollen Abgang zu verschaffen. Ich hätte da ein sehr schönes benediktinisches Fastenrezept. Es sei nur mein Wunsch, dass er den beiden nicht gerade auf unserer Terrasse mit dem Stein auf den Kopf hauen möge. Sie seien mir doch inzwischen irgendwie ans Herz gewachsen. Horst brummte und raste weiter durch die Nacht, weg von den Bayreuther Ratten und heim zu uns.

Aber am nächsten Tag waren die beiden Karpfen tatsächlich verschwunden, die Luft war aus dem Schwimmbecken gelassen, die blauen Delfinwülste lagen platt auf meiner Rasensavanne, nur ein dünnes Wasserrinnsal kroch noch über den Plastikboden des Beckens.

Auch Horst war verschwunden.

Ich rechnete es ihm hoch an, dass er mir den Anblick des finalen Fisch-Gemetzels ersparte, und wartete in der Küche darauf, dass ich unsere Gartengenossen in filetierter Form in den Essig-Zwiebel-Sud befördern konnte, den ich vorsorglich schon einmal zubereitet hatte.

Es dauerte. Ich drehte den Schalter an der Herdplatte herunter. Irgendwann drehte ich ihn auf null.

Es stellte sich schließlich heraus, dass Horst die beiden Karpfen in dem dunklen Bottich, in dem sie am letzten Schultag angereist waren, auch wieder fortgebracht hatte. Er erzählte mir, sie seien bei genauer Betrachtung einfach noch zu klein zum Schlachten gewesen und wüchsen nun im Fischteich seines Kollegen ihrer vollen Fangreife entgegen.

Ich fragte mich im Stillen, ob die Angelausrüstung langfristig tatsächlich für mich eine Entlastung im Dauerfreizeitleben bringen würde. Horst war vieles. Ein Killer war er sicher nicht.

Beim Abendessen sagte ich zu ihm: «Horst, wir müssen endlich mal über meinen Sechzigsten reden. Das sind ja nur noch zwei Wochen bis dahin. Ich dachte, wir räumen das Wohnzimmer aus. Nina hilft mir bestimmt mit der Tischdekoration. Die Terrasse ist zu klein, wenn alle da sind. Meinst du, ich muss auch diese Mona einladen? Als Vorspeise soll es erst mal eine geeiste Bärlauchsuppe mit Lachsstreifen geben. Weißt du, das kann ich gut vorbereiten. Dann essen wir Lammkarree mit Rosmarinkartoffeln aus dem Ofen. Oder findest du einen Rehrücken besser? Es gibt schon die ersten Pfifferlinge. Die würden wunderbar dazu passen. Und zum Nachtisch dachte ich an ein Tortenbuffet. Erinnerst du dich? Früher habe ich zu den Kindergeburtstagen doch immer diese Schokoladentorte ...»

«Stopp!», rief Horst. «Halloo!? Stopp, sagte ich! Hörst du mir überhaupt zu, Gabi?»

Ich sah ihn verwirrt an.

Und dann sagte Horst sehr langsam und betont: «Gabi – du – machst – überhaupt – nichts.»

«Ich mache an meinem Geburtstag nur die Vorspeise frisch, du hilfst mir am Tag davor, dann müssen wir die Sachen nur noch in den Ofen schieben.»

Er sagte nein.

«Und wenn wir alle zusammen kochen? Die Kinder haben das früher mit Begeisterung gemacht!»

Er sagte nein.

«Wir machen es ganz unkompliziert. Wir rufen nur den Partyservice an. Der bringt alles. Wir müssen nur den Tisch decken.»

Er sagte nein.

«Du bestellst das Fleisch, und wir stellen uns alle um den Grill.»

Er sagte nein.

Es war nicht mit ihm zu reden. Ich sah es schon vor mir: Die Sache lief darauf hinaus, dass wir im Nebenraum einer Wirtschaft sitzen würden, ich in der Mitte vor einer Kerze und vor einem zähen Schweinebraten. Und danach würde es Kaffee in Kännchen geben.

Ich sagte: «Horst, das kannst du mir nicht antun. Lass uns damit bis zum Siebzigsten warten. Das ist dann immer noch früh genug.»

Er wiederholte nur: «Gabi – du – machst – überhaupt – nichts. Überlass das alles mir.»

So versuchte ich mich wenigstens auf die Anreise meiner Kinder vorzubereiten. Ich rief Nina in Berlin an. Arthur hatte mittlerweile offenbar beschlossen, den Mietvertrag in seiner engen Bleibe bis zum Schluss auszunutzen. Nina ging es gut. Aber zehn Tage vor der Geburt noch so eine große Reise unternehmen?

«Ich machs's mal davon abhängig, was die Ärztin sagt. Auf jeden Fall kommst du nach Berlin, wenn das Kind da ist, okay Mamutsch?»

Ich rief auch meine zweite Tochter an. Sie war zum ersten Mal in ihrem Leben durch eine Klausur gefallen. Der Nachholtermin war einen Tag vor meinem Geburtstag. Sie war im Moment nicht in der Lage, auch nur einen Tag weiter zu denken, geschweige denn, mit mir meinen Geburtstag zu planen.

Und Maximilian? Er war immer noch mit dieser Mona zusammen. Jedes Mal, wenn ich ihn anrief, ging sie ans Telefon. Und ich legte auf.

Ich fühlte mich wie Karpfen Nummer drei. Ich lag auf dem Trockenen, im Gebüsch, und niemand kümmerte sich um mich. Das Einzige, was ich tun konnte, war, die Betten in den alten Kinderzimmern zu beziehen, ohne zu wissen, ob sie überhaupt gebraucht wurden.

Doch ganz tief in meinem Inneren war ich mir sicher: Auf meine Kinder war Verlass. Spätestens am Vorabend meines Geburtstags würde einer nach dem anderen vor der Tür stehen.

Und so sagte ich mir: Gabi König, das wird schon. Es ist noch immer geworden. Ich hängte schon mal mein veilchenfarbenes Amalfi-Kleid außen an den Kleiderschrank, nahm mir vor, in der letzten Woche vor meinem Geburtstag nur noch Salat zu essen, und fuhr mit der Straßenbahn zur Arbeit.

In unserem Büchertempel hatte sich mittlerweile ein großes, schwarzes Loch aufgetan. Nein, es war nicht das Müller-Loch. Es war unser alljährliches Sommerloch.

Von Überstunden war keine Rede mehr. Ich harrte nur noch die notwendigste Kernarbeitszeit bei meinen Klassikern aus.

Unser Büchertempel war zwar sehr schick mit seinen riesigen Glasfronten zur Fußgängerzone hinaus. Energetisch aber war er ein Super-GAU. Oben, bei den Klassikern, war es am schlimmsten. Die Hitze staute sich, ich hätte hier spielend auf den Buchrücken Soufflés backen können. Dagegen kam keine Klimaanlage an. Meine Kundschaft lag entweder dehydriert in der Klinik oder hatte sich mit Studiosus nach Neuseeland, mit dem Postschiff nach Norwegen oder zu den Enkeln an die Nordsee abgesetzt. Horst saß daheim und sortierte seine alten Schulbücher aus.

Ich bemühte mich, so viel wie möglich zu Hause zu sein. Der Frage nach unserer gemeinsamen Zukunft gingen wir geflissentlich aus dem Weg. Noch waren ja Ferien.

Ich langweilte mich auf meiner dritten Etage fast so sehr, wie ich es möglicherweise demnächst zu Hause tun würde.

Meine Klassiker dösten verlassen in ihren Regalen.

Ich dachte an meinen anstehenden Geburtstag. Er rückte immer näher. Maxi würde natürlich da sein. Aber die beiden Mädels? Ich konnte nur hoffen, dass Kati ihre Prüfung schaffte und Arthur sich noch etwas Zeit ließ. Und dass Horst sich irgendwie um meine Geburtstagsfeier kümmerte. Wenn ich so zurückdachte, dann hatte er das noch nie getan – sich kümmern. Immer war ich es gewesen, die geplant, gebacken und gekocht hatte. Das machte mich nervös.

Ich beschloss, einen Spaziergang durch das Haus zu machen, und nahm die Rolltreppe bis zum Erdgeschoss. Ein paar schwitzende Kunden verloren sich zwischen den Bücherstapeln. Nicht einmal für die ausgepeitschte Amerikanerin interessierte sich irgendjemand. In dem Strandkorb auf unserer Freifläche vor den Bestsellern fläzte ein Jugendlicher und hörte über riesige Kopfhörer wummernde Musik.

Im ersten Stock bei Horror+Vampire+Crime tranken meine Kolleginnen Kaffee und unterhielten sich über Strickmuster.

Im zweiten Stock bei Körper+Geist und Esoterik roch es unangenehm nach Verwesung. Ich vermutete, dass unsere Bio-Aroma-Öle in den Duftschalen auf der Freifläche um den Buddha herum in der Hitze umgekippt waren. Ich blieb dennoch aus Langeweile ein wenig und blätterte in ein paar Beziehungsratgebern. «Das kleine Abc der Fernbeziehung», «Ist Ihre Beziehung noch zu retten? Wann Sie gehen sollten».

Schon die Lektüre der Titel deprimierte mich, und ich nahm mir vor, unserem Filialleiter vorzuschlagen, diese Sparte zugunsten von Ratgebern über Golfschlagtechniken, Kleintieraufzucht oder andere positive Themenfelder aufzugeben. Aber dann entdeckte ich, dass wir bereits ein Werk mit dem Titel «Echte Golfer weinen nicht» führten, und machte mich frustriert auf den Weg in meine dritte Etage.

Ich blätterte in einer Eichendorff-Gesamtausgabe, die seit Jahren geduldig auf einen Käufer wartete, als ich hinter mir die Stimme unseres Filialleiters hörte: «Frau König, ich nehme mal an, Sie haben eine Sekunde Zeit für uns.»

Ich stellte Herrn Eichendorff rasch zwischen Frau Ebner-Eschenbach und Herrn Enzensberger und drehte mich um.

Hinter meinem Filialleiter stand Peter. Er war fast einen Kopf größer als mein Chef und sah mich unverwandt an.

«Darf ich Ihnen Herrn Peter Donat vorstellen? Er recherchiert für eine Reportage über die schönsten Buchhandlungen Deutschlands.»

Mein Filialleiter verströmte Stolz aus allen Poren. Er wandte sich zu Peter und wiederholte: «Tja, über die schönsten Buchhandlungen der Republik.»

Peter bestätigte mit einem winzigen Neigen des Kopfes die Worte meines Chefs.

«Ich habe Herrn Donat schon mal mit Material versorgt, und wir hatten bereits ein längeres, sehr fruchtbares Gespräch in meinem Büro. Aber es war der ausdrückliche Wunsch von Herrn Donat, sein Bild noch weiter abzurunden durch ein Gespräch mit einer erfahrenen Buchhändlerin. Da kommen natürlich nur Sie in Frage.»

Herr Donat nickte verbindlich in meine Richtung.

«Frau König ist unsere erfahrenste Kraft und sozusagen buchhändlerisches Urgestein.»

Mich durchfuhr ein schmerzliches Zucken. Herr Donat setzte sein schiefes Grandezza-Philosophen-Lächeln auf, das ich noch von früher kannte, und sagte: «Ich freue mich sehr, Frau König, dass Sie sich die Zeit nehmen.»

«Herr Donat arbeitet für alle großen bundesdeutschen Magazine, Frau König. Ich möchte, dass Sie sich in der Tat Zeit nehmen für ihn. Ich schlage vor, Herr Donat, Sie setzen sich mit Frau König irgendwo in Ruhe bei einem Kaffee zusammen. Wie gesagt, das Interview, Frau König, hat jetzt absolute Priorität. Von mir aus können Sie dann ausnahmsweise direkt nach Hause gehen. Die Kollegen vom zweiten Stock sehen ja, wenn sich heute noch jemand hier raufverirrt.»

Er machte, wie ich fand, eine unnötig devote Verbeugung Herrn Donat gegenüber, und ich dachte: Verdammtverdammtverdammt. Das ist keine gute Idee.

Laut sagte ich: «Das ist ein bisschen ungünstig, ich wollte heute noch zum Zahnarzt. Vielleicht kann eine Kollegin …»

Unser Filialleiter warf mir einen vernichtenden Blick zu, Röte machte sich in seinem Gesicht breit, und er sagte in einem gefährlich süßen Unterton: «Das Interview hat jetzt ja wohl Vorrang, Frau König, oder denken Sie nicht?»

Ich dachte: Verdammtverdammtverdammt. Das ist wirklich gar keine gute Idee. Und außerdem habe ich das schokoladenbraune Wickelkleid und die bequemen Sandalen an. Das macht mich zehn Zentimeter kürzer und dafür zehn Zentimeter breiter. Ich sehe aus wie eine Ritter-Sport-Schokolade ohne Verpackung.

Herr Donat verhielt sich abwartend im Hintergrund.

Mein Chef zeigte deutliche Zeichen von nervöser Ungeduld. Und so straffte ich die Schultern und sagte: «Gut, wenn Sie darauf bestehen. Ich brauche nur noch fünf Minuten. Wenn Sie Herrn Donat schon einmal ins Erdgeschoss geleiten würden? Ich komme sofort nach.»

Ich glaubte im Gesicht von Herrn Donat eine Spur von Triumph zu entdecken, als er mir noch einmal ein undurchdringliches Philosophen-Lächeln schenkte und sich von meinem Chef die Rolltreppe hinuntereskortieren ließ.

Ich wartete ein paar Augenblicke, fächelte mir Luft zu und sagte mir: Gabi. Du behältst jetzt einen ganz kühlen Kopf.

Dann nahm ich die Rolltreppe, immer zwei Stufen auf einmal abwärtshastend, fegte an den Aroma-Ölen vorbei, nahm die nächste Rolltreppe zum ersten Stock, spurtete an den Vampiren und Blutsaugern vorbei und rief meiner Kollegin, die im Schatten einer Bücherwand döste, schon von weitem entgegen: «Daggi, was hast du für eine Schuhgröße?»

Daggis Reaktionen waren in der matten Hitze verlangsamt. Ich ersparte ihr und mir längere Erklärungen. Ich wusste nur, dass sie immer Schuhe mit bemerkenswertem Absatz trug (jedenfalls seit sie sich von ihrem Ehemann getrennt hatte), und ich hätte sie notfalls unter Androhung von Gewalt gezwungen, mit mir die Schuhe zu tauschen.

Ich merkte sehr rasch, dass Daggi Schuhgröße 38 hatte, was ich früher auch einmal getragen hatte, bevor alles irgendwie größer geworden war. Aber darauf konnte ich jetzt keine Rücksicht nehmen.

Die Schuhe hatten Plateausohlen und einen beigen Milchschaumton. Sie passten, zumindest optisch, perfekt zu meinem Ritter-Sport-Kleid.

Ich zwang mich, einen Moment ganz ruhig stehen zu bleiben und durchzuatmen, bevor ich die letzte Rolltreppe hinab zu Herrn Donat nahm.

Er stand vor unserer Zeitschriftenwand, drehte mir den Rücken zu und blätterte in einer Architekturzeitschrift.

«Da wäre ich, Herr Donat.»

«Wie schön, Frau König.»

Kaum waren wir auf der Straße, legte er seine Hand ganz leicht auf meinen Rücken, zwischen meine Schulterblätter und fragte: «Wo gehen wir hin, Frau König?»

«Ich schlage das Rathaus-Café vor, Herr Donat.»

Das war nicht nur das einzig elegante Café zwischen all den Backbuden ringsum, es war auch das einzige, das ich hoffte, ohne bleibende Schäden an meinem Fußgewölbe erreichen zu können.

Vor dem Café lümmelten die wenigen, die sich nicht in den Sommerurlaub verabschiedet hatten, im Schatten der Sonnenschirme vor ihren Eisbechern. Ich spürte den sanften Druck zwischen meinen Schulterblättern, der mich an den leeren Tischen im Freien vorbei, durch die Glastür hindurch und an der Tortentheke entlangdirigierte, bis zu den kühlen Ledersesseln und den Marmortischchen, mit Blick auf den sommerschwülen Rathausplatz.

Er setzte sich mir gegenüber, winkte die Bedienung mit einer sehr bestimmten Geste zu sich, bestellte ungefragt für uns beide eine Portion Mokka und sah mich wieder mit diesem schiefen Lächeln an, hinter dem ich eine Spur von Triumph ahnte.

«So, Herr Donat, und jetzt verraten Sie mir doch bitte, wie Sie mich gefunden haben!»

Der Mokka kam.

«Sie wohnen nicht hier in der Stadt, richtig?»

Er nickte.

«Ich wohne immer im Hotel, wenn ich Recherchen mache, Frau König.»

«Recherchen?! Über eine der schönsten Buchhandlungen Deutschlands?! Dass ich nicht lache!»

Ich schlug meine Beine übereinander, mein Wickelkleid fiel über den Knien auseinander, meine Füße brannten in den 38er Schuhen, aber darauf kam es jetzt nicht an.

«Aber es hätte doch immerhin sein können, Frau König.»

Er goss mir von dem Mokka in das kleine Tässchen und hielt mir die silberne Zuckerschale hin.

«Also – wie haben Sie herausgefunden, wo ich arbeite, Herr Donat?»

Er nahm einen Schluck von dem schwarzbraunen Mokka.

«Überlegen Sie doch mal, Frau König.»

Ich nahm mir zwei Löffel Zucker.

«Das Kundenmagazin? Vom Frühjahr?»

Er nickte und rückte mit seinem Stuhl näher an mich heran. Ich zog das Wickelkleid über meinen Knien zusammen.

«Er hat auf dem Bild seine Nase ziemlich tief in deinem Ausschnitt, dieser Pater. Ein bemerkenswerter Ausschnitt, liebe Gabi.»

Er warf einen tiefen Blick auf meinen Ritter-Sport-Schokoladen-Ausschnitt.

«Ich dachte, wir sollten uns unbedingt noch einmal wiedersehen, Gabi. Wie hat dir der letzte Akt in Bayreuth gefallen?»

Ich nahm einen Löffel von der Schlagsahne, die auf einem kleinen Tellerchen aus Hotelsilber neben dem Mokka stand. Die Sahne verteilte sich wie eine weiß schmelzende Schneehaube auf der Schwärze des Kaffees.

«Was soll ich sagen? Ich kann es gar nicht beschreiben. Ich habe eine Gänsehaut bekommen. Es war balsamisch, ekstatisch, phantastisch ...»

Er nickte und rezitierte wie zu sich selbst:

«Leb wohl! Leb wohl! Leb wohl, mein süßes Weib!

Leb wohl! Mir zürnt der Gral, wenn ich noch bleib!

Dieser Tenor ist fantastisch. Ich habe über ihn schon vor Jahren eine Reportage gemacht. Da hatte er noch ein festes Engagement in Lüneburg. Ja, liebe Gabi, wir haben viel gemeinsam, nicht wahr? Die Liebe zur Musik. Die Liebe zur Literatur.»

Ich schleckte einen Rest von Sahne von dem Silberlöffel. Er streckte seine Hand aus, über das Marmortischchen und sagte: «Du hast Sahne auf den Lippen.»

Ich spürte die Kuppe seines Mittelfingers auf meinen Lippen. Er fuhr die Konturen meiner Lippen entlang. Er legte einen Finger auf die Mitte meiner Unterlippe und zog sie ein bisschen nach unten. Er sagte: «Erinnerst du dich noch, Gabi? *Ein Gott muss in mir sein, Diotima, denn ich fühl auch unsere Trennung kaum. Wie die seligen Schatten am Lethe, lebt jetzt meine Seele mit deiner in himmlischer Freiheit, und das Schicksal waltet über unsere Liebe nicht mehr.»*

Ich sah ihm in die Augen und hörte, wie er langsam Wort an Wort reihte. Ich sah, dass in seinen Augen ein mattes Honiggelb war, mit kleinen dunklen Einsprengseln.

Er nahm seinen Mittelfinger von meiner Lippe, tauchte seinen Finger in die Sahne und strich damit über meinen Mund. Mein Herz hämmerte bis in meinen Ritter-Sport-Ausschnitt.

Ich flüsterte: «Liest du eigentlich immer noch die ‹Zeit›?»

Er nickte.

«Seit über vierzig Jahren, jede Woche.»

Das Sahneweiß war süß auf meinem Mund.

«Auch den Feuilletonteil?»

Er nickte wieder.

«Seit über vierzig Jahren.»

Ich schloss die Augen und versuchte, ruhig zu atmen. Der Schmelz der Sahne lag kühl auf den Lippen. Ich versuchte, seinem Blick auszuweichen. Ich dachte, Gabi, damals ist das nichts geworden, und heute darf das auch nichts werden.

Ich schob abrupt das Schälchen mit der Sahne auf die Seite, rückte den Mokka von mir fort, fuhr mir mit der Zunge über die Lippen, stieß meinen Ledersessel zurück und stand auf. Das Blut sackte in meine Füße. Sie brannten wie das Fegefeuer.

«Tut mir leid, Peter, aber es geht nicht. Es geht auf gar keinen Fall.»

Ich hörte, dass meine Stimme rau war.

«Ich gehe jetzt nach Hause. Zu Horst. Sofort.»

Ich versuchte es mit einem heiseren Lachen.

«Du weißt ja: *Mir zürnt der Gral, wenn ich noch bleib.*»

Peter stand auf. Er wollte etwas sagen. Ich sah wieder dies matte Honiggelb in seinen Augen. Ich beugte mich zu ihm hinüber, schloss die Augen, und dann küsste ich ihn mitten auf den Mund. Ich spürte, wie er seine Hand auf meinen Hinterkopf legte und seine Lippen auf meine presste. Sie waren fest und warm und unerbittlich. Seine andere Hand umfasste meine Taille und zog mich an sich. Erst in diesem Moment schaffte ich es. Ich drückte ihn mit beiden Händen von mir weg. Ich sah sein Gesicht so nahe an meinem Mund. Auf seinen Lippen lag ein weißer Sahnehauch.

Ich drehte mich nicht mehr um. Ich spürte meine Füße nicht. Ich hastete im Slalom um die Marmortische, ich hetzte an der Kuchentheke vorbei, ich stürmte zwischen den Freiplätzen unter der Markise durch. Ich ließ die Sahne zurück, ich ließ den Mokka zurück, ich ließ Lohengrin zurück. Irgendwann blieb ich stehen, streifte wie in Trance die Schuhe ab und hastete weiter, ohne mich umzudrehen. Nach Hause. Zu Horst.

Als ich die Haustür aufschloss, steckte er gerade das Telefon in die Basisstation. Ich hatte ihn noch nie so gesehen. Seine Lippen waren fast farblos und dünn wie ein Lineal. Die Falten um den Mund waren tiefer als sonst und die Augenbrauen schoben sich bis über die Nasenwurzel zusammen. Er räusperte sich. Er sah mich an und sagte ganz langsam: «Pech gehabt, Gabi, du bist zu spät. Der Anruf war nämlich für dich.»

Ich warf die Milchschaumschuhe in die Ecke und bemühte mich um einen unverbindlichen Ton.

«Schade. Wer war's denn?»

«Es war dein Chef.»

Er sah mich lauernd an. Ich hob einen Fuß und massierte mir das schmerzende Gelenk.

Horst räusperte sich noch einmal.

«Er fragte, wie das Interview mit Herrn Donat gelaufen ist.»

Horst fixierte mich.

«Welcher Herr Donat, frage ich mich? Doch nicht dein alter Kunde, den wir in Bayreuth getroffen haben?»

Horst kam näher, ich ließ meinen Knöchel los und wich zurück.

«Meinst du, ich habe nicht gesehen, wie er zu dir raufgestiert hat?»

Seine Stimme wurde lauter.

«Wo hast du gesteckt? Und für wie blöd hältst du mich eigentlich?»

Und jetzt schrie Horst tatsächlich: «Und wer verdammt ist dieser Donat wirklich?»

Und dann nahm Horst einen von Daggis Milchschaumschuhen vom Boden auf und warf ihn mit aller Kraft quer durch den

Flur gegen die Wohnzimmertür. Der Absatz splitterte. Der Kater, der sich neben die unterste Treppenstufe geduckt hatte, schoss panisch durch den Flur und versuchte, sich hinter dem Schirmständer zu verstecken.

Und dann bückte sich Horst nach Daggis zweitem Schuh und drosch auch den durch den Flur, diesmal in Richtung Schirmständer und Kater. Der Schirmständer fiel um, der Kater tat, was er noch nie gemacht hatte. Er duckte sich, stellte den Schwanz senkrecht auf, machte einen gewaltigen Satz, sprang und verkrallte sich in Horsts Hose. Horst stieß einen Fluch aus, griff sich den Kater am Nackenhaar, schleuderte ihn von sich und schrie: «Ich zermartere mir den Kopf, warum du nicht aufhören willst zu arbeiten. Aber jetzt weiß ich es ja!»

Der Kater landete fauchend vor meinen Füßen.

«Damit du in Ruhe mit diesem Donat, damit du mit ihm ...»

Er versetzte dem umgefallenen Schirmständer einen Tritt, drehte sich um, polterte die Treppe hoch und schmiss die Tür zu seinem Arbeitszimmer zu.

Ich sank auf die unterste Treppenstufe. Der verstörte Kater ließ sich maunzend neben mir nieder und versuchte, seine hochstehenden Nackenhaare mit der Zunge zu ordnen.

Ich blieb lange sitzen. Den Kater, der sich bemühte, sein Fell wieder in Ordnung zu bringen, kraulte ich im Nacken, bis er sich langsam beruhigte. Schließlich raffte ich mich auf, lief barfuß durch den Flur, sammelte die Reste von Daggis schönen Milchschaumschuhen auf und stellte den Schirmständer wieder in die Ecke. In drei Tagen war mein sechzigster Geburtstag. Na, Mahlzeit. Vielleicht war es besser, wenn Kati doch durch ihre Prüfung fiel und Nina in Berlin ihr Baby noch heute bekam.

Ich tigerte durchs Haus. Oben rührte sich nichts.

Schließlich lief ich barfuß ins Esszimmer, machte unser Barfach auf und holte zwei Whiskey-Gläser heraus. Ich goss in beide gut zwei Fingerbreit Whiskey. Ich schnupperte an einem der Gläser. Mein Magen drehte sich um. Das tat er selten. Aber meinen Whiskey-Rausch mit einundzwanzig habe ich nie vergessen.

Ich nahm in jede Hand ein Glas und stieg die Treppe hoch. Der Kater folgte mir.

Ich rief ganz vorsichtig: «Horst??? Kann ich reinkommen?»

Er reagierte nicht. Ich drückte mit dem Ellenbogen die Klinke herunter und schob mit dem Knie die Tür auf. Der Kater wollte sich mit mir hereindrängen, aber ich stieß ihn mit dem Fuß weg, schlüpfte in Horsts Arbeitszimmer und drückte mit meinem Hinterteil die Tür zu. Ich hörte den Kater draußen empört maunzen.

Horst saß an seinem Schreibtischstuhl und drehte mir den Rücken zu.

Ich hielt die Gläser in meinen beiden Händen und sagte zu seinem Rücken: «Horst … Du verrennst dich da in etwas.»

Er knurrte.

Ich wiederholte: «Du verrennst dich da in etwas. Ich weiß, ich habe Mist gebaut. Ich hätte dir sagen sollen, dass ich Herrn Donat noch von meinem Germanistiksemester kenne. Das war nicht in Ordnung, aber das war's auch schon.»

Ich stellte die beiden Whiskey-Gläser auf Horsts leeren Schreibtisch.

«Er ist Journalist. Er schreibt einen Artikel über unser Geschäft. Mein Chef hat mich gebeten, mit ihm zu reden.»

Ich legte meine Hand auf Horsts Nacken und kraulte ihn vorsichtig am Haaransatz. Er brummte.

Ich wiederholte: «Er ist doch nur ein Journalist. Er will über unseren Laden schreiben.»

Ich kraulte weiter und schob meine Hand dann langsam auf seine Brust, neigte mich zu seinem rechten Ohr und flüsterte: «Horst, hör mir zu. Wir sind doch wie zwei alte Bäume. Uns kann man doch gar nicht mehr trennen. Komm, trink mit mir.»

Ich beugte mich über seine Schulter, griff nach dem einen Whiskey-Glas und flüsterte: «Prost, Horst. Das ist dein Lieblings-Whiskey.»

Er nahm das zweite Glas, drehte sich endlich auf seinem Schreibtischstuhl nach mir um und sagte zu mir beziehungsweise zu meinem Ritter-Sport-Busen, denn der war auf Höhe seines Gesichts: «Mensch, Gabi, du bist doch mein Ein und Alles.»

«Du doch auch, Horst. Und ich schwör's dir, ich schwör's dir. Weihnachten hör ich auf.»

Dann stießen wir an und tranken. Der Whiskey rann durch meine Kehle, mein Magen krümmte sich. Mein Gesicht glühte. Das geschieht dir recht, Gabi König. Weihnachten hörst du auf. Das ist die Strafe. Das geschieht dir recht, Gabi König.

Ich trank das ganze Glas auf einmal aus. Horst versuchte mich zu küssen. Ich wich ihm aus.

Das geschieht dir recht, Gabi König. Jetzt kannst du nur hoffen, dass dein Opa dort oben beim lieben Gott für dich ein gutes Wort einlegt und ihm erklärt, warum du Horst nur die verkürzte Version von Peter Donat erzählt hast. Und ein paar Sahnehäubchen ausgelassen hast.

Definitiv null Tage
Mein Sechzigster

Und dann kam er. Mein sechzigster Geburtstag. Und es war eindeutig der schrecklichste Festtag meines Lebens.

Eigentlich war schon der Tag davor furchtbar. Denn es ließ sich niemand blicken. Niemand klingelte an der Tür. Weder meine hochschwangere Tochter aus Berlin mit dem Vater ihres Kindes, den sie immer noch nicht geheiratet hatte. Noch meine hochbegabte Tochter, die vermutlich endgültig an ihrem überzogenen Ehrgeiz und ihrer Prüfungsphobie gescheitert war. Noch mein einziger Sohn, den seine vegane Katzenallergikerin mir vermutlich endgültig entfremdet hatte. Sie hielten es nicht einmal für nötig, mich anzurufen und mir Bescheid zu geben, wann sie auftauchen würden. Sie ließen mich alleine.

Ich scannte das Haus nach Vorbereitungen für mein Fest. Horst hatte definitiv gar nichts vorbereitet. Es gab kein verstecktes Blumenbouquet im Keller. Es gab keine geheimen Wein- und Sektvorräte für unsere Festgäste, es gab nicht einmal Wurst im Kühlschrank. Der Garten war vertrocknet und Horst von einer aufreizenden Entspanntheit.

Am Morgen meines sechzigsten Geburtstages – Horst schlief noch – ging ich ins Bad und sperrte hinter mir die Tür zu.

Ich sah in den Spiegel.

Ich sah Krähenfüße um meine Augen. Ich sah Zornesfalten auf meiner Stirn. Ich sah Trockenheitslinien auf meinen Wangen. Ich sah Müdigkeitsspuren um meinen Mund. Mein Gesicht sah aus wie zusammengeknülltes Backpapier. Jaja, Männer reiften, Frauen welkten.

«Ach was, Gabi König», sagte ich laut zu mir, «das sind keine Krähenfüße um deine Augen, das ist ein Strahlenkranz. Das sind keine Resignationslinien um deinen Mund, das sind Lebens-erfahrungsspuren. Und dies wird ein wunderbares Jahr werden. Deine Tochter wird ein Kind bekommen. Du wirst endlich wieder ein Baby im Arm haben. Du wirst Großmutter werden und Geschichten vorlesen. Du wirst ein Kochbuch herausgeben und neben einem berühmten Pater eine faszinierende Lesung halten. Du wirst mit Samtblazer im Schein eines flackernden Kamin-feuers gute Bücher an deine Stammkunden verkaufen. Du wirst endlich zur Ruhe kommen. Du wirst nicht mehr an diesen Donat denken. Und ab Weihnachten wirst du aufhören zu arbeiten und mit deinem Mann großartige Reisen durch die Welt machen.»

Meine Tränen tropften ins Waschbecken. Ich sah diese Frau mit den rot geränderten Augen. Ohne Make-up wirkten ihre Wangen fahl. Ihr Hals war faltig wie ein Nashornbauch, und die Haare hingen aschfarben über die Ohren. Marlene Dietrich hatte mit sechzig einfach den Spiegel zugehängt und nie mehr hinein-geschaut. Die Frau im Spiegel sollte das endlich auch tun.

«Nein, Gabi König», sagte ich noch einmal laut zu meinem Gegenüber, «du wirst dich nicht so leicht geschlagen geben. Irgendwas scheint doch noch an dir dran zu sein. Du wirst heute Abend mit Horst tête-a-tête schön essen gehen und endlich mal mit ihm ohne Stress feiern. Du wirst dich jetzt ordentlich schminken und frisieren und den fleischfarbenen Bodyformer anziehen und das veilchenfarbene Kleid, das du dir für ein Schweinegeld gekauft hast und das immer noch ungetragen im Schlafzimmer hängt.»

Ich drehte den Wasserhahn auf und platschte mir kaltes Wasser ins verheulte Gesicht. Dann hob ich den Kopf noch einmal und sagte zu der älteren Frau im Spiegel: «Und du merkst dir: Der Bodyformer ist nicht fleischfarben, sondern nude. Das ist die neue Modefarbe. Das hat man jetzt.»

Horst hatte weder Blumen noch ein Geschenk für mich gekauft. Er hielt es für ausreichend, mir einen unrasierten Morgenkuss zu geben, mit seiner breiten Hand über meine Wange zu fahren, mich forschend anzusehen und zu sagen: «Gabi, für mich bleibst du immer schön.»

Den einzigen Strauß, den ich bekam, den brachte gegen elf Uhr der Fleuropdienst. Mein Filialleiter hatte ihn geschickt. Es waren zwanzig langstielige gelbe Rosen und ein Glückwunschkärtchen. Darauf stand: «Herzlichen Glückwunsch zum runden Geburtstag. Sie sind mein bestes Pferd im Stall. Auf weitere gute Zusammenarbeit.»

Ich schnaubte und schmiss die Karte in den Müll, bevor sie Horst lesen konnte.

Immerhin passten die Rosen perfekt zum Veilchenblau meines neuen Kleides. Aber spätestens in zwei Tagen würden sie verwelkt sein bei der Hitze. Und in spätestens einem Jahr würden auch die angeschnittenen Ärmel meines sündteuren Designerkleides die Dellen an meinen Oberarmen nicht mehr verbergen können. Ach, das Leben war schon ein Elend.

Bevor mich eine neue Depressionswelle erfassen konnte, hörte ich Horsts Stimme von unten: «Gabi, mach dich fertig! In einer halben Stunde müssen wir los. Pack was zum Übernachten ein. Wir kommen erst morgen wieder zurück. Die Katze überlebt das schon.»

Ich rief über den Flur hinunter: «Horst, das geht nicht. Wenn nun doch noch eines der Kinder auftaucht?»

Er antwortete nicht einmal.

Er saß schon im Auto und hupte, als ich immer noch überlegte, was er im Schilde führte. Ich kramte lustlos nach einem frischen Nachthemd und überlegte, ob ich endlich einmal die apricotfarbenen Highheels anziehen sollte, die mein schwuler Verkäufer mir aufgeschwatzt hatte. Aber wozu eigentlich? Ich schmiss sie zu den Schminksachen in meinen kleinen Koffer und schlüpfte in meine alten Flipflops. Aber wenigstens die Schmetterlings-sonnenbrille setzte ich gleich auf.

Die Fahrt war ein klassischer Fall für Horsts Sturheit. Alle meine Versuche, ihm etwas über unser Fahrtziel zu entlocken, prallten von ihm ab.

«Entspann dich, Gabi, und finde dich einfach damit ab, dass du mal nicht alle Fäden in der Hand hast. Hübsches Kleid übrigens. Kann mich gar nicht daran erinnern, dass du das schon mal anhattest.»

«Ich hab's dir gezeigt, als ich es gekauft habe. Schon vergessen? Na ja, wann sollte ich so was Schickes auch schon anziehen?»

Tja, ich weiß, das war eine dämliche Antwort auf Horsts Versuch, mir ein Kompliment zu machen. Aber ich war leider nicht gerade in Geburtstagslaune. Aber wer will seinen Sechzigsten schon ohne seine Kinder und stattdessen im Auto verbringen?

Horst setzte den Blinker, um auf die Autobahn einzuscheren. Wir fuhren schweigend. Wir fuhren Richtung Süden. Sehr lange.

Der Asphalt flirrte in der Sonne. Im Stau kurz vor München fiel unsere Klimaanlage aus. Horst meinte, halb so schlimm, es sei sowieso nicht mehr weit.

Mein Magen knurrte. Mit einem Geburtstags-Mittagessen würde es jedenfalls auch nichts mehr werden. Geschieht dir recht, Gabi König, dachte ich, der Bodyformer kneift sowieso wie verrückt, und jetzt im Alter solltest du dich endlich kalorienärmer ernähren.

Dessen ungeachtet durchforstete ich das Handschuhfach und alle Ablageflächen, denn ich hatte nun mal Hunger, und ein runder Geburtstag schien mir nicht der richtige Termin für einen Diätbeginn. Ich fand eine Tüte mit Tortillachips, die beim letzten Großeinkauf hinter den Beifahrersitz gefallen war. Die Tortillachips und die fehlende Klimaanlage machten mich durstig, aber Horst meinte, wir seien ja bald da, und eine Pause lohne sich jetzt auch nicht mehr.

Spätestens hinter München war ich mir sicher, wohin die Reise ging. Wir waren unterwegs zu Papa, zum Tegernsee.

Ich sagte mir, dass ich das heutige Geburtstagsprogramm sowieso nicht mehr ändern konnte und dass es irgendwie ja auch wahnsinnig nett von Horst war, dass er mich zu Papa fuhr und wir noch einmal einen Geburtstag zusammen verbringen konnten.

Ich konnte nur hoffen, dass Ilse nicht wieder so anstrengend war. Und so riss ich mich zusammen, legte den Arm um Horst und sagte: «Lass mich raten … ich hätte mein Dirndl anziehen sollen. Stimmt's, wir fahren zum Tegernsee?»

Er warf mir einen verschmitzten Blick zu und sagte: «Na, freust du dich? Überraschung gelungen?»

Ich nickte heftig und legte so viel Begeisterung in meine Stimme, wie mir möglich war: «Tolle Idee, Horst! Tolle Idee!»

Er lachte zufrieden und sagte: «Ruf schon mal dort an, und sag Bescheid, dass wir in einer halben Stunde da sind.»

Ich sah durchs Autofenster auf die Straße und überlegte, ob ich nachher beim Aussteigen die Highheels aus dem Koffer holen sollte, beschloss dann aber, dass die Flipflops reichten.

Endlich verließen wir die Autobahn, und dann tauchte der See auf. Er lag breit da unter der trägen Augustsonne, Postkartenhäuser an seinem Ufer, nur ein paar Boote zerzausten die glatte Wasserfläche. Touristen flanierten an Dirndlgeschäften vorbei, Eis in der Hand, Flipflops an den Füßen wie ich.

Papa hätte es schlechter treffen können. Die Seniorenresidenz lag ganz in der Nähe des Wassers. Nur eine Straße trennte sie vom See. Sie hatte typische Holzbalkons, typische Geranien, eine typische Lüftlmalerei mit ein paar Tannen und ein paar Rehen an der Wand und eine typische sonnenschirmbestandene Terrasse zum See. Die aber lag jetzt still und leer in der Sonne. Die Senioren hielten Mittagsruhe.

Nur Papa stand in der Einfahrt. Und neben ihm Ilse. Sie sah auch bei der Hitze einwandfrei aus. Perlenkette. Roséfarbene Seidenbluse. Perlenohrringe. Roséfarbener Seidenrock. Perlmuttfarbene Armreifen. Nylons. Cremefarbene Pumps. An ihrem Arm Papa.

Ich schwang meine nackten Flipflopbeine aus dem Wagen und wischte mir die Tortillabrösel vom fliederfarbenen Kleid und den Schweiß von der Stirn.

Papa sagte: «Gabi? Was für eine Freude, mein Kind. Was führt dich denn hierher?»

Ilse sagte: «Herzlichen Glückwunsch zum Sechzigsten, meine Liebe. Du siehst so verschwitzt aus. Bist du wieder gesund? Gesundheit ist überhaupt das Wichtigste im Alter.»

Sie nickte mir verschwörerisch zu, kam näher und raunte: «Du hast Brösel auf dem Busen.»

Laut sagte sie: «Kommt rein, meine Lieben. Es gibt gleich Kaffee.»

«Stopp mal, Ilse», schaltete sich Horst ein. «Wir wollten uns hier doch nur kurz treffen und dann rüber ins Seehotel gehen, um Gabis Geburtstag zu feiern. Du hast mir versprochen, du organisierst das alles.»

Ilse hatte schon Fahrt aufgenommen und strebte vor uns her, die Auffahrt hinauf zu der großen doppelflügeligen Eingangstür der Seniorenresidenz. Sie drehte sich halb zu Horst um, hob den Arm, ließ die perlmuttfarbenen Armreifen klirren und rief: «Hab ich doch, Horst. Es ist alles bestens organisiert. Ich fand's nur schöner, wenn wir gleich hier feiern.»

Papa drehte sich zu mir um, nickte und lachte.

«Jawohl. Das ist schön. Wir feiern gleich hier. Herzlich willkommen. Bei uns. Wir feiern bei uns. Das wird toll.»

Ich sah seine perlweißen Zähne blitzen, ich sah aber auch, dass Horst rot anlief, und daran war nicht die ausgefallene Klimaanlage in unserem Wagen schuld.

«Horst», raunte ich, «jetzt reg dich doch nicht so auf. Du kennst Ilse. Sie macht, was sie will. Ist doch egal, ob wir hier feiern oder im Seehotel. Hauptsache, wir machen uns einen schönen Nachmittag.»

Horst aber stand bockbeinig und hochrot in der Einfahrt, während Ilse mit Papa im Schlepptau schon auf den Eingang der Seniorenresidenz zusegelte.

Ich wiederholte: «Horst, reg dich doch nicht so auf.»

Er rührte sich nicht von der Stelle und zischte etwas, das wie «autoritäre Fregatte» klang.

«Sie meint es doch nur gut», versuchte ich zu begütigen.

«Außerdem kümmert sie sich um Papa. Also los, Horst. Mir zuliebe.»

Und so machten wir uns auf den Weg in die Seniorenresidenz, um meinen Sechzigsten zu feiern. Wir passierten die schwere, geschnitzte Holzeingangstür, schritten über die gummierte Schmutzfängermatte und erreichten den Empfangstresen der Seniorenresidenz. Dahinter döste ein Mann in einer uniformähnlichen Jacke.

Ich schätzte, dass er einen ruhigen Job hatte, solange keine Residenten in der Augusthitze dehydriert auf ihren Zimmern randalierten oder nachts desorientiert zum Nacktbaden Richtung See strebten.

Es roch ein bisschen nach Mottenkugeln und altem Deodorant, aber vielleicht war das auch der schwere Lilienstrauß neben dem Pförtner.

Er nahm uns wahr, sein Kopf fuhr mit einem Ruck hoch, er salutierte Richtung Ilse und meldete: «Es ist alles vorbereitet, Frau Doktor. Wie gewünscht, Frau Doktor. Bitte die Herrschaften, sich in den Gesellschaftsraum zu begeben.»

Er blinzelte. Ilse hob gnädig die Hand, klirrte mit ihren Armreifen, und er duckte sich wieder hinter seinem Tresen.

Der Eingang zum Gesellschaftsraum war rundbogig. Die Tür hatte einen geschwungenen Metallgriff. Ilse ließ mir den Vortritt.

Das Erste, was ich gegen die Augustsonne und das Seegeglitzern wahrnahm, war ein gigantischer Strauß aus langstieligen, tiefroten Rosen. Das Zweite, was ich im blendenden Gegenlicht mehr ahnte als sah, war ein Gesicht dahinter. Ich kniff die Augen zusammen, um etwas Genaueres zu erkennen. Mein Sicca-Syndrom schickte Tränen in meine Augen und verschleierte mir noch stärker die Sicht. Aber dann erkannte ich es. Es war das

Gesicht meines Sohnes. Und da stürmte er schon auf mich zu. Er streckte mir diesen gigantischen Strauß aus roten Rosen entgegen und rief mit ungewohntem Pathos: «Herzlichen Glückwunsch, liebste Mama. Wir gratulieren dir alle ganz herzlich zum Sechzigsten!»

Und schon hatte ich einen Wald aus roten Rosen in den Armen. Sie verdeckten mir die Sicht, denn es waren so viele und sie waren von einer so üppigen Langstieligkeit, dass ich nur Rot und Grün sah. Ich schwankte ein wenig unter ihrem Gewicht.

Ich sah zwar nichts vor lauter Rosen aber – ich hörte etwas. Hinter dem Rosenwald erschallte ein vielstimmiger Chor. Ein Kanon aus hellen und dunklen Stimmen. Sie alle sangen. Sie schienen vorher geübt zu haben. Sie sangen: «Viel Glück und viel Segen auf all deinen Wegen, Gesundheit und Frohsinn sei a-h-au-ch mit da-bei ...»

Ich ließ den Rosenwald auf einen Tisch fallen.

Sie waren alle da. Ganz vorne Maxi, der meinen Geburtstagschor dirigierte, dann Nina, rund wie eine leuchtende Muttergottheit, daneben Kati, schmal und hingebungsvoll singend, dahinter Philipp aus Berlin, den linken Arm um Ninas Bauch gelegt, dann Mona, ein älteres Ehepaar, das ich nicht kannte und das mir freundlich zunickte, meine Mädels aus dem Fitnessstudio, Papa, Ilse, Horst. Sie alle sangen für mich.

«Viel Glück und viel Segen auf all deinen Wegen ...»

Sie sangen laut und hingebungsvoll und manchmal ein bisschen falsch, bis Maxi mit beiden hochgereckten Händen das Zeichen zum gemeinsamen Schlussakkord gab.

Auf einmal war es still. Alle sahen mich erwartungsvoll an. Mein Kopf war leer vor Rührung, meine Augen schwammen in Tränen. Wegen des Sicca-Syndroms. Ich konnte nur denken: Und da stehe ich an meinem Sechzigsten, habe Flipflops an und vermutlich immer noch Tortillachips im Ausschnitt.

Ich weiß nicht mehr, was ich laut sagte, ich weiß nur noch, dass alle lachten, mich umarmten, mir gratulierten und dass ich es einfach nicht fassen konnte, dass Horst das alles hinter meinem Rücken organisiert hatte und dass sie alle wegen mir gekommen waren:

Nina mit ihrem kugelrunden Bauch, über den hinweg ich sie kaum küssen konnte.

Kati, schmal und sichtlich erschöpft vom Prüfungsstress.

Mona mit ihrer Gabi-König-Allergie.

Philipp, der werdende Vater und mein Beinahe-Schwiegersohn.

Maxi, mein fröhlicher Geburtstagsdirigent.

Meine Fitnessmädels, die Horst fast herzlicher begrüßten als mich.

Und Horst, der das alles heimlich eingefädelt hatte.

Nun erfuhr ich auch, wer das ältere Ehepaar war, das ich nicht kannte. Es waren Arthur senior aus Berlin und seine Frau. Er war fast so kugelrund wie Nina und erinnerte mich an Heinz Ehrhardt. Sie war mehr der festgesprühte Anneliese-Rothenberger-Typ. Ich war mir sicher, dass sie sich mit Ilse hervorragend verstehen würde.

Und die übernahm nun auch wieder das Ruder. Sie klatschte in die Hände und rief in die schnatternde Runde: «Meine Herrschaften, ihr habt den ganzen Tag noch Zeit, euch zu unterhalten, aber jetzt gibt's erst mal Kuchen!»

Papa rief: «Kuchen? Ilse, gibt's auch Himbeerkuchen?»

Aber Ilse war schon auf dem Weg zu dem uniformierten Rezeptionisten, um ihm das Signal für den Beginn der Familienfeierlichkeiten im Gesellschaftsraum zu geben.

Ich setzte mich zwischen meine beiden Töchter, Horst und Maxi mir gegenüber. Dann erschienen zwei Bedienungen in weißen Schürzen, von denen uns Ilse mitteilte, dass sie sonst mittags bei Tisch bedienten, aus Rumänien kämen, aber sehr anstellig und verträglich seien.

Die beiden rumänischen Mädels schenkten Filterkaffee aus riesigen, dickwandigen weißen Kannen aus. Auf Nachfrage erklärten sie, ansonsten gäbe nur koffeinfrrrrreien Hag oder Tee-beutel / schwarrrrrrz. Ich sah, wie Horst wieder rot anlief und Ilse einen bitterbösen Blick zuwarf.

Ich beugte mich vor, um meine Hand auf seine zu legen und murmelte: «Reg dich nicht auf, es ist so wunderschön, wie du das organisiert hast. Alle, alle sind da ...»

Er grummelte noch einmal etwas von autoritärer Fregatte und Altersheim, aber ich sagte:

«Horst, denk bitte an Papa. Außerdem, der Kuchen ist sensationell. Probier mal. Besser kann er auch im Seehotel nicht sein.»

Das war nicht gelogen. Der Kuchen in Papas Altersheim war wirklich hervorragend, das kann ich guten Gewissens versichern. Es war die klassische Auswahl aus einer vergangenen Zeit. Schwarzwälder Kirsch, Prinzregententorte, Bienenstich, Mandarinensahne. Kein neumodischer Schnickschnack wie Limettentarte und Ricotta-Minz-Biskuit.

Maxi aß vier Stück, Mona ein halbes, die anderen jeder mindestens zwei. Es wurde Kaffee nachgeschenkt und die netten zwei Rumäninnen versicherten mit rollendem «R», Esprrrrresso odärrrr Cappuccino hätten sie nicht, lai-därrrrr. Aber koffein-freien Hag odärrr Teebeutel / schwarz.

Ich legte noch einmal begütigend meine Hand auf Horsts Arm, und Ilse scheuchte die Mädels, neuen Kuchennachschub zu bringen, obwohl die Platten noch halbvoll waren und die verbliebenen Kuchen in der Augustwärme bereits an Standfestigkeit verloren.

Maxi aß noch eineinhalb Stück Käsekuchen, aber dann gab auch er auf, und Nina ächzte: «Ich muss hier raus, hier ist es einfach tierisch heiß.»

Sie wuchtete sich schwerfällig hoch, wir folgten ihr auf die Terrasse, Papa griff sich im Vorbeigehen Maxis Kuchengabel und verputzte den Rest des Käsekuchens im Stehen. Ilse wischte ihm den Mund ab, und wir ließen uns im Schatten der Sonnenschirme nieder, den Blick zum See.

Horst klatschte in die Hände, hielt eine kleine Begrüßungsrede, sagte, dass er mich liebe und dass wir, auch wenn das ja eigentlich alles anders geplant war, jetzt auf mein Wohl anstoßen sollten.

Ilse unterbrach ihn und teilte mit, dass es hier in der Seniorenresidenz seit Jahren guter Brauch sei, Alkohol erst ab achtzehn Uhr auszuschenken. Es habe sich einfach für die männlichen Residenten als sinnvoll erwiesen, Pils und andere alkoholische Getränke tagsüber zu verbieten. Der Tag sei schließlich lange, da könnte der ein oder andere schon mal auf dumme Gedanken kommen. Und sie bitte um unser Verständnis. Es müsse ja auch nicht immer schon am helllichten Nachmittag Alkohol sein.

Horst schnaubte, das sei alles anders geplant gewesen, und ich legte wieder meine Hand begütigend auf seine.

Maxi, die schwangere Nina und Kati erklärten, sie bräuchten dringend ein wenig Bewegung nach dem vielen Kuchen, und ob es mir etwas ausmache, wenn sie zu dritt dort vorne am See eine Runde Minigolf spielen gingen.

Ich rief freudig: «Kinder, macht das, amüsiert euch! Das ist ja wie früher!»

Ilse orakelte: «Nina! In deinem Zustand und bei der Hitze willst du noch Minigolf spielen? Wir können hier wirklich keine Sturzgeburt gebrauchen!»

Papa erwähnte, dass er auch letzte Woche gestürzt sei, und ob wir sein Knie sehen wollten.

Arthur Senior aus Berlin ergänzte, seinetwegen könne sein erster Enkelsohn auch in Bayern auf die Welt kommen, das sähe er nicht so eng.

Eines der Mädels aus dem Fitnessstudio berichtete, dass ihre erste Entbindung damals vierzig Stunden gedauert hätte, Saugglocke und Dammriss inklusive.

Philipp, der werdende Vater, sagte, wenn hier noch einer eine Geburtsgeschichte erzählen würde, flippe er aus. Ihm habe schon die Kreißsaalbesichtigung in der Charité gereicht.

Horst gab zum Besten, Männer hätten seiner Ansicht nach bei dieser Frauensache sowieso nichts zu suchen. Er habe sich die ersten zwei Entbindungen gespart, nur bei Maxi habe er sich überreden lassen.

Arthur aus Berlin berichtete, damals bei Philipps Geburt habe es Spitz auf Knopf gestanden. Blau sei er gewesen, und keinen Mucks hätte er von sich gegeben.

Philipp wiederholte, wenn wir jetzt nicht mit den Geburtsgeschichten aufhören würden, flippe er aus.

Mona ergänzte dumpf aus dem Hintergrund: «Ich auch.»

Und Ilse rief meinen drei Kindern hinterher: «Aber bleibt nicht so lange, ich habe noch eine Überraschung für euch! Und passt auf Nina auf. Wir können hier wirklich keine Sturzgeburt brauchen!»

Wir Zurückgebliebenen sahen meinen Kindern nach, wie sie Richtung Minigolfplatz strebten, die watschelnde Nina in der Mitte, und wandten uns dann anderen Themen zu. Dem See. Dem schönen Wetter und was man sonst so redet, wenn Geburtstag ist.

Mona teilte mit anklagender Stimme mit, sie müsse nach drinnen. Zu viel Sonne sei gar nicht gut für ihre Haut. Ich streckte meine Flipflopbeine aus, kramte nach meiner Sonnenbrille und setzte mich so hin, dass die Sonne auf mein Dekolleté scheinen konnte. Es war der perfekte Tag. Wir dösten und quatschten, bis die Kinder wiederkamen.

Nina ließ sich auf einen Stuhl im Schatten fallen, die anderen beiden suchten nach den beiden netten Rumäninnen und baten sie um Orangensaft und Gläser.

Ich hörte die beiden, wie sie im Gesellschaftsraum mit den Gläsern klapperten. Ich hörte, wie Maxi herumalberte und wie Kati kicherte.

Sie servierten uns den Saft auf einem Tablett. Ich nahm einen Schluck und sah Maxi scharf an.

«Lecker», sagte ich. «Süffig.»

Maxi sah mich unverwandt an. Aber mir machte er nichts vor. Da war eindeutig Alkohol drin. Ich tippte auf Gin, und zwar nicht zu knapp. Wahrscheinlich waren die drei gar nicht Minigolf spielen gewesen, sondern hatten Schnaps gekauft. Es schmeckte wunderbar, aber erzieherisch hatte ich hier eindeutig versagt.

Der Saft wurde allgemein gelobt. Wir tranken alle (bis auf Nina, die zweifellos wusste, was darin war) noch ein zweites Glas. Sogar Mona kam wieder ins Freie und ließ sich ein Glas reichen. Ich sah, wie sie wieder ihre Flecken am Hals bekam, wie seinerzeit nach meinem Zitronen-Rum-Sorbet. Papa kam in Fahrt und erzählte nach und nach sein ganzes Repertoire an Ostfriesenwitzen. Wir ließen uns alle noch ein drittes Glas Saft geben, und Arthur senior wetterte mit hochrotem Kopf über die EU-Richtlinien im Heizungsbaugeschäft. Meine Fitnessmädels begannen unterschiedslos mit Papa, Horst und Maxi zu flirten. Mona schwieg und kratzte sich am Hals. Ich legte meine Hand auf Ninas Bauch und ließ mich von Arthur junior boxen. Wir kamen gemeinschaftlich überein, noch ein viertes Glas Saft zu trinken, wegen der Hitze. Horst und ich und die Berliner Fraktion beschlossen, uns zu duzen angesichts des zu erwartenden gemeinsamen Enkelkindes. Anneliese Rothenberger mit ihrer Drei-Wetter-Taft-Frisur sagte zum ersten Mal auch etwas. Sie sagte «Prösterchen», obwohl es doch nur Saft war.

Ilse hatte ich noch nie so erlebt. Sie wirkte irgendwie derangiert. Horst schien inzwischen so weit euphorisiert zu sein, dass er Ilse nicht mehr mit giftigen Blicken torpedierte. Und ich beschloss, meine Flipflops auszuziehen, weil das gemütlicher war. Die Hitze stand unter der Sonnenschirmen. Ich schätzte, es war bereits so viel Gin in der Luft, dass ein Streichholz für eine Explosion gereicht hätte.

Da näherte sich der uniformierter Empfangsmann unserer Zeremonienmeisterin und teilte sibyllinisch und sehr ehrerbietig mit: «Frau Doktor, es wäre dann so weit.»

Ilse versuchte ihren roséfarbenen Rock zu ordnen und befahl: «Dann sch…, dann sch…, dann schicken Sie sie doch rein!»

Was dann losbrach, wehte uns fast unter den Sonnenschirmen vor. Es war der bayerische Defiliermarsch in einer Lautstärke, die für ein Bierzelt ausgereicht hätte. Und durch die Tür des Gesellschaftsraumes traten vier Gestalten in Lederhosen, Kniestrümpfen und Schnurrbärten. Trompete, Posaune, Klarinette. Am schlimmsten aber war die Tuba. Sie versetzte meinen mit Kuchen, Saft und Gin gefüllten Magen in dumpfe Schwingungen.

Die vier marschierten im Gänsemarsch über die Terrasse und bauten sich vor uns auf. Die Sonnenschirme bebten. Draußen auf der Straße blieben die Spaziergänger stehen und starrten herüber. Der Defiliermarsch ging in die zweite Runde.

Meine Mädels aus dem Fitnessstudio begannen mit Horst zu schunkeln. Papa klatschte im Takt.

Nach dem letzten dumpfen Ton der Tuba sprang Arthur senior auf und rief: «Herrgott noch mal, die Berge, der See und jetzt auch noch die Blasmusik – herrlich, herrlich! Und so typisch! Stellt euch doch mal da rüber. Ich mach ein Bild von euch!»

Wir stellten uns alle zu den Lederhosenmännern, bis auf Mona. Ich sagte Ilse, wie toll ich ihre Überraschung fände, und Arthur fotografierte uns. Die Lederhosenmänner lächelten stoisch in die Kamera. Sie waren schon länger im Tourismusgeschäft.

Dann hob die Blaskapelle zum zweiten Stück an. Ich kannte es nicht, tippte aber auf die Kaiserjaga vom ersten Regiment. Wir hängten uns alle – bis auf Mona – unter und schunkelten im Takt. Auf der Straße begann man sich auch bereits einzuhaken. Ich fragte mich gerade, wohin das heute noch führen sollte, da trat noch einmal der Uniformierte vom Empfangstresen auf den Plan. Er versuchte, sich mit seiner Stimme gegen die Tuba durchzusetzen. Er schrie: «Frau Doktor, da wäre noch eine Dame. Gehört die zu Ihnen?»

Aber Ilse hatte inzwischen jegliche Contenance verloren. Sie hatte sich bei Arthur senior eingehängt und dirigierte die Blaskapelle.

Ich aber erkannte die Dame, die da hinter dem Pförtner stand, sofort.

Es war MM.

Sie trug ein weißes, ärmelloses Kleid und hochhackige Schuhe. Sie ließ einen leicht amüsierten Blick über meine schunkelnden Geburtstagsgäste wandern, schob den Pförtner zur Seite und kam mit ausgebreiteten Armen auf mich zu.

«Meinen Glückwunsch, Gabi. Dein Horst hat mich eingeladen. Ehrlich gesagt, ich dachte, ich bin hier falsch in diesem Altersheim. Aber das scheint ja eine lustige Feier zu sein. Ich habe euch draußen schon lachen gehört.»

Die Blasmusik hatte aufgehört zu spielen, obwohl Ilse noch immer dirigierte. Ich war barfuß und daher fast einen Kopf kleiner, als ich MM in die Arme fiel und sie leider ziemlich konfus begrüßte: «Wie schön, dass du hier bist, MM. Tut mir leid, wenn die Wogen hier schon ziemlich hoch gehen, obwohl es nur Saft gibt. Und tut mir leid, dass ich nur Flipflops anhabe, wo du wieder so schick bist. Aber ich hol meine richtigen Schuhe gleich aus dem Auto, wenn die Jungs mit ihrer Blasmusik fertig sind. Ach egal – schön dass du da bist, ich freue mich so!»

Und an meine Familie gewandt, setzte ich hinzu: «Schaut mal alle her, das ist MM. Sie ist meine älteste Freundin, und sie war immer in allem besser als ich!»

MM wehrte ab, und alle nickten ihr freundlich und ein bisschen glasig zu. Bis auf Mona. Die war verschwunden.

Ilse hob die Arme, und die Blaskapelle spielte tatsächlich auf ihr Zeichen einen Tusch.

Marion lächelte.

«Ich sehe, die Feier ist schon in vollem Gang. Ich freue mich, dass ich mitfeiern darf. Ob ich wohl etwas zu trinken haben könnte? Ich sterbe vor Durst nach der langen Fahrt.»

Der Uniformierte, der noch hinter MM stand, warf einen Blick auf die Uhr, sagte, es sei zwar noch nicht ganz 18 Uhr, aber heute wolle er mal eine Ausnahme machen. Arthurs Gattin aus Berlin krähte: «Au ja! Jetzt ein Piccolöchen!»

Ilse dirigierte noch einmal einen Tusch.

Die Rumäninnen brachten erst den Mitgliedern der Blaskapelle ein Bier und dann den Herren Pils und den Damen ihre Piccolöchen.

Ich fragte, ob wir vielleicht bald ans Abendessen denken

könnten, etwas Festes im Magen würde uns allen nach dem Saft sicher guttun. Die beiden netten Rumäninnen nickten diensteifrig.

Die Lederhosenmänner lehnten ihre Instrumente an die Hauswand und machten es sich auf der Terrasse gemütlich. Ich war inzwischen wieder möglichst unauffällig in meine Flipflops geschlüpft und hatte MM etwas abseits meiner angetrunkenen Verwandtschaft auf einen Stuhl dirigiert.

Ich deutete auf meine Kinder und stellte sie MM vor: «Das da drüben ist Nina, meine Älteste. In zehn Tagen kommt ihr Baby. Vielleicht kommt es aber auch schon heute oder morgen. Ich hoffe, sie hat ihren Klinik-Koffer für alle Fälle dabei. Daneben sitzt Kati, meine Zweite. Sie studiert Chemie und macht nächstes Semester ihr Diplom. Ich glaube, sie wird an der Uni bleiben. Und das ist Maxi, unser Jüngster.»

«Was für ein bildhübscher Kerl», sagte MM.

«Und dann wäre da noch Mona», fuhr ich fort. «Sie wird vielleicht meine Schwiegertochter. Ich glaube, sie ist betrunken. Ich schätze, sie liegt irgendwo.»

MM lächelte amüsiert. Sie knipste ihre Handtasche auf, holte ein silbernes Zigarettenetui heraus, zündete sich eine Zigarette an, inhalierte tief und sagte: «Du Glückliche. Ich habe vor sechs Wochen alleine gefeiert. Ihr seid alle so fröhlich hier.»

«Na ja», gestand ich, «im Vertrauen, es war ein bisschen Gin im Spiel. Die Kinder haben ihn heimlich in den Saft gemischt.»

MM sah mich einen Augenblick hinter ihrer Zigarettenwolke ungläubig an, dann stieß sie ein glucksendes Lachen aus, verschluckte sich an ihrem Rauch, lachte, hustete und stieß schließlich lachend und hustend hervor: «Gabi, ich will genau das Gleiche auch haben.»

Ich erklärte, das sollte nun wirklich kein Problem sein, winkte

Maxi zu uns und erklärte ihm, meine alte Freundin wolle statt dieses lauwarmen Proseccos lieber auch von unserem Saft, und bei Gelegenheit empfehle es sich vielleicht, Mona suchen zu gehen.

Maxi servierte uns zwei Saftgläser, wir ließen die Gläser gegeneinander klirren, und MM kramte wieder in ihrer Handtasche. Sie förderte ein azurfarbenes Päckchen zutage. Ich machte es auf.

Darin war ein silberner Bilderrahmen. Er war schwer und musste sehr alt sein. Er hatte gebogene Verzierungen an den Ecken. Das Foto darin zeigte MM und mich. Wir hatten beide weiße Kniestrümpfe an und Trägerröckchen. Wir lachten unser Kinderlachen. Hinter uns war ein Baum zu erkennen.

MM bedeutete mir, ich solle den Rahmen umdrehen. Sie hatte auf die Rückseite eine büttenweiße Karte geklebt. Ich las ihre gerade Schrift mit den geschwungenen Ober- und Unterlängen:

«Es ist alten Weibern nicht verboten, auf Bäume zu klettern.» (Astrid Lindgren)

Ich umarmte sie, während Ilse die Blasmusik zu einem dritten und letzten Stück animierte. Die Tuba drückte uns schier in die Terrassenstühle und vereitelte erst einmal weitere Gespräche. Meine Geburtstagsgäste schunkelten, Arthur senior versuchte sich an einem bayerischen Jodler, meine Fitnessmädels streckten die Arme zum Himmel und wackelten mit den Hintern. Anneliese Rothenberger aus Berlin prostete ihnen mit ihrem Piccolo zu.

Die Blaskapelle war kaum unter allgemeinem Applaus durch die Terrassentür verschwunden, unterwegs zum nächsten Auftritt, da stand schon wieder jemand in der Tür. Diesmal war es der Stiftsleiter. Er hatte einen im Vergleich zu meinem Rosenwald eher mickrigen Blumenstrauß in der Hand, fragte, wer denn die Jubilarin sei, überreichte mir die Blumen mit herzlichen Glückwünschen im Namen des Hauses, erklärte, das Gläschen Sekt gehe aufs Haus und vielleicht könne man mich mit meinem Gatten in ein paar Jahren hier als Residenten begrüßen, die Zeit vergehe ja so schnell, haha.

Ich konzentrierte mich, stellte mich aufrecht hin, bedankte mich artig für seine Glückwünsche und schaffte es gerade noch vor dem Abendessen, den Weg nach draußen zum Auto zu finden und meine hochhackigen apricotfarbenen Pumps herauszukramen, um endlich mit MM auf gleicher Höhe zu sein.

Als ich zurückgestöckelt kam, waren die anderen schon dabei, sich im Gesellschaftsraum am Abendbuffet zu bedienen.

Die Stimmung war ausgelassen, Arthur erzählte MM einen konfusen Witz, der mit den EU-Richtlinien im Heizungsbau zu tun hatte, und schickte sich an, ihr neuen Saft zu holen. Ilse hatte Horst ihre beringte Zahnärztinnenhand auf den Oberschenkel gelegt und bot sich an, demnächst seinen Siebzigsten auszurichten. Horst warf mir einen verstörten Blick zu, und Maxi brachte von draußen die Kunde, dass Mona sich auf die Terrasse erbrochen habe. MM verlautbarte, sie wolle ja nicht unhöflich sein, aber ihr scheine, das Essen vom Buffet sei etwas lind gewürzt. Ilse erklärte, sie halte das Salzen aus ärztlicher Sicht für das größte Laster des Alters. Arthur ließ ein dröhnendes «Hört, hört» verlauten, und Maxi erbot sich, den netten Rumäninnen in der Küche zwei Salzstreuer und eine Flasche Maggi abzuschwatzen. Da Mona außer Gefecht gesetzt war, blieb er irgendwie bei den anstelligen Rumäninnen in der Küche hängen.

Und so saßen wir und aßen salzlos weiter und tranken Piccolo und Pils und schwatzten und lachten. Die Rumäninnen servierten schließlich den Nachtisch. Angesäuselt, wie ich war, nahm ich mir eine extragroße Portion Schokoladencreme mit Sahnehäubchen und Cocktailkirschen, schleckte gedankenverloren an der Sahne und flüsterte MM, die neben mir saß, ins Ohr: «Ich habe Peter Donat wiedergetroffen. Erinnerst du dich noch an ihn?»

«Wie könnte ich den vergessen. Sieht er immer noch so gut aus?»

«Hm», machte ich und schleckte weiter. «Ziemlich.»

«Gabi – sag mal, war da was?»

«Mit Peter? Bist du verrückt? Ich habe nie was an ihm gefunden. Und du siehst ja, ich habe Horst. Der ist ein Schatz.»

«Klar», sagte MM, «und außerdem bist du sechzig.»

«Eben», erwiderte ich und nahm mir mehr von der Sahne. Wir hingen beiden unseren Gedanken und Erinnerungen nach, aber dann riss ich mich zusammen, rappelte ich mich auf und erklärte: «Ich hätte unheimlich Lust, heute mal wieder zu rauchen. Gibst du mir eine von deinen Zigaretten und leihst mir dein Feuerzeug?»

Keiner beachtete uns, als MM mir die Zigarette und ihr Feuerzeug reichte und ich beides in meiner Handtasche verschwinden ließ.

Ich stöckelte Richtung Terrassentür. Da hörte ich Schritte hinter mir. Es war Horst. Er legte den Arm um mich und drückte mir einen dieser warmen, alkoholgesättigten Küsse auf den Hals.

«Du siehst klasse aus von hinten, Gabi. Dein Hintern in dem Kleid und diese Schuhe ...»

Er stolperte über den Türstock, wir überquerten die Terrasse. Ich zog ihn hinter mir her und zeigte Richtung See.

Wir gingen das kurze Stück hinunter. Meine Absätze sanken tief in den Sand ein. Ich hatte den Verdacht, dass sich das feine Leder an den hohen Absatzkeilen hinaufschob, so wie das Zahnfleisch an meinen Eckzähnen. Aber das war mir egal. Wir liefen ein Stück nebeneinander. Bei jedem Schritt sank ich tief mit meinen Absätzen ein.

Aus der Ferne hörte ich das Lachen meiner Geburtstagsgäste. Ich hob ein paar ausgebleichte Stöckchen auf, die am Wasser lagen. Wir liefen weiter. Das Lachen wurde allmählich leiser. Ich setzte mich auf einen großen Stein, Horst ließ sich in den Sand plumpsen. Das Wasser plätscherte in der Dämmerung. Ich stapelte die Holzstöckchen übereinander und ratschte mit dem Finger über das Rädchen an MMs Feuerzeug. Eine Flamme sprang hoch. Ich hielt sie an die Holzstöckchen. Sie brannten sofort.

Im Schein des kleinen Lagerfeuers erkannte ich, dass Horst mir einen großen Umschlag entgegenstreckte.

«Dein Geburtstagsgeschenk. Ich wollte es dir in aller Ruhe geben.»

Ich riss den Umschlag auf.

Es war ein hochglänzendes, festes Papier. Ich kniff die Augen zusammen und hielt es so, dass der Schein des kleinen Feuers darauf fiel. Ich sah ein weiß leuchtendes Schiff vor tiefblauem Meer. Drunter stand «Entdecken Sie den Frühling im Winter. Traumreise zu den Kanarischen und Kapverdischen Inseln im Januar» und darunter las ich «Gutschein für zwei Personen / Außenkabine mit Balkon».

Ich ließ das Hochglanzpapier sinken. Die Reflexe des Feuers tanzten darauf.

«Freust du dich? Ich weiß ja, dass der Camper nicht dein Traum ist.»

«Januar?»

Horst nickte.

«Dann bist du ja frei.»

«Ja, ich weiß. Ich hab's dir versprochen.»

Ich legte den Gutschein in den Sand und griff nach meiner

Handtasche. Ich holte MMs Zigarette heraus, sie krümelte etwas, und ich ratschte mit dem Finger an dem Feuerzeugrädchen. Die Flamme sprang auf, und ich zündete die Zigarette an. Ich nahm einen tiefen Zug, so wie früher. Schon im Einatmen spürte ich, wie ein Taumel mich fast von meinem Stein herunterdrückte. Im Ausatmen wurde mir schwindelig. Ich stieß den Rauch durch die Nase aus. Januar. Ich hatte also noch vier Monate. September. Oktober. November. Dezember. Der Countdown lief.

«Was ist los, Gabi? Du hast seit dreißig Jahren keine Zigarette mehr angerührt!»

«Mmmhmmm», machte ich und inhalierte wieder tief. «Nur die eine. Versprochen. Aber die brauche ich jetzt. Und mit siebzig, das sage ich dir, Horst, mit siebzig fange ich wieder an. Dann mache ich alles, was verboten ist.»

Horst lachte. Wir sahen beide ins Feuer. Er legte mir seine breite Hand auf den Rücken. Ich lehnte mich an ihn.

«Das wird schön mit uns beiden, Gabi. Bestimmt.»

«Ja», erwiderte ich, «das wird schon. Bestimmt. Das wird schön. Bestimmt.»

Ich stieß den Rauch in die Finsternis. Dann drückte ich abrupt die Zigarette im Sand aus, rappelte mich hoch und sagte: «Horst, lass uns wieder reingehen. Ich hol mir noch was von der Schokoladencreme. Und eine Extraportion Sahne.»